PIZZERÍA VESUBIO

WALTER RISO

PIZZERÍA VESUBIO

ESPASA

ESPASA © NARRATIVA

© Walter Riso, 2018
c/o Schavelzon Graham Agencia Literaria
www.schavelzongraham.com
© Espasa Libros S. L. U., 2018

Diseño e ilustración de la cubierta: © Cover Kitchen

Preimpresión: MT Color & Diseño, S. L.

Depósito legal: B. 524-2018
ISBN: 978-84-670-5054-7

Espasa, en su deseo de mejorar sus publicaciones, agradecerá
cualquier sugerencia que los lectores hagan al departamento
editorial por correo electrónico: sugerencias@espasa.es

www.espasa.com
www.planetadelibros.com

Impreso en España/Printed in Spain
Impresión: Unigraf, S. L.

Espasa Libros S. L. U.
Avda. Diagonal, 662-664
08034 Barcelona

El papel utilizado para la impresión de este libro es cien por cien libre de cloro
y está calificado como **papel ecológico**

A mis ancestros,
a su legado.

Io voglio bene a Napule
pecché 'o paese mio
è cchiù bello 'e na, femmena,
carnale e simpatia.
E voglio bene a te
ca sì napulitana
pecché sì comm' a me
cu tanto 'e core 'mmano.

ANTONIO DE CURTIS (TOTÒ), *Napule, tu e io*

PRIMERA PARTE

1

¿Adónde me trajiste, Salvatore?

Llegué de Nápoles al puerto de Buenos Aires en el *Conte Biancamano*, el 28 de septiembre de 1951, después de casi un mes de travesía. Me contó mi madre que viajábamos en clase turista junto a otras setecientas personas. Las cabinas y los camarotes, según ella, eran mejores que su cama y el colchón sobre el que dormía en Nápoles, en un *quartiere* donde la pobreza lo contaminaba todo.

Mamá vivía en rione Sanità, en el corazón de Nápoles, en una calle empinada que comenzaba en el cruce de via Guido Amedeo Vitale y Salita Cinesi. Un punto neurálgico de la baja Nápoles, lo que se denomina un *vàscio*, un bajo. La casa tenía dos habitaciones y una puerta que permanecía abierta a la calle, igual que las de la mayoría de los vecinos, que se sentaban a conversar sobre la callejuela empedrada porque no había veredas. En el primer cuarto, al entrar, estaba la cocina, con una mesa grande y una cortina a la derecha que separaba la cama donde dormía Nino, el hermano menor. Al frente, había una apertura por la que se pasaba al recinto donde dormían mi abuela, Simona, mi abuelo, Vincenzo, y Ángela, mi madre. El piso era de cemento y el fogón, de leña y carbón. Sólo entraba un poco de luz por una claraboya que daba a un respiradero maloliente, que unía varias viviendas y por el que transitaba alguna que otra rata. El gris oscuro del interior contrastaba con el amarillo quemado y el rojo coral de las paredes descascaradas del vecindario, así como con la ropa de colores vivos que colgaba de lado a lado de las ventanas como pendones. Mi *nonno* se sentaba a tomar vino junto a sus vecinos y solía decir: «*Quanta vita!*», a lo que luego agregaba que no se cambiaría por nadie. La gente conversaba y hacía bromas, se gritaba de balcón a balcón, y las familias ventilaban las desavenencias en público, con lo que éstas eran resueltas por todo el vecindario y no sólo por los implicados. Muchos cantaban y no faltaba la mandolina que ponía a bailar a los parroquianos.

Siguiendo la calle empedrada hasta el final, se llegaba a una explanada, donde una escalera enorme conducía a diferentes entramados de arterias muy transitadas, repletas de banderas de Italia y de la *squadra di calcio* del *Napoli*. Varios portones llevaban a pequeñas plazoletas donde se improvisaban distintos puestos de venta entre los que destacaba, según mi madre, el de la *pizza* frita de Pasqualina, tan extraordinaria que había que hacer fila para probarla. Pero ese ambiente festivo y alegre escondía la pobreza y el hambre que había dejado la posguerra en Italia. El desempleo hacía que los más jóvenes se marcharan a otros países, sobre todo a América, en busca de oportunidades; otros entraban a la camorra.

Salvatore, mi papá, había intentado trabajar en varias partes. Incluso había logrado hacerse con un buen puesto en el Ufficio Postale di Napoli. El trabajo consistía en pegar timbres y estampillas en las cartas. Pero no duró mucho: se peleó con su jefe, al que llenó la cara de sellos, y se fue, no sin antes romper unas cuantas sillas.

Mis padres, recién casados, vivían en un cuarto alquilado. Pero el lugar no tenía ventanas: no aguantaron el olor a encierro y fue entonces cuando papá decidió irse a la Argentina. Su propio padre se había instalado en Jujuy, en el norte de ese país, años antes, y todos decían que había montado una empresa de construcción muy exitosa. Así que, sin profesión, sin saber el idioma y con unas pocas liras, Salvatore se fue detrás de mi abuelo, a quien llamaban el Zuóppo, porque era cojo.

Una fría madrugada de enero, mi papá dejó a mi mamá con tres meses de embarazo en casa de Simona y Vincenzo. Ángela le hizo jurar que no la abandonaría y que la mandaría a llamar en cuanto consiguiera algo de dinero. Ese día decidieron que mi nombre sería Andrea, porque no sabían si sería hombre o mujer: a mi abuela, a veces, le dolían los callos; a veces, no.

Desde aquella despedida mi madre fue casi todos los días a rezar a la chiesa di San Severo Fuori le Mura por el bien de papá y para que pudiera llevarnos con él. Aunque había, improvisados por las calles, varios altares de San Genaro, ella prefería uno en particular porque decía que la escuchaba más que los otros; allí, cada vez que podía, depositaba un velón rojo con ribetes dorados. Una vez, en ese lugar, la quieta imagen del santo, con su mitra, su báculo y la mirada perdida en el cielo, se inclinó hacia ella de tal manera que el bastón la señaló. Entonces comprendió que no debía perder las esperanzas, pues todo iría bien. Al otro día, en efecto, llegó la primera carta de papá, contando maravillas de aquella tierra extraordinaria donde decía que pronto estaríamos a su lado.

Mamá recorrió toda la Sanità, cada recoveco y cada lugar, para grabarlo en la memoria: no quería olvidar sus raíces. A veces iba hasta el castel dell'Ovo a mirar el mar con Nino y a imaginarse cómo sería un barco por dentro. Nunca se cansaba de admirar el Vesubio, que se alzaba ceremonioso y azul al fondo de la bahía. La primera carta fue celebrada por todo el barrio. Hasta hicieron una fiesta en la calle y rezaron por Salvatore. Pero cuando era de noche y los *nonni* dormían, ella se acurrucaba contra la pared y lloraba tapándose la boca para no despertarlos.

La segunda carta llegó tres meses después, cuando la incertidumbre ya estaba tocando techo. Eran buenas noticias: antes de seis meses llegaría el pasaje. Segunda fiesta en el barrio. Un 2 de junio, el día de la Festa della Repubblica, que conmemora la victoria de la democracia sobre la monarquía en un referéndum y con ella la instauración de la república de Italia, cosa que a muchos no agradaba, a las cinco y media de la tarde nací sobre la mesa grande de la cocina con la ayuda de una comadrona. Me recibieron, además de mis abuelos y mi tío Nino, Giovanni, el hermano mayor de mi papá, que también estaba por irse a la Argentina, y su novia, Amalia, quien juraba que yo iba a ser niña y por eso me había cosido tres vestidos de mujer con dos cortinas viejas.

Nací muy amarillo, así que todos los días Simona y otras señoras de la vecindad me sacaban a tomar el sol. A veces, cuando estaban animadas, caminaban hasta la piazza del Gesù Nuovo y me tendían sobre una cobija junto al obelisco dell'Immacolata, para que la gente viera lo bello y gordo que era: *bèll e chiàtto*. Mamá decía que se turnaban para cargarme porque había pesado cuatro kilos al nacer, lo que era un signo de buena fortuna ya que, según los viejos, cuanto más pesado fuera el niño, más grande sería el pan que traería bajo el brazo.

Después de tres meses más de espera, una mañana limpia de nubes en que, de manera inexplicable —y, para mamá, inolvidable—, el olor a mar subía hasta Capo di Monti, le entregaron a mi abuela un sobre grueso y semi-transparente que la puso a temblar en cuanto lo tuvo en las manos. Llamó de un chillido a Ángela, que corrió, y lo abrieron juntas en el portal para que le diera la luz y se lo pudiera leer. Y ese día, cuando la expectativa había comenzado a transformarse en tristeza, llegó nuestro pasaje. Amigos y vecinos no demoraron en correr la voz de calle en calle y de casa en casa: «¡Ángela se va! ¡Ángela *viàggia in* América!». Y las mujeres más ancianas repetían, mientras se golpeaban el pecho: «*Miràculo! Miràculo!*». La noticia corrió de tal forma que, ya desde una semana antes del viaje, la gente se agolpaba frente a la casa de mis abuelos para despedirse de la afortunada y llevarle pequeños obsequios, ropa, brebajes e imágenes talladas del Gesù Bambino, para que Dios nos acompañara en la travesía. Yo tenía tres meses y ella veintiséis años.

Cuando el barco entró al puerto de Buenos Aires por la dársena A, mi madre lloró. Desde la tercera cubierta, cerca de la proa, compartió el silencio denso de sus compatriotas, que se limitaban a observar como niños indefensos, detrás de una cortina de llovizna muy fina y persistente —la «garúa» porteña—, la fachada de la ciudad desconocida. El gigantesco buque se desplazaba a cámara lenta frente a un muro de construcciones de ladrillo sucio y descolorido que, aunque trataban de emular las sólidas edificaciones inglesas, no lograban disimular el abandono en que se veía el lugar. Allí nos encontraríamos con mi padre, que había llegado un año antes a «hacer la América». Mientras el barco avanzaba por el agua oscura, marrón, mamá recordó el mar azul y transparente de Nápoles y pensó: «¿Adónde me trajiste, Salvatore?».

Esto sólo me lo contó una vez, pero la nostalgia de inmigrante que entonces surgió en ella no la dejaría jamás. Me habló en cambio varias veces del gran alivio que sintió al divisar a lo lejos a mi papá, vestido con una camisa blanca en medio de una multitud cubierta de paraguas grises y negros que corría ansiosa en busca de sus seres queridos.

Ángela me ofreció como quien entrega un tesoro. Salvatore, inquieto y emocionado, me examinó del derecho y del revés y de pronto, sin mediar palabra, me arrancó los pañales, metió su nariz en mis testículos y aspiró con fuerza hasta llenar sus pulmones. Después levantó mi pálido cuerpo y gritó en napolitano: «*Chistu è o´ mie figlie! Chistu è o´ mie figlie!*». ¡Éste es mi hijo!

2

EL HOMBRE DE ACERO

Los pasillos del hospital Italiano eran enormes, interminables. Limpios, fríos como el hielo, desolados. Yo caminaba por ellos como un invasor, una bacteria temerosa e insegura. Me llevaron al cuarto donde se encontraba mamá. El médico me dijo, inexpresivo: «Se puede quedar con ella sólo hasta las seis de la tarde». No le pregunté nada más. La miré dormir, sin apartar la vista de ella, hipnotizado por el subir y bajar de su pecho. A la media hora despertó. Sus ojos de color turquesa se esforzaban en decirme algo que yo no lograba entender, mientras señalaba el bajo vientre. Me olía a pañal de niños, otra vez a limpieza artificial. Después supe que se había orinado y quería que la limpiaran. Llamé a una enfermera y llegó una señora mayor, muy amable y hábil en esos menesteres.

—Por favor, espere fuera en el pasillo —dijo con delicadeza.

Qué podía hacer sino obedecer. Mi madre me miró por encima del hombro de la enfermera y la vi decir, sin voz, moviendo los labios: «Te quiero mucho». Salí y me senté en un recoveco alejado, iluminado como un estadio. Me sentía agotado, pero mi mente era incansable. Pensaba en mi madre. No dejaba de recriminarme el hecho de no haber conseguido la plata necesaria para que fuera a visitar a los *nonni* a Nápoles, donde me la imaginaba cantando ópera en la terraza mientras colgaba la ropa o interpretan-

18

do alguna *canzonetta* napolitana con esa voz potente y aterciopelada que empleaba para ponerle ritmo a su vida. En ese rincón apartado, bajo la luz helada, la sentí acariciándome la espalda, como solía hacerlo, mientras decía: «*Quanto si'bello, Andrea!*». Fue entonces cuando los pensamientos cesaron y el miedo, que me había acompañado todo el tiempo, pareció aquietarse. Todo era plano, lento, vacío, insustancial. Lo único real era el frío que parecía desprenderse de las blancas e inhóspitas paredes. Y allí estuve, tratando de vez en cuando de averiguar qué pasaba, para siempre obtener la misma respuesta: «Todo va bien». Así seguí, medio dormido en la incertidumbre. No soñé, no imaginé. Eran las cuatro de la mañana cuando creí necesario insistir. Igual respuesta: «Todo está controlado». Mentira, nada iba bien. Un hospital está diseñado para que se sufra de soledad y abandono en un plan de mentiras sutilmente orquestado.

Llegó una señora muy alta con dos hijas adolescentes. Se sentaron frente a mí, bajo las mismas luces, se tomaron de las manos y comenzaron a llorar. La angustia me penetró como una daga. Volví a preguntar y esta vez la respuesta fue distinta: «Ya va a llegar el médico».

No llegó. Ni a las cinco ni a las seis ni a las siete. Intenté servirme un café de máquina y ya no había. Y de pronto vi a mi padre, a lo lejos, como salido de una pesadilla, caminando hacia mí. Lo acompañaban Nino y Roberto, uno de cada lado, sosteniéndolo por los brazos. Mi papá, el hombre de *acciaio,* de acero, il Ragioniere, temblaba como una hoja mientras su hermano y su cuñado trataban de calmarlo y darle ánimo.

Cuando estuvo frente a mí, no me abrazó, no lloró, sólo dijo en media lengua, en la mezcla italo-argentina en que se expresaban los «tanos» que vivían en Buenos Aires: «Andá, andá a ver si no se equivocaron y de pronto sigue viva y no le ha pasado nada».

Hubiera querido estrecharlo entre mis brazos, revolcarnos juntos en el dolor. No pude. Volví a la realidad. Mi mamá había muerto y los médicos que pasaban por mi lado y las enfermeras no me habían dicho nada. Llamaron a casa para avisar y no fueron capaces de salir al corredor a decírmelo. Yo estaba más cerca, estaba al lado, cuidándola. Yo estaba ahí, listo para cualquier cosa, tan inútil. Y él me insistía: «Andá a ver si Ángela está viva, de pronto se confundieron y la que se murió fue otra». ¿Adónde iba a ir? Yo no lloré. Mi padre y Roberto tampoco. El único en derramar lágrimas fue Nino, el hermano de mamá. «*Pòvera sòra*», pobre hermana, repetía una y otra vez, mientras me apretaba contra su pecho como si yo fuera lo último que quedaba de ella. Mi padre y yo padecíamos en silencio.

No podíamos explicarnos ni aceptar una muerte tan precoz e inesperada. Mi mamá tenía cincuenta y dos años. Un médico muy canoso y viejo nos dijo que había fallecido de una embolia cerebral y al rato otro distinto explicó que la causa, en realidad, había sido una reacción alérgica a la aspirina. Les habíamos avisado muchas veces y dejado notas por todas partes: «¡Es alérgica a la aspirina!». Se lo explicamos una y otra vez y no nos escucharon. Al cabo de los años supe que, unos meses después, Giovanni, el hermano mayor de mi papá, puso una demanda que no prosperó. Maldito hospital Italiano, malditos médicos. Eran las diez de la mañana y salió un jovencito de bata blanca a pedir el pago no sé de qué cosa. Roberto lo agarró del cuello mientras le reclamaba y le amenazaba en napolitano con volverlo papilla, «*Comme nun me cunt' tutt' cos', te paleo*». Yo no esperé ninguna explicación, le di una patada en el estómago y cayó como un muñeco de trapo. El tipo quedó tendido en el piso. Llegaron unos guardias de seguridad y Roberto les hizo frente. Yo creo que se asustaron, porque decían que nos calmáramos y que el pobre hombre no tenía la culpa. Y era verdad, pero no importaba. Éramos cuatro napolitanos indignados, sufrientes, incontenibles, como en la guerra que yo no había vivido y ellos sí. En esos minutos, cada célula de mi cuerpo dejó de ser mía. Saqué de mi interior algo desconocido hasta ese momento: violencia en estado puro. Podría haber asesinado a cualquiera. Papá sólo miraba al piso, con los ojos vacíos de vida. Mi mamá murió el 15 de febrero de 1977.

3

LA VIDA DEBE SEGUIR

Giovanni se hizo cargo de todo. Además, era el único que tenía plata suficiente para pagar un velorio digno. Quiso que el entierro fuera en Barrio Norte, en una funeraria de la calle Juncal, para gente rica. Giovanni, que era el egoísmo en pasta menos conmigo (quizás porque era mi padrino), compró el mejor féretro y de las cinco salas alquiló la más grande. Un lugar repleto de elegantes sillas grises, con enormes ventanales que daban a un jardín; a un costado había una mesa con mantel bordado, botellas de vino blanco dulce y canapés. Allí fuimos casi todos. Los tres hermanos de mi papá, Giovanni, Antonio y Roberto, dos de ellos con sus esposas, Amalia y Annunziata. Mi mejor amigo, Genarino, con Carmelina, su madre. Uno de los socios de Giovanni en la ladrillera. Vecinos. Y Julia, mi novia, vestida de riguroso luto, con anteojos negros, que no me soltaba de la mano mientras trataba de consolarme de todas las formas posibles. Mucha gente más se apretó allí. Un rumor seco llenaba el ambiente mortuorio.

Yo nunca había estado en un velorio. Son espantosos. La cara de mi mamá se asomaba por la tapa del féretro con una bella sonrisa dibujada por los sepultureros. No se veía mal. No me importó pisar entonces las líneas de las baldosas ni tocar los picaportes, como habitualmente evitaba hacer. No había tristeza en mí, ni asco ni preocupación, no había nada. Era como un títere que Julia llevaba de un lado para otro. El murmullo decía: «*Che bella donna*», «Es que siempre fue muy linda», «Tan buena persona, era una santa». Algunas viejas, posiblemente contratadas por mi tío, rezaban mientras otras hacían de plañideras. ¡Qué fácil es llorar por encargo! Mi papá, en un gesto desconocido para todos, intentó darle las gracias a Giovanni: levantó los brazos y fue hacia él para abrazarlo. Pero mi tío alzó a su vez las manos, con las palmas hacia delante, deteniéndolo, y masculló: «No, no, no...», para enseguida alejarse sin disimular su fastidio. Nada parecía real. Hasta que llegaron los *magliari* y aterricé.

Los *magliari*. Ser *magliaro* no es fácil: se necesitan agallas. A veces funcionaban como una secta, otras como una banda organizada cuya consigna era: «La supervivencia todo lo justifica, y cuidado: la gente puede ser como tú». Mi tío Roberto, a las pocas semanas de llegar de polizón en un barco desde Río de Janeiro, conoció en Rosario a uno de estos napolitanos, que le explicó el oficio: vender cosas falsificadas o engañosas a precio de originales. Y como el Zuóppo no tenía ninguna empresa de construcción, lo intentó. Esa forma de vida es la que asumieron mis tíos, menos Giovanni, que gracias a su ladrillera subió de clase social y llegó a codearse con importantes empresarios. Así se distanció, tanto como pudo, de sus raíces napolitanas.

Los *magliari*, pues. Primero llegaron tres y nos dieron las condolencias: apretón de mano, reverencia formal y una frase en italiano con marcado acento napolitano: «*Le mia più sentite condoglianze*». Luego aparecieron dos más. Y otro, y otro. Como un enjambre, empezaron a rodear a mi mamá. Parecían cortados todos por la misma tijera: bajos, inquietos, vestidos con vaqueros Lee y calzados con mocasines sin medias. Al poco rato estaban apiñados contra la mesa. Como langostas, se embutieron la mitad de las botellas de vino y acabaron con los canapés. De haber podido, se hubieran llevado el cajón para venderlo. Alguno de ellos hizo un chiste fuera de lugar y mi papá, aunque también era *magliaro*, lo perforó con una mirada de ira. Yo no los aguantaba. Desde siempre.

Hablaban un napolitano atropellado en un tono penetrante que por momentos parecía árabe; gesticulaban teatralmente, agitando los brazos, y levantaban tanto la voz que de la sala contigua vinieron a pedir que guardáramos silencio. En realidad, nunca conocí a un napolitano que hablara en voz baja. No saben hacerlo.

Fue imposible esconderlos o esconderme, así que no tuve más remedio que consentir que los amigos de la universidad y los dos o tres profesores que quisieron acompañarme conocieran de primera mano mi mundo real, sin maquillaje y sin mentiras. No ahondaron, no supieron del mercado Spinetto ni de la pizzería Vesubio, pero se llevaron seguramente una impresión indeleble de la *razza* Merola.

Nino le daba un toque de humanidad al lugar. De vez en cuando me daba unos cachetones cariñosos llamándome *guaglióne...*, pibe, muchacho. Yo seguía moviéndome atento, ahora sí, a no pisar ninguna línea que se distinguiera en el suelo, mientras estrechaba manos sudorosas resignado a no poder lavarme las mías. Giovanni, muy serio y amargado, permanecía aparte, junto a su socio, que se notaba de otra clase social: zapatos de charol, traje negro a rayas, camisa blanca almidonada y corbata de seda. Un italiano de la alta Italia. En un momento dado, se acercó a mi papá y le dijo, con mucha distinción: «*La perdita da voi subita è per me motivo di dolore e di sincera commozione*». Amalia, la esposa de Giovanni, no se movió de la misma silla; sólo miraba el ataúd. Julia, metida en una minifalda fúnebre, no paraba de llorar. Después de tantos años de noviazgo, quería a mi mamá como a una segunda madre. Yo también la quise a ella con todo mi corazón. La necesitaba como al aire.

Salvo Antonio y Annunziata, que habían llegado de San Luis, nadie vino de fuera de Buenos Aires. Mi abuelo, el padre de mi padre, el Zuóppo, no apareció. Nunca estuvo en los momentos importantes y, de las pocas veces que lo vi, no guardo buenos recuerdos. Era muy tacaño: el rey de los tacaños. En las contadas ocasiones en que fuimos a comer a su casa, me acuerdo, llenaba primero el vaso de agua y después echaba unos chorritos de vino y decía: «*Basta il colore*». Y cuando hacía pasta, apenas servía un puñado pequeño, una herejía para cualquier napolitano, y agregaba: «*Basta il sapore*». Tan tacaño era que había puesto un candado a la nevera, como si fuera una caja fuerte. Mis primos y yo, siendo niños, un día le rompimos el candado y repartimos la comida que guardaba entre la gente que pasaba por la calle. Sobre la cojera, él contaba que le habían herido la pierna en la Primera Guerra Mundial, cuando blandiendo una espada y a caballo regresó a campo enemigo para rescatar una bandera italiana. Para respaldarlo mostraba una medalla, la cruz al valor, que según papá y mis tíos la había comprado en un anticuario. Al abuelo nadie le creía el cuento.

Mi abuela Tina, la madre de mi papá, había muerto cuando él y sus tres hermanos eran muy pequeños. Los cuatro quedaron a la deriva: se hicieron *scugnizzi*, niños de la calle, y vivieron como pudieron, creo que bajo las órdenes de Giovanni, que era el mayor. Aquí estaban los cuatro de nuevo ante la muerte, sin su padre.

Llevamos el cuerpo de mamá al cementerio de la Chacarita al día siguiente. Después de una lúgubre procesión, metieron el cajón en una especie de apartado de correos. Giovanni había elegido un hueco de los de arriba, los más caros. Pusimos flores y nos despedimos luego de escuchar a un cura hablar del otro mundo, que al parecer era mucho mejor que éste. Julia no me soltaba y me decía que tratara de creer. Yo necesitaba a Dios, pero allí, junto a la tumba de mi madre, creía en él menos que nunca.

Unos pocos acompañamos a papá de vuelta a casa. Mientras tomábamos grapa, me comentaron que la pizzería estaría cerrada por duelo durante una semana. Todavía tengo la mirada de papá grabada a fuego en mi cerebro. Veo sus ojos apagados, casi miserables, y lo veo tomar un trago de licor para decir, sin convicción: «La vida debe seguir». En ese momento supe que no habría cura, que habían abierto una grieta permanente en nuestro corazón. A mis veintiséis años me habían partido en dos. A papá lo habían golpeado más allá de sus fuerzas. Esto no era la Segunda Guerra Mundial, era peor: Ángela se había ido. Estábamos solos.

4

EL PUEBLO ARMADO
JAMÁS SERÁ ARRESTADO

Tuve que ir a la universidad a completar unos trámites. Desde el 24 de marzo del año anterior todo había cambiado en la UBA. Filosofía y letras, psicología, entre otras facultades, eran vistas como subversivas por los militares. Ese día vi la mía más solitaria y apagada que nunca. Me recordó al hospital.

Durante un año había sobrevivido a duras penas en la universidad. Alcancé a recibirme de psicólogo de milagro. No es que fuera un gran líder o un dirigente importante, pero algunos me reconocían como integrante de TUPAC, el brazo universitario de Vanguardia Comunista, un partido de línea dura que se autocalificaba de maoísta-marxista-leninista. TUPAC: Tendencia Universitaria Popular Antiimperialista Combativa. Lo cual no da la idea de una formación precisamente «moderada». Los amigos del Partido Comunista y de la Juventud Peronista, e incluso los de las juventudes radicales no se encontraban por allí: como si nunca hubieran existido. Demasiado silencio en los pasillos. La facultad no estaba oficialmente militarizada, pero se veía mucha gente rara. La paranoia se había instalado en mí hacía bastante.

Cerca de la decanatura me crucé con el doctor Grimoldi, uno de los pocos profesores buenos que aún seguía. Enseñaba estadística y psicometría; yo fui monitor de su cátedra durante casi tres años y aprendí mucho sobre construir test y cuestionarios, estandarizarlos y aplicarlos. Me tendió la mano. Era un hombre alto, de aspecto amable y pelo rubio ensortijado. Decía que no le gustaba la política y tenía fama de matemático loco. Intercambiamos unas palabras y nos despedimos. Me agradó verlo. En la cafetería me encontré con Mario, de la oficina de admisiones, que militaba en Vanguardia Comunista y cuya misión consistía en reclutar nuevos cuadros. Su pantalla era perfecta, según creíamos. Aproveché para preguntarle por los compañeros que habían estado mucho más expuestos que yo y que sí cumplían un papel de líderes universitarios: el gordo Guzmán, el Colorado, Sarmiento, Antonia, la Polaca... Casi todos habían desaparecido o estaban presos. Mario me preguntó si iba a seguir conectado con Vanguardia y me puso al tanto de que ahora, ahora era cuando la lucha se hacía más importante: había que resistir a los milicos. Me preguntó por Genarino, porque había estado con él en una o dos reuniones del partido y sabía que éramos amigos.

En realidad, era Genarino quien me había convencido a mí de que los principios de Vanguardia Comunista tenían una base firme. Cuando Cámpora llegó a presidente, mientras el peronismo utilizaba el estribillo «Cámpora al gobierno, Perón al poder», en uno de esos días porteños de revuelo político, cafetín y tarde lluviosa, en un bar de Pueyrredón, me contó su aventura política:

—Mirá —me dijo, en un tono serio poco común en él—. El país necesita una mano fuerte, necesita que dejen de robar los gobernantes, que la desigualdad se acabe. Tenés dos opciones. El Partido Comunista y su tímida consigna: «El pueblo unido jamás será vencido». ¡Qué unido ni qué mierda! La oligarquía no les tiene miedo a las manifestaciones. Y tenés a Vanguardia: «El pueblo armado jamás será arrestado». La fuerza está en la sublevación. No hay otra.

La verdad es que yo no creía en la violencia, más bien la repudiaba, pero me convencí de que uno no debía ser un mero espectador: quizás existiera una violencia justificada. Con mis dudas a cuestas, fui introduciéndome en el mundo marxista-leninista-maoísta, al menos conceptualmente. Por la misma época, unas semanas después, mataron a Allende en Chile y participé en varias manifestaciones. Recuerdo dos consignas cantadas: «Hermano chileno, no bajes la bandera / que acá estamos dispuestos a cruzar la cordillera». Me emocionaba, yo de verdad quería ir a Chile y acabar con Pinochet y compañía. No era broma. Y la otra: «Queremos plata los universitarios / y se la lleva el Fondo Monetario». Los argentinos siempre han tenido ese don para el cántico, según mi papá un claro plagio de la cultura italiana. Cuando prácticamente estaba prohibido hablar de Perón, en la época de Lanusse, cinco o seis años atrás, salía por televisión, no me acuerdo por qué canal, un conjunto musical de encapuchados que cantaba en un ritmo moderno y pegadizo el regreso del general:

> *Recibí carta de Juan.*
> *Me escribió desde Madrid.*
> *Preguntó por su gorrita*
> *y su motoneta gris.*
> *¡Los muchachos quieren que vuelva!*
> *¡Los muchachos extrañan su ausencia!*

La política se entonaba, se bailaba, se vivía a cien kilómetros por hora, en cada toma de la universidad, en cada esquina, hasta que llegaron las botas. Genarino le ponía humor a la trascendencia que acompañaba el quehacer político y yo, como lo quería mucho, se lo permitía, contraviniendo los más elementales códigos de la izquierda seria. En una ocasión pidió plata a la organización para hacer una pintada. Íbamos a ir un grupo de cuatro compañeros por el centro a dejar consignas apoyando a los trabajadores de una empresa metalúrgica. Ni bien tuvo el dinero en sus manos, llamó a cancelar la misión y me invitó a gastar la plata en lo que él denominó un «paseo erótico por los suburbios». Yo me resistí, juro que lo hice, pero terminamos en el puerto, en una zona de prostíbulos. Fue la primera vez que pagué por estar con alguien. Nos emborrachamos con vino elegante: Calvet Brut blanco, mientras cantábamos *O sole mío* y comíamos pulpo a la provenzal. La pintada se hizo varias semanas después, cuando recuperó la plata que se había gastado aquel día y los obreros ya habían resuelto el problema.

Pero esos tiempos ya habían acabado. Mario insistió una vez más: ¿podía el partido contar conmigo? Le dije que andaba enredado con muchas cosas, le conté de la muerte de mamá y dejé abierta la posibilidad, después de darle el teléfono de la pizzería. Argumenté problemas de tiempo. Él se limitó a decirme: «La revolución no es un problema de cantidad, sino de calidad». ¡Qué le iba a responder a eso! Bajé las escaleras rumbo a la calle y pensé con dolor en la gente amiga desaparecida o aniquilada por la dictadura. Se me aguaron los ojos y me sentí cobarde, incapaz de ir más allá. Se me vino a la mente la imagen de mi tío Giovanni diciendo con furia: «¡Hay que hacer mierda a todos esos guerrilleros!». No sólo a los montoneros, sino a cualquiera que no pensara como la derecha. Recordé a mi tío Roberto y su admiración por Hitler, a mi tío Antonio y las ganas que tenía de un golpe militar nacionalista, e inevitablemente a mi padre, que un día defendía al Che Guevara y al otro, el golpe de Onganía. Cuando se enteró de mis inclinaciones izquierdistas, lo único que me dijo fue: «Que no te agarren». Yo lo interpreté como una aprobación de su parte.

5

SI LA TOCÁS, TE MATO

Empecé el colegio a los seis años, en la escuela Esteban de Luca, que estaba a la vuelta de mi casa. Un día cualquiera me vistieron con un guardapolvo blanco y me dijeron que iría a jugar a un lugar lleno de niños. Mamá intentó peinar mi pelo rizado, me entregó un maletín parecido al de papá y fui a parar a la escuela, en primero inferior. Una señora que estaba en la puerta revisó una lista y dio el visto bueno. *«Ciao, Andrea! Ciao, bello!»*, repetía mi mamá agitando la mano, como si yo fuera a irme de viaje. De un momento a otro me vi en un gigantesco patio con cientos de niños y adultos, todos vestidos de blanco. Yo hablaba una media lengua, entre napolitana y española, que no pasó desapercibida a mis compañeritos. La bienvenida no fue la mejor. Cuando se enteraron de mi nombre, un grupo de pequeños monstruos formaron una ronda a mi alrededor y cantaron hasta el cansancio: «¡Andrea / Merola / tiene nombre de mujer / y no tiene bolas!». Le supliqué a mamá, de todas las formas posibles y sin éxito, no volver. Su premisa estaba basada en una lógica de guerra: «Tenés que prepararte para la *lotta*». Para muchos emigrantes napolitanos e italianos, la palabra *lotta*, que significa lucha, era sinónimo de vida.

A los dos meses estaba estrenando el primer pantalón largo de color verde oliva y ese mismo día me dieron ganas de ir al baño en pleno salón de clase. Como era muy tímido, no fui capaz de pedirle permiso a la profesora. Creí que nadie se daría cuenta, pero no fue así. Vino el celador, un señor muy alto y muy gordo, se tapó la nariz con una mano y con la otra me llevó a la rectoría, donde la directora no quiso recibirme y me sentaron en una banca del pasillo, hasta que vino mi mamá a rescatarme. La conclusión de mi padre fue que lo mío había sido un acto de protesta y que por eso merecía una paliza. Son los primeros golpes que recuerdo.

Como el Esteban de Luca sólo tenía hasta tercer grado, hice cuarto, quinto y sexto en otro colegio que quedaba del otro lado de la calle Rivadavia, cerca de la iglesia de Balvanera. Se llamaba San Miguel Garicoits y estaba concebido para ayudar a las familias pobres de inmigrantes que vivían en la zona. Una obra de beneficencia del elegante colegio San José, que quedaba al otro lado de la manzana. Nosotros íbamos de guardapolvo blanco, mientras ellos vestían un bello uniforme de pantalón gris, camisa blanca, corbata y saco azul con el escudo del colegio.

A medida que iba creciendo, papá fue castigándome con mayor intensidad. Una vez me quedé jugando con un amiguito a la salida del colegio y llegué casi una hora tarde a casa. Estaba esperándome abajo con el portero, desencajado y pálido de ira. Sin mediar palabra, me dio dos fuertes cachetadas y recibí un golpe en el ojo. Caí al piso con la vista nublada y allí empezó a saltarme encima. Recuerdo la suela de sus zapatos ir y venir sobre mi cuerpo encogido. Entre el portero y un vecino lograron contenerlo y sacármelo de encima, mientras se mordía los nudillos y gritaba como loco: «*Ti amazzo! Ti amazzo!*». Falté al colegio dos días hasta que pude recuperarme un poco y a todo el mundo le dije que me había caído por la escalera. Cierta vez me mandó a comprar el periódico a la esquina y el canillita me dijo que el camión que traía la edición de la tarde estaba atrasado y que lo esperara. Así lo hice. Habría tardado media hora. Al llegar a casa encontré el ambiente muy tenso y era evidente que mi mamá había llorado. Papá me arrancó el periódico de la mano y maldijo. Yo pregunté qué pasaba y mi mamá me llevó aparte.

—Esto te va a doler —me dijo con dulzura—, tratá de entenderlo, a veces se descontrola...

—¿Pero qué pasa? —pregunté asustado.

Abrió el cesto de la basura y al mirar dentro pude ver mi colección de revistas SEA, un sello que traía las aventuras de Superman, Batman, Linterna Verde y demás superhéroes, despedazada. Con mucho esfuerzo había logrado juntar diez. Estaba muy de moda intercambiar revistas o apostarlas jugando al chinchón con los otros niños del barrio. No lo podía creer, estaban destrozadas, cortadas en pedacitos. Mi papá leía el periódico y no me miraba. Con el tiempo supe que había jugado a la quiniela por la mañana y estaba esperando el resultado a ver si le entraba plata.

Mamá a veces hablaba con Annunziata, con quien tenía una relación como de hermana, sobre las palizas que me daba papá, quizás para buscar consejo. Pero en esta área mi tía no era la mejor consejera. Yo siempre la quise mucho, igual que al tío Antonio, y desde muy chico empecé a ir a San Luis a pasar temporadas de vacaciones con su hijo, mi primo Rossano. Algunos niños nos decían los primos «mariquitas», porque teníamos nombres de mujer: «Rosa» y «Andrea». Ahí mismo nos agarrábamos a trompadas, así fueran muchos y nos cascaran. Annunziata había llamado así a mi primo en honor a un actor italiano que ella aún ama platónicamente: Rossano Brazzi. Cuando mi tío se enteró, le prohibió ver cualquier película donde actuara su «rival», aunque con el nombre de mi primo ya no pudo hacer nada. El «Rossano» lo perseguiría toda la vida.

Mi tía era una mujer de baja estatura y regordeta, con los brazos cortos y fornidos. Tenía fama de furiosa, lo que no encajaba con el rostro agraciado y la expresión serena de sus ojos verdes. No obstante, si la hacían salir de sus casillas, se transformaba en un ser furibundo. El rostro se le contraía y la manera de hablar, que de por sí era potente, se convertía en un vozarrón encrespado que barría con todo.

Aún tengo grabada en mi memoria una imagen que me acompañará con seguridad toda la vida. La veo arrodillada bajo un árbol, rasgándose, literalmente, las vestiduras e insultando a Rossano. Aquello ocurrió estando yo en unas vacaciones en su casa de la calle Bolívar. Tendría unos diez u once años. Jugábamos dominó con Rossano y varios amigos en una galería amplia, cuyo techo era de vidrio y dejaba ver las ramas de una higuera enorme. A continuación, estaba el solar lleno de árboles frutales. Esa tarde Annunziata empezó a llamar repetidamente a Rossano desde la cocina:

—Rossano, tenés que ir al negocio, que tu papá te necesita. Acaba de llamar y yo no puedo ir porque estoy lavando los platos.

El juego nos absorbía, así que no la escuchábamos o no queríamos. La estrategia de Rossano para defenderse de los embates de su madre siempre era la misma: no responder, hacer las cosas despacio a propósito, equivocarse, llegar tarde... En fin, mi primo, cada vez que podía, subvertía el orden establecido en su hogar y protestaba contra la autoridad. Al menos así yo lo interpreté siempre.

—Rossano, vení que tenés que ir al negocio, que Antonio te espera —insistía Annunziata. Y también se lo repetía en un italiano argentinizado, aumentando los decibeles—: ¡Rossano, *vieni qui, si deve andare* al negocio de *tuo* padre! ¡Rossano, estás sordo, «*carago*»!

Rossano actuaba como si no pasara nada, mientras nosotros mirábamos de tanto en tanto hacia la cocina. Pero esa vez apareció Annunziata con un taburete sobre la cabeza y lo lanzó, sin más, a mi primo. Rossano se agachó y la banqueta terminó en el patio de atrás hecha añicos. Hoy, cuando alguien le pregunta si no fue demasiado irresponsable arrojarle un taburete a Rossano, Annunziata contesta: «No le tiré a dar». Pero entonces mi primo se enfureció, quizás porque le dio vergüenza al estar con nosotros. Nunca lo había visto así. Dio un paso atrás y exclamó a todo pulmón:

—¡Puta! ¡Degenerada!

Hubo un silencio inmediato. Annunziata se llevó lentamente las manos al pecho y con cara de asombro nos preguntó a nosotros, los «invitados»:

—¿A mí? ¿A mí, que soy *sua mamma*?

Claro que nadie se atrevió a responder. Segundos después, Annunziata corría detrás de Rossano, llamándolo «gusano» a los gritos:

—*Verme, maledetto eshquelético*! ¡Porquería *di merda*! ¡Tratar así a la *tua* madre!

Rossano siempre había sido ágil y escurridizo, pero ese día batió todos los récords. Como ratón perseguido por un felino, corrió hasta el árbol de damascos y trepó con rapidez hasta el nacimiento de las ramas. Annunziata, al ver eso, tomó una escoba y comenzó a saltar para pegarle desde abajo. Sin embargo, el tronco era alto y ella muy bajita. Rossano, a salvo, nos sonrió con picardía y empezó a hacerle morisquetas. Los demás los mirábamos sin mover un músculo. La burla parecía incrementar la ira de mi tía, que saltaba y se ponía cada vez más roja. Después de un rato, cambió de estrategia. Tiró la escoba lejos, se levantó la falda hasta los muslos, se arrodilló debajo del árbol, echó el torso hacia atrás y con los ojos clavados en Rossano se rasgó la blusa, mientras se golpeaba el pecho con ambas manos lamentándose:

—*Perché, Dio?* ¿Por qué Dios mío? ¿Por qué?

Cuando ya parecía que iba a desmoronarse y empezaba a verse en Rossano cierta preocupación, se levantó de pronto como una tromba, fue a por la escoba y volvió a saltar y a chillar:

—*Verme, maledetto eshqueletico*! ¡Bajá, bajá, y vas a ver lo que te hago!

Por fin, resignada, Annunziata se fue refunfuñando para el negocio de Antonio. Los amigos salieron en puntas de pie. Rossano bajó del árbol, robó unas flores de los jardines vecinos e improvisó un bello ramo, al cual agregó una nota: «Te quiero mucho, mamá, perdoname». Al ver las flores, Annunziata se tiró a los brazos de Rossano y lo besuqueó hasta cansarse. Acto seguido, le dio algunas palmadas y le prohibió ver televisión y salir a la calle durante una semana.

Obviamente, papá era otra cosa. En sus ataques de furia, él no sólo se ensañaba conmigo, sino también con todas las cosas que encontraba a su paso. Puertas, ventanas, muebles o lo que fuera. Excepto mi mamá. A ella nunca le pegó. Pero siendo ya más grandecito, tendría unos dieciséis años, tuve que enfrentarlo. Era de noche y mamá nos había servido la cena: *spaghetti* con calamares en su tinta. La fragancia de los calamares invadía el edificio, para envidia de los vecinos. Mi papá, ni bien los probó, escupió en el plato.

—¿Qué es esta porquería? ¡Están crudos! —gritó, como solía hacerlo.

Y tiró el plato contra la pared. La pasta quedó chorreando en el muro como un vómito sanguinolento. Después arrojó una silla contra la vidriera y le vi la intención, por primera vez, de ir por mamá, que había corrido hasta la cocina presa del pánico. Fue cuando reaccioné. Lo agarré de la solapa.

—Si la tocás, te mato.

Lo dije en voz baja y sin apartarle la vista. No lo pensé, fue una reacción espontánea, un acto reflejo. Su mirada estaba perdida, como un toro bravo o alguien que no está en sus cabales. Poco a poco volvió a recuperar la respiración normal y a tomar conciencia. Dio un paso atrás y se fue a la terraza con una botella de vino, sorteando vidrios. Nunca más me pegó.

Mientras escribo esto, veo a mi madre con un vestido de algodón blanco repleto de manzanitas verdes. La veo con el pelo negro azabache, los ojos enrojecidos, agachada recogiendo el desbarajuste, mientras se ahogaba en el llanto como una niña indefensa.

6

PADRINO A LA NAPOLITANA

Por esos años de colegio, incluso quizás un poco antes, mi tío Giovanni estaba muy pendiente de mí. Me hacía regalos y yo pasaba muchos fines de semana en su casa, donde Amalia me atendía como a un príncipe. A veces Giovanni me llevaba al cine. Papá nunca lo hizo y no sé por qué. Uno de mis mayores placeres a los cinco o seis años era meterme en una matiné, comer maní con chocolate y ver dos películas seguidas. Por el camino, Amalia me hablaba de las películas que veríamos y Giovanni me hacía creer que yo manejaba el subterráneo porque tenía superpoderes.

—Vos sos el que maneja el tren —decía, muy serio—. Poné el dedo sobre este tornillo. —Elegía uno cualquiera y me hacía presionarlo ni bien los vagones empezaban a moverse. Y me animaba—: ¡Ahora acelerá! ¡Apretá más fuerte! —A punto de llegar a una estación, me señalaba otro tornillo—: Éste es para frenar. ¡Dale otra vez, hacé que pare, así baja la gente!

Tan confiado estaba yo en que era el maquinista del subte que se lo comentaba a mis amiguitos del colegio y se burlaban de mí. Después de la ida al cine pasábamos por la plaza del Congreso, comprábamos una manzana acaramelada y fabricábamos barquitos con pedazos de periódico para ponerlos a flotar en una fuente enorme que estaba detrás del monumento principal de la plaza. Me volví un experto en armar naves de papel de todo tipo.

Giovanni solía decir que era el padrino del último Merola napolitano *verace*, original, ya que todos mis primos habían nacido en Argentina. Él me mostraba un mundo muy distinto del que vivía en mi casa y en el barrio. Era un hombre muy bien parecido, de cabello y bigote plateado. Vestía siempre de traje y tenía amigos importantes. Sabía tocar el violín, pintaba cuadros paisajistas en acuarela, iba al psicoanalista y era respetado por la gente. Para mí era casi un héroe. En Mar del Plata lo acompañaba al casino, lo esperaba en esos hermosos salones del hotel Provincial y él siempre ganaba, o eso me hacía creer. Cuando bajaba por esas enormes escalinatas alfombradas, sacaba plata del bolsillo y me daba unos billetes diciendo que por esperarlo me había ganado el diez por ciento. «Socio», me llamaba, pasando su brazo por sobre mis hombros. ¡Cuántas veces quise que mi padre fuera Giovanni!

Claro que no era igual con todo el mundo. Tenía un lado rudo y cruel que en el fondo yo admiraba, no por lo malo del comportamiento en sí, sino porque al estar con él me sentía protegido e invulnerable. En ocasiones me llevaba a la fábrica de ladrillos, en su automóvil con asientos de cuero, y después se pavoneaba conmigo paseándome de la mano por todas las oficinas y los hornos para mostrarme lo que yo podría ser cuando grande: «*Un uomo importante e rispettato*». Un día, estando los dos en su despacho, mandó a llamar a un obrero y lo echó de la fábrica delante de mí. Creo que el pobre hombre no había cometido ninguna falta grave, pero Giovanni le gritó y lo humilló, antes de expulsarlo. El tipo le rogaba y él no mostró la mínima piedad. La moraleja fue: «A estos vagos hay que tratarlos así».

Tenía dos perros ovejeros alemanes en una casa de José C. Paz, en las afueras de Buenos Aires, y los «educaba» en mi presencia. El método consistía en golpearlos con dureza para que se volvieran feroces, sanguinarios, por si algún ladrón se aproximaba a la casa. Los perros chillaban y yo me tapaba los oídos. Nunca puso algún cartel que advirtiera «Cuidado: perros peligrosos». En cambio, los soltaba de noche y creo que en el fondo deseaba que alguien entrara a robar. Por fortuna, nunca pasó nada. El salvajismo de los perros era motivo de conversación y éstos generaban admiración entre mis tíos cada vez que su hermano mostraba su dominio sobre semejantes bestias.

Giovanni convenció a mi papá de que yo debía entrar al Otto Krause, el colegio técnico más prestigioso de Argentina. Incluso se ofreció a hacerse cargo de los gastos. La Escuela Nacional de Educación Técnica (ENET) N°1 era toda una institución y ocupaba una manzana entre la calle Azopardo y la avenida Paseo Colón. Su pesada arquitectura, con las paredes llenas de hollín y de moho, coherente con la filosofía de que allí se iba a estudiar y a trabajar, le daba más la apariencia de una fábrica que de un centro educativo. Los estudiantes eran de clase media y media alta. Solían ir aquellos inclinados a seguir una carrera técnica industrial ya que, por ley, quienes allí se recibieran podrían entrar luego a cualquier facultad de ingeniería sin examen de admisión. La carrera duraba seis años en lugar de los cinco habituales y había que asistir mañana y tarde. Por la mañana teoría y por la tarde práctica; te ponías un mameluco y empezabas a rotar por distintos estamentos: metalurgia, motores, construcción, fundición, tornería y fresado... Y volver a empezar.

Mi papá me mandó a una profesora de piano que vivía en el sexto piso de nuestro edificio para que me ayudara con la prueba de admisión. Se presentaban casi mil postulantes y entraban cincuenta. Después de estudiar mucho, quedé quinto. Todo el mundo estaba orgulloso de la *intelligenza* de Andrea. Ni bien supimos la buena noticia, papá me sentó en una mesa con unas hojas en blanco y una birome azul. Eran como las cinco de la tarde. Hizo su firma (todavía puedo hacerla de memoria) y me tuvo hasta las nueve de la noche para que aprendiera a falsificarla. Al empezar me dijo:

—Vos mismo te vas a firmar los boletines, los permisos, todo. Vos decidís si sos un vago o un *uomo responsabile*.

Así que para ser un «hombre responsable» repetí la firma cientos de veces. La mano se me acalambraba y, cada vez que cometía algún error en el trazado, él me pegaba un coscorrón. Mi mamá le decía que no me pegara tan duro, pero él no le hacía caso. Terminé con un gran dolor de cabeza y de muñeca, pero siendo el mejor falsificador de la firma de mi papá.

7

La vergüenza de ser Andrea

Los seis años que estuve en el Otto Krause fueron para mí una pesadilla. Incluso la última vez que pasé por la puerta me sudaron las manos y me temblaron las piernas. Estar allí me hizo descubrir algo de lo cual yo no tenía conciencia: que era pobre. La mayoría de mis compañeros vivía en zonas altas de las afueras de Buenos Aires, como Tortuguitas, Banfield o San Isidro. Muchos de ellos jugaban al rugby y hasta al polo (yo sólo había visto caballos en las películas de indios y en alguna carreta del barrio), y casi todos pertenecían a algún club social o deportivo. ¿Por qué el destino me había unido a esos compañeros de salón? Casi todos eran altos, rubios y lindos. Al menos, ésa era mi visión. Yo medía un metro sesenta y tenía un pelo lleno de bucles, cuando se usaba el pelo liso. No era socio de ningún club, mi papá tenía un Opel negro del año cuarenta y ocho y vivía a media cuadra del mercado Spinetto. No era feo, pero estaba lejos del estándar estético de mis compañeros de clase. En una ocasión, la novia de uno de ellos me dijo a quemarropa: «De cuerpo estás bien, pero de cara no», y estuve varias noches en vela. Infinidad de veces maldije mis genes, a Nápoles, a los napolitanos y a la pobreza recién descubierta. En segundo o tercero de bachillerato empecé a no pisar rayas porque pensaba que, si lo hacía, le pasaría algo grave a algún ser querido. Poco después comencé a no tocar los picaportes de las puertas si el que había entrado o salido antes que yo era alguien sospechoso

41

de ser física o moralmente sucio, porque pensaba que me contagiaría. Esto fue cambiando con los años y desapareció en la universidad, pero volvía de tanto en tanto sin que pudiera detectar la causa.

Adopté una nueva personalidad: la del hijo de Giovanni. Para mis compañeros, yo vivía en avenida del Libertador 1144, piso 14 B, era socio del club Gimnasia y Esgrima, tenía apartamento en el barrio Los Troncos de Mar del Plata, una casa de fin de semana en José C. Paz y un Peugeot último modelo. Como es obvio, nunca invité a ninguno a mi casa, pero iba a las suyas y a jugar con ellos al fútbol, aunque el rugby y el polo siempre los evité. Me volví un camaleón, un experto en aparentar lo que nunca había sido. Era un *magliaro* sin *valigia* que iba al Otto Krause todos los días. La simulación se hacía cada vez más insostenible. Por eso, finalmente, durante una visita en casa de Giovanni, tomé coraje y decidí contarle la verdad, aunque me matara.

—Tío, tengo un problema —dije—. En el colegio me estoy haciendo pasar por tu hijo. Lo que pasa es que me da vergüenza decir quién soy y dónde vivo. A veces me traen en coche hasta acá y me piden que los invite a subir, y yo siempre invento excusas para todo. No tengo plata para salir, ni ropa elegante. Me van a agarrar en la mentira...

Giovanni guardó silencio un rato, como repasando lo que había escuchado. De pronto soltó la carcajada.

—¡Mirá que sos vivo! —Me despeinó con la mano y declaró—: Tenés mi *intelligenza*, pibe. —En ese momento sentí orgullo y sobre todo alivio. Se sentó frente a mí y continuó—: Yo te ayudo, seguí como vas. Te llevo algún día al colegio en auto para que te vean llegar, otro día los invitas a José C. Paz o los haces entrar acá en el apartamento y Amalia les da algo de comer, te hago entrar al club y te compro ropa. Tenés que estar a la altura de la gente bien. Vamos a ir también donde mi sastre. Y, muy importante, no le digas nada a Salvatore ni a nadie. Esto sólo lo vamos a saber Amalia, vos y yo. ¿Listo?

Juré haciendo la señal de la cruz y agregué:

—Secreto, tío, lo juro.

Pese al apoyo y la complicidad de Giovanni, esos años se me hicieron interminables. Tenía que aparentar que tenía sirvienta y tenía que ayudar en la pizzería. Me debatía entre la mentira y la vergüenza de ser un Merola.

Había muchos momentos en los que no era fácil seguir pareciendo un hijo de papá. Una vez Espinosa, uno de los más estirados, nos invitó a cinco compañeros y a mí a pasar Semana Santa en una casa de recreo que sus padres tenían en el Tigre. Yo acepté por sentirme halagado al ver que me trataban como a uno de ellos, pero de inmediato pensé que había cometido una estupidez. Nunca había tenido piyama ni maleta, mi cepillo de dientes era abierto y descolorido, mi traje de baño no estaba de moda, tenía que llevar varias mudas y la ropa que me había regalado Giovanni no era apropiada para la ocasión. De nuevo corrí donde mi tío para que me auxiliara. Amalia me vio tan desesperado que trató de tranquilizarme diciéndome que ella era mi segunda madre y que no me dejaría sufrir. Fue cuando pronunció las palabras mágicas:

—Giovanni me autorizó a que vayamos por Santa Fe a comprar todo lo que necesites.

Y ese día en la avenida Santa Fe fue la primera vez en mi vida que fui de compras. Me pareció lo más extraordinario del mundo entrar a un lugar y no preguntar el precio. Tenía unos catorce años y esa tarde supe lo que significaba tener dinero: zapatillas de marca, dos vestidos de baño, cuatro conjuntos de camisa y pantalón, remeras y, lo que más recuerdo: ¡una valija de puro cuero! Cuando mi papá la vio, intentó apoderarse de ella para sus viajes, pero me rebelé decididamente y no lo dejé. En la farmacia compramos un cepillo de dientes, una crema especial con flúor y algo sorprendente que ni siquiera sabía que existía: enjuague bucal. Nos sentamos en una cafetería y pedimos helado.

Amalia no parecía una napolitana típica. Tenía el pelo corto, era flaca y de busto pequeño. Su cutis era como de porcelana y siempre estaba muy arreglada y maquillada. Usaba perfumes caros y se vestía con ropa de moda, lo que le daba un aire juvenil.

—La gente se conoce por el aliento y por si tiene caspa —me dijo. Yo automáticamente soplé en mi mano y olí. Después me miré los hombros, a ver si pasaba el examen. Ella pareció cambiar de tema—: ¿Sabés cómo conocí a tu tío? Te voy a contar. Yo era una mujer muy joven, diecisiete años apenas, y nunca había tenido novio. Era muy linda, pero muy exigente. —Acercó el asiento al mío y siguió hablando—: Un día, él me vio en el balcón y se paró justo enfrente a fumar. Era muy buen mozo y yo me dejé coquetear. Así pasaron semanas y no me decía nada, sólo nos sonreíamos. Una tarde me hizo señas de que bajara. Yo le decía que no con la mano y él decía sí con la cabeza; yo me empeñaba en el no y el insistía en el sí. Finalmente me animé. Tenía un vestido ajustado y me acababa de lavar el pelo. Cuando lo vi más cerca, me pareció más lindo aún. ¿Y sabés qué fue lo que más me atrajo de él?

No supe qué responder.

—Cuando me habló, su aliento era fresco y olía a *ceràsa*.

—¿Te enamoraste porque olía a cereza?

— Y a *fràvula*.

—¿También a fresa? ¡Giovanni era una ensalada de frutas!

—¡Sí, sí! —dijo, sumándose a mi carcajada—. ¡El amor tiene gusto a fruta! ¡Él me sabe a *frutta*!

Hubo una segunda estrategia patrocinada por Giovanni para respaldar mi farsa que llevó a un desenlace inesperado. Como algunos compañeros míos eran socios de Gimnasia y Esgrima, un verano Giovanni nos regaló a Genarino y a mí la inscripción al club para que me acompañara. Éramos socios transeúntes, lo que nos permitía asistir a la piscina durante los meses de diciembre, enero y febrero. Yo tenía dieciséis años y Genarino, diecisiete. Nos pasábamos el tiempo nadando, haciendo pinta y tratando de levantar alguna que otra chica en bikini. Jugábamos a ser ricos: habíamos aprendido a aparentarlo. Todo estaba fríamente calculado y manejado a la perfección, hasta que mi mamá y la de Genarino se enteraron por Giovanni de que el socio transeúnte tenía derecho a invitar a un familiar. Una tarde de fines de enero, mientras estábamos sobre un trampolín retándonos a ver quién saltaba primero, no pude dar crédito a lo que vi allá abajo: ¡eran nuestras madres! Se habían presentado en la puerta y el cuidador las había dejado pasar. Ambas estaban vestidas de manera similar: túnicas amplias y floreadas, el pelo agarrado con un moño de colores y sandalias hawaianas. Parecían hermanas. Cada una cargaba una bolsa de paja trenzada de donde asomaban botellas de Coca-Cola y algunos panes. Cuando nos vieron en las alturas, se acercaron a nosotros y gritaron varias veces, presas de la emoción: «¡Andrea! ¡Genarino!». Nos quedamos petrificados, como delante de una serpiente venenosa. Tendieron un mantel de cuadros rojos y blancos bajo la sombra del único árbol que había y fueron sacando mortadela, salame, queso ricota y roquefort, cuchillos, gaseosas, vasos de plástico y por fin una botella de vino ya empezada. Mientras tanto, nos saludaban efusivamente con las manos. La culminación llegó cuando se sentaron en el borde de la piscina levantándose los vestidos por encima de la rodilla para meter los pies en el agua. Todo el mundo podía oírlas mientras chapoteaban:

—*Che piacere è l'acqua fresca!*

Hasta entonces habíamos aguantado heroicamente sobre el trampolín. En ese momento nos tiramos. Genarino cayó de panza y yo, de espaldas. Tratamos de quedarnos el mayor tiempo posible bajo el agua, pero cuando al fin tuvimos que salir a la superficie, volvimos a sumergirnos de inmediato, evitando salir al mundo real. Cada vez que asomábamos la cabeza, ellas expresaban alegría y nos señalaban, como si se tratara de un juego:

—¡Ahí están, ahí están!

No había escape. Pero de pronto, una de las veces que salí a respirar, vi una pequeña multitud reuniéndose en torno al improvisado bufé de nuestras madres. Nadé hacia allí y escuché a mi mamá decir:

—¡Coman lo que quieran! ¡Hay suficiente para todos!

Y muchos se lanzaron como hambrientos. Se repartieron los sándwiches, beneficiando incluso a un guardia de seguridad que se acercó para invitarlas a retirarse y fue sobornado con mortadela, hasta que sólo quedaron migas sueltas y caras de satisfacción en los comensales.

Hubo más de una vez en que el engaño estuvo a punto de ser descubierto. Una noche fui a trabajar en la pizzería y al llegar vi desde fuera a un compañero de clase con un señor mayor comiendo *pizza*. ¡Dentro de la pizzería y atendidos por Nino! Hui. Después supe que el padre de mi amigo era constructor y estaba haciendo un estudio por la zona. Durante aquellos años de bachillerato seguí escabulléndome, de salto en salto y de gambeteo en gambeteo. Sólo estando en sexto de bachillerato, casi terminando el año escolar, pude presumir de algo que no todos tenían. Hacía unos meses que salía con Julia y la llevé a una fiesta. Ese día se vistió muy *sexy* y fui la envidia de todos. El dueño de la casa me susurró al oído:

—¿De dónde sacaste semejante mina?

El día que me recibí, de la familia sólo fueron Giovanni y Amalia y llegaron media hora tarde. El título decía, en letras góticas, «Bachiller Técnico Mecánico». Significaba mi salida al mundo libre. Pero mi futuro ya estaba determinado por Giovanni, con el común beneplácito de mi papá y mi mamá: sería ingeniero civil. Entré de inmediato a la Universidad Tecnológica, con horario nocturno, para gente que trabajaba además de estudiar, porque eso, según Giovanni, que ya no quiso pagar mis estudios, «fortalecería mi carácter». No fue así. Todo fue un desastre desde el principio. Durante el día trabajaba en una fábrica de pistones llamada Buxton Mahle como dibujante proyectista. Tras mi jornada de ocho horas prolongada por dos largos trayectos de colectivo, llegaba a la Tecnológica a tratar de entender álgebra. Tampoco entendía computación y si no la aprobaba, no podía seguir. El lenguaje de programación de aquella época, el Fortran IV, a su vez no me entendía a mí. Las tarjetas que yo perforaba jamás llegaban a destino. A mediados de 1971, después de un año y medio así, renuncié a todo. Dije adiós a Carnevalli, mi jefe de Buxton, y a Grant, mi profesor de computación, que debió de alegrarse de verme partir. Giovanni dejó de hablarme porque no había asumido su legado. Mis padres no entendían mi falta de perseverancia. Fui con Genarino a la Universidad de Buenos Aires a ver qué podíamos estudiar. Indeciso como yo entre tantas carreras, Genarino preguntó dónde había más mujeres. Él dejó psicología en el segundo semestre, pero yo seguí adelante. Mi papá consideró que yo me dedicaba «al estudio de los chiflados». El pronóstico fue claro: «Te vas a cagar de hambre».

8

UNA MAGNOLIA PARA MI MADRE

El teléfono sonó muy temprano. Me desenrosqué de Julia y atendí. Era Nino, preocupado y molesto por mi ausencia:

—Andrea, ¿dónde estabas? Desapareciste. Hace diez días que no te vemos por acá.

—Son las seis y cuarto —susurré, dormido.

—Si no te llamo a esta hora, no te encuentro.

—Hablé por teléfono con papá todos estos días. Quiero tomarme un tiempo antes de aparecer por allá —le expliqué, disculpándome.

—Mirá —dijo Nino con tono de regaño—. Yo sé que no estás bien, pero necesito que hablemos urgente.

—Bueno, en cuanto pueda voy.

—No, no, tiene que ser ya —insistió—. Vestite y vení para acá. Te espero en la pizzería. Me importa un *cazzo* lo que digas.

Ni bien colgó, maldije todo. Era una mala costumbre mía: maldecir. Lo aprendí de los Merola de primera generación, que para todo usaban el término *mannàggia*, que significa «maldición» o «maldita sea». Cuando estaban muy enojados, solían incluir a la Virgen María, a la que invocaban mordiéndose el nudillo del índice doblado en forma de gancho: «*Mannàggia a Madònna!*».

Me bañé y como siempre me demoré bastante para que el moño de los cordones de las zapatillas Flecha me quedara con las puntas lo más parejas posible. Fui hasta la pieza de Genarino para despedirme y dormía profundo.

Genarino y yo nos habíamos criado juntos. También era hijo único. Su mamá, Carmelina, una señora napolitana alta, de complexión gruesa y carácter fuerte, tenía un puesto de verduras en el Spinetto. Se había casado con un argentino de ascendencia polaca, músico y militar, que tocaba el trombón en una banda del ejército. Nunca supe exactamente las causas por las que el hombre se fue de casa y nunca más volvió. Conocí a Genarino a los seis años, el día en que mis padres me dejaron ir solo por primera vez a la plaza de enfrente: la Primero de Mayo. El lugar era un hervidero de niños de todas las edades que se subían a toboganes y hamacas, jugaban al fútbol o daban vueltas en la calesita. Dos más grandes que yo empezaron a molestarme. Se burlaban de mis piernas blancas y me tiraban pelotazos. Mientras trataba de ignorarlos y pensaba en cómo llamar a tío Roberto, que era campeón de yudo, de la nada apareció Genarino. Apenas tenía siete años, pero parecía de diez; además, tenía cara de coreano.

—A ver si se dejan de joder al chico —les dijo mientras recogía una piedra.

Los otros amagaron con hacerle frente. La piedra dio en el brazo de uno. Agarró otra más grande y empezó a gritar como un karateca. Debieron de pensar que estaba loco porque desaparecieron de inmediato. Cuando la cosa se calmó, me explicó:

—Mirá, en la plaza hay que andar con cuidado. Uno nunca sabe. Pero no te preocupés, que yo te voy a defender.

Y a partir de ese día fuimos el uno para el otro. Vivía a una cuadra de mi casa y hablábamos napolitano todo el tiempo. Desde el principio mi mamá lo acogió como a un hijo más. Como Carmelina trabajaba todo el día, él pasaba muchas horas en mi casa y de ahí nació también una amistad entre nuestras madres.

Dos años antes de la muerte de mamá, Genarino había comprado un apartamento cerca de Primera Junta, en la calle Martín de Gainza, con las coimas que les sacaba a los clientes de la empresa donde trabajaba. Era jefe de compras de una constructora importante y en pocos meses ya había conseguido dinero suficiente para darse algunos gustos, como tener un Ford Taunus y viajar a Mar del Plata cada vez que le daba la gana.

—Ya es hora de que dejes el barrio y el Spinetto —me dijo un día—. Venite conmigo. Pagás el agua y la luz y tenés una pieza para vos. Así te vas a poder coger a Julia cada vez que quieras sin gastar un peso en moteles. Y de paso me haces compañía. ¿Qué decís? Acordate de que soy tu hermano mayor. No me podés llevar la contraria.

Y nos abrazamos. Siempre me dijo que era mi hermano mayor. Cuando me fui, mi mamá lo entendió y me dio la bendición. Mi papá fue más ambiguo: «Hacé lo que quieras, pero por las dudas ya sabes que acá tenés un cuarto». Yo desaparecí como un fantasma.

Aunque no dejé la pizzería. Tuve que seguir yendo dos veces por semana, a atender mesas o ayudar en lo que pudiera. Mi papá me pagaba algo cada vez y eso me ayudaba mientras estudiaba en la UBA. No por eso iba desahogado. Casi todas las quincenas encontraba un sobre con plata en la mesa de la sala del apartamento de Genarino, firmado por él, la misma cantidad que yo había pagado de luz y agua. El sobre iba dirigido a mí: «Buenos días, pelotudo».

Algo había que hacer. Entonces se dio la ocasión. Por esa época vi un aviso en la cartelera de la facultad de filosofía y letras buscando profesores que quisieran trabajar algunas noches dando clases de filosofía latina en un colegio nocturno para adultos. Yo no era justamente un experto en la materia y pensé que, al ser una escuela para gente mayor, no serían muy exigentes en cuanto a la experiencia, así que me compré un libro sobre el tema y me encerré todo un fin de semana a estudiar a Séneca, Cicerón y compañía. El método era el que había aprendido de mi tío Giovanni: «Hay que ser *audace*», solía decir. Así había hecho él: un día, cuando era pobre, había visto en el periódico una convocatoria para contratar gerente en una fábrica de ladrillos. No tenía la menor idea del asunto, pero se inventó un currículo y lo mandó por carta certificada, explicando que era un experto en cerámica y que había administrado una empresa similar en Nápoles. Con la poca plata que le quedaba, salió luego a buscar por toda la ciudad un libro que le enseñara algo de lo que necesitaba para la entrevista. Tan buena suerte tuvo que los dueños resultaron ser hijos de napolitanos. Entre su labia y la lengua en común, enseguida se los metió en el bolsillo; de un salto pasó de la calle a la gerencia, con la promesa de que les entregaría el título de «ceramista especializado», que luego nunca llegó de Italia. Inspirado en su ejemplo, me presenté a las directivas del colegio como una eminencia y salí de la entrevista como profesor de «filosofía para la vida cotidiana» con un total de ocho horas semanales, bien pagadas para la época.

Una vez mis tíos me dijeron que ensayara el *mestiere*, el oficio de vender como lo hacían ellos. Me decían que era importante aprender la *professione*, porque uno nunca sabe lo que puede pasar, y es mejor ser *magliaro* que *morire di fame*. Así, siguiendo todas sus indicaciones, salí con Genarino a vender relojes Rolix por la avenida las Heras y en la primera casa que timbramos nos abrió un señor que trabajaba en la aduana. Salimos corriendo como criminales perseguidos por la policía. No teníamos pasta de *magliari*, no nos daba el cuero. Todos lamentaron nuestro fracaso, menos mi madre, que agradeció al cielo que nos hubiera ido mal.

Besé a Julia y salí a la calle de mala gana. Tomé el subte y me bajé en la estación de Pasco. Atravesé la plaza de tierra roja, con su típico olor a humedad veraniega y a magnolia que llegaba de los frondosos árboles desparramados a un lado y a otro. De niños nos subíamos a bajar flores, pero no todos eran capaces de hacerlo porque estaban muy altas. Yo sólo pude una vez, cuando tenía alrededor de diez años, y le regalé la magnolia a mi mamá.

Ahora oía las voces de los que acarreaban frutas, carnes y pescados en los alrededores del Spinetto, los silbidos de los afiladores, las voces de las señoras que iban de compras, como lo hacía mi madre religiosamente todos los días, y me parecía injusto que ella ya no estuviera. Una mujer que iba caminando delante de mí llevaba una bolsa exactamente igual a la que ella usaba, de lona azul desteñida con manijas de madera. Me vi agarrado de su mano, entrando a las calles asfaltadas y sucias del mercado, y volví a oír a los encargados de los puestos diciendo «ahí viene la Loren». Y era verdad. Mi mamá caminaba igual que Sofía Loren en las películas *L´oro di Napoli* y *Ieri, oggi, domani*, con la mano en la cadera mientras meneaba el cuerpo de lado a lado. Por un instante pude imaginar aquellas mañanas frescas de otoño, en que los aromas de cada puesto de venta me generaban la sensación de estar en casa, a buen resguardo, en el gueto. No duró nada. Un suspiro y otra vez me encontré insultando a la pizzería, a mi papá y a Nino. ¿Qué quería él? ¿Cuál era su afán? Deseaba irme lejos, pero cuanto más intentaba escapar, más me acercaba.

Abrí la puerta corrediza y vi la silueta de Nino al fondo. Toda la pizzería estaba en penumbras y no había música como otras veces. El lugar se veía entristecido. Me enfilé hacia él sin disimular mi rabia.

—¿Qué pasa? ¿Qué es eso tan importante?

Ni me miró. Se sirvió medio vaso de caña Legui y se lo embutió.

—¿Estás tomando a esta hora? ¿No te parece muy temprano?

Separó de la mesa una silla para mí y me dijo con un acento italiano, que podría haber resultado gracioso de no haber sido por la situación:

—Sentate y dejate de joder. ¿Cómo va la universidad?

Eso desencadenó aún más mi ira.

—Ya soy psicólogo, tío, por si no lo sabés.

Se le iluminó la cara.

—¿Por qué no dijiste nada? ¡Sos el primer *dottore* de la familia! —anunció con alegría—. Deberíamos haber hecho una fiesta. Le voy a decir a Francesca para que organicemos algo...

Se levantó, me abrazó y me dio varios besos en la cabeza mientras me despeinaba, como un gran chimpancé acariciando y espulgando a su cría.

—*Duttóre!* —exclamó, celebrándolo. Y agregó, poniéndose en puntas de pie mientras hacía girar aceleradamente el dedo índice contra su sien—: *I pazzi!* ¡Los locos!

No pude evitar la carcajada. Los gestos napolitanos siempre me han hecho reír. Giovanni, él único de los cuatro hermanos que volvió alguna vez a la patria, trajo con él de Nápoles un diccionario titulado *L'arte gestuale a Napoli*, donde figuran ilustrados y explicados cada uno de los gestos entre los que he crecido. Me regaló el ejemplar y cada vez que lo ojeo veo a todos los Merola allí retratados, yo incluido.

—Te va a ir bien —siguió—, todos estamos locos. Vas a tener muchos clientes...

Esto ya lo había oído antes. Me impacienté.

—¿De qué querías hablar? —lo interrumpí—. ¿Qué era tan urgente?

Volvió a sentarse y la preocupación oscureció otra vez su rostro. Tardó en empezar. Necesitaba cambiar de escena.

—Tu papá no da más —admitió por fin—. Llora a escondidas. Me confesó que la pizzería le recuerda a Ángela y que no quiere volver más. Se la pasa tirado en la cama... Imaginate, cómo era él y miralo ahora... Esto no lo podemos cerrar, María Grazia, José y Arturo necesitan el trabajo y yo también. No les vamos a dar el gusto a los gallegos de enfrente y a esa empanada aplastada de atún que venden, *q'fa squiffo*...

—¡Pero si cada vez que lo llamé me dijo que estaba bien! —repliqué, de veras asombrado.

—Ya sabés cómo es, demasiado *orgoglioso*... No te lo iba a decir, vos lo conocés...

Ambos nos quedamos en silencio. Lo miré pidiéndole auxilio. Él levantó los hombros: «Te toca, es la vida», parecía decir.

—Está bien —dije, con resignación—. Voy a hablar con él, pero no sé qué carajo le voy a decir.

9

OTRA VEZ ENTRE LA ESPADA Y LA PARED

No sabía ser indiferente al sufrimiento de mi papá. No lo podía evitar. Me decía a mí mismo que no debía preocuparme por él, que no lo merecía, y, sin embargo, allí estaba la compasión, como si me la hubiera legado mi madre. Crucé rápidamente la calle, fui bordeando el parque mirando al frente, sin oír, a solas con el ritmo persistente de la taquicardia que volvía como en los tiempos en que vivía con él. Llegué y me paré frente al edificio. La dirección que tantas veces había ocultado: «Pichincha 157, séptimo piso A».

Pepe, el portero, y Adriana, su esposa, salieron a mi encuentro. Eran como de la familia. Yo los apreciaba porque muchas veces habían sido una conexión a tierra para todos nosotros, en especial Pepe, a quien mi papá respetaba. Entre otras cosas, porque tenía un revólver que sacaba cada vez que había un ruido extraño en el edificio o alguna rata.

—Te olvidaste de nosotros, pibe —me dijo Adriana, maternal—. Pobre Ángela —agregó sinceramente.

Yo los abracé a ambos y les dije que el estudio y el trabajo me tenían muy ocupado. Les mentí. ¿Qué otra cosa podía hacer? Eran como otros tíos, pero no quería contarles mis cosas. El edificio era una colmena de italianos. Pepe sabía manejarlos a todos, incluso a Giovanni, que durante una época no tuvo plata y vivió en el quinto piso, pero igual preferí ser reservado.

Pepe podía dar lecciones de malicia incluso a los reyes de la malicia, que, por otro lado, podían ser también muy ingenuos. Los sábados a la noche, por ejemplo, algunos de mis tíos y sus vecinos napolitanos se juntaban a ver por televisión un programa de lucha libre: *Titanes en el ring*. Tomaban vino, comían *pizza*, empanadas y apostaban por los luchadores: el campeón del mundo Martín Karadagián, el Indio Comanche con sus dedos magnéticos y la Momia, entre otros luchadores. Absorbidos por la pantalla, gritaban, saltaban y aplaudían bajo la impresión que les producían los golpes. Yo estaba ahí, a mis doce años, sufriendo a la par. Codazos, patadas, dedos en los ojos, pisotones, todo era espeluznante. Una noche cualquiera invitaron a Pepe y les dijo la verdad sin clemencia: «Todo es una farsa, la pelea, los golpes... No sean boludos. ¿Se creyeron esto?». Y se echó a reír. Quedaron atónitos e indignados con la noticia. Se resistieron al principio, oponiendo argumentos como la sangre y los ojos hinchados, pero Pepe era un hombre práctico e inteligente. Con él descubrieron que la lucha libre era mentira, un simple *show*. ¡Nadie lastimaba a nadie! Y lo peor: ¡habían sido engañados! ¡Ellos! Roberto se limitó a decir: «¡Tanta emoción al pedo!». Adiós morbo. Mi papá fue hasta el televisor, le pego una patada y lo partió en dos. Insultó al Canal 9 y amenazó con denunciarlos por estafa: «*Truffa malintenzionata*».

Nunca entendí esa costumbre: cuando se referían a cosas muy serias, que parecían de alta cultura o trascendentes, en lugar del napolitano utilizaban el italiano. Pensándolo bien, la comunicación entre el mundo y nosotros podía darse en cuatro variantes, que ellos mezclaban todo el tiempo: napolitano raso, italiano, argentino con acento inmigrante y lunfardo al estilo tano. Todo junto: «*pibbe*», «*degate* de hinchare la pelota», «*higo* de *putta*», «la concha de la *tua mamma*», «Qué decí, che», «Vamo a *morfá*», y otros enredos parecidos. También cantaban tango arrabalero a su manera. A veces, los lunes, cuando se cerraba el negocio, íbamos a comer *pizza* a Los Inmortales de la calle Corrientes: la única que aceptaban más allá de la de cancha que se conseguía en los alrededores del Spinetto, una *pizza* gigante que vendían en la calle, sobre una plancha redonda, con sólo tomate y ají picado. Una foto enorme de Gardel con el obelisco detrás presidía el salón de Los Inmortales; frente a ella, mis tíos, sobre todo Nino y Roberto, hablándole a la foto, recitaban un clásico argentino:

> *Tango que me hiciste male*
> *y sin embarg te quier*
> *porque sos el menzzaguero*
> *de mi sangue y arrabale.*

Soltaban la carcajada y brindaban con vino de la casa. Una y otra vez. Después de compartir con ellos tantos años, debo concluir que el acento nunca se pierde.

Tomé el ascensor, subí hasta el sexto y seguí subiendo a pie la escalerita que llevaba al último piso, donde había sólo dos puertas: la de la casa de mi papá y otra de metal, muy pesada, que daba al lavadero comunal y a un enorme patio donde se colgaba la ropa. Aunque tenía llave, toqué el timbre y me anuncié desde fuera. A los pocos segundos la puerta se abrió lentamente y mi papá asomó su cabeza de duende. Estaba pálido, más flaco, con ojeras, pero con el mismo piyama a rayas de toda la vida. Levantó las cejas y me hizo señas de que entrara. El olor era penetrante. Mi papá siempre había olido a sudor ácido y esa mañana todo el apartamento olía a ácido, a salado, aunque también a un leve aroma del perfume de lavanda que usaba mi mamá.

Mi papá era un hombre de baja estatura y de contextura delgada. El rostro anguloso y los ojos negros desafiantes le daban un aspecto poco amable. Tenía una calvicie franciscana, una coronilla, que no crecía con los años. El poco pelo que le quedaba se veía eléctrico y rizado, y en su nariz se incrustaban unas gafas de marco grueso. La familia lo describía como una persona acelerada e intensa. Caminaba de una manera especial, rara más bien, manoteando el aire como si estuviera remando. Sonreía poco y reía menos. Ese día me sorprendió ver la lentitud de sus movimientos y la manera en que arrastraba los pies.

Había comprado el departamento hacía muchos años. Se entraba por un salón comedor enchapado con un parqué oscuro hecho de piezas pequeñas que contrastaba con la iluminación natural debida a la vidriera. A la derecha estaba la cocina, más o menos amplia, y más adelante el dormitorio matrimonial. Del otro lado, Nino, que era carpintero, había construido una habitación de madera sólida terminada con un cartón prensado marrón, muy grueso, que parecía piedra. Ése era mi cuarto. Las dos habitaciones, no así la cocina, daban a una amplia terraza donde hacíamos asados y pasábamos gran parte del tiempo en verano y primavera. Allí, en la parte alta de la pared, se incrustaba un toldo verde que podía abrirse o cerrarse pero nunca funcionaba. Desde la terraza, justo enfrente, veíamos unos edificios bajos y parte de la plaza Primero de Mayo, el pulmón del barrio. Nuestra casa parecía un negocio de compraventa de muebles usados, por lo variado y apretado del mobiliario. Mi papá no quería tirar nada. Solía comprar, de tanto en tanto, bártulos en barrios lejanos porque pagaba la primera cuota y luego desaparecía. Como precaución, nos hacía a mi mamá y a mí un mapa de por dónde no debíamos pasar jamás y nos decía que, si nos pillaban, dijéramos que no lo conocíamos. Esto, sumado a la actividad de *magliaro*, creaba en casa un clima de zozobra que se volvía naufragio cuando alguien llamaba a nuestra puerta. El timbre nos inmovilizaba, mis padres se miraban aterrados y se decían el uno al otro «*Chi è?!*». Y yo, a mis ocho o nueve años, corría a mi pieza, me escondía bajo la cama e imaginaba que llegarían los bomberos con trajes rojos brillantes, en vez de la policía, para llevarnos presos a todos. Pero los bomberos jamás se presentaron.

En cambio, yo acompañé a papá infinidad de veces a la calle Pasteur, donde un señor llamado Esquenasi, nombre que no sé por qué se me quedó grabado, tenía el local indispensable para un buen *magliaro*. Aunque había muchos negocios similares. Mi papá preguntaba qué había de nuevo, o sea, qué nueva estafa se había inventado, y el tipo ponía sobre una mesa de hierro los productos recientes. Un día le mostró sellos de marcas extranjeras para pegar en telas y paños: *made in England, made in Germany*, etc. Papá compró varios cortes de paño, unos cuantos sellos y nos fuimos al departamento a pegarlos. Mi mamá y yo, subido a una silla, con la plancha adheríamos los sellos a las telas. Además estaban los Rolix, esos relojes que tratamos de vender Genarino y yo, con una «i» desdibujada para que pareciera una «e», que había que pronunciar en mal español para que sonara a Rolex. Los impermeables de *nylon*, que los *magliari* pronunciaban «nailón», eran uno de los mejores productos de venta. Ante los potenciales compradores les echaban benzina y les prendían fuego para mostrarles que no se quemaban y que eran resistentes a cualquier cosa, pero después de la muestra se los cambiaban por otros de rayón que dejaban pasar hasta el agua. Los *magliari* iban de puerta en puerta, de barrio en barrio, algunos vestidos de marineros y otros con gorras de contramaestre, diciendo que el barco en el que venían de Italia había atracado de improviso por dos días y que, como necesitaban plata, estaban liquidando lo poco que tenían. La gente caía, compraba, y no faltaban los vivos que, tomándolos por extranjeros en apuros, trataban de aprovecharse sin saber con quiénes se metían.

Cuando Roberto empezó a ganar plata, mis tíos siguieron su ejemplo. Giovanni lo intentó sólo por un tiempo porque, como decía después, le parecía «poco ético». Mi papá se acopló enseguida y con eso nos mandó el dinero para el pasaje. Al principio se ufanaba de ganar en un día lo que un obrero ganaba en un mes. Cuando mi mamá y yo llegamos de Nápoles, vivimos un año en el hotel Savoy, un hotel elegante, frente a la plaza San Martín, en la *suite*. ¡Un año entero! Después le dijeron que en Brasil se ganaba más y nos fuimos unos meses a São Paulo, pero los brasileros no eran tan ingenuos y nos regresamos. El *mestiere* siguió dando plata: así compró el departamento en Pichincha y después un local en la calle Matheu para ponerle un negocio a mi mamá, que por falta de ideas nunca lo puso en marcha. Pero, luego, vender se hizo más difícil. Cada mañana, lloviera o hiciera sol, mi papá organizaba la *valigia*, tomaba un tren de cercanías y se perdía en el gran Buenos Aires con la esperanza de vender. Los clientes preferidos eran los curas. Cada iglesia que veía representaba para él una oportunidad. Mi mamá le decía que iba a ofender a Dios si vendía a los sacerdotes y él respondía que Dios no podía dar lecciones porque Pablo VI era homosexual y comunista, opinión compartida por todos los Merola menos Giovanni, que, como buen conservador, creía que el papa era el único representante en la tierra de *il Creatore*. Y nada más.

Recuerdo haberlo esperado algunas veces en la esquina de Pichincha y Rivadavia. Él venía de la plaza Miserere y al verme me saludaba de lejos. Nunca me dijo si le gustaba encontrarme. Supongo que sí. Si no había vendido, hacía como un tirabuzón con el dedo anular y el índice y los movía de derecha a izquierda. Este gesto significa en Nápoles «no hay nada», vacío. En el idioma de los *magliari* significaba *iânco*, blanco, no se vendió. Yo ponía cara de «lo siento mucho» y caminábamos juntos sin hablar, hasta llegar a casa. ¿De qué iba a hablar con él? ¿Qué podía decirle? Vivíamos al día y yo me repetía: «¡Maldita sea, maldita sea, no vendimos!». Mi mamá lo esperaba con un plato de pasta y mucha angustia. Un día llegó más temprano de lo habitual. Creo que fue una de las pocas veces en que los ojos le brillaban de alegría con plena intensidad. Había vendido absolutamente toda la mercadería y estaba brindando con mi mamá con el vino que guardaban para ocasiones especiales. Yo brindé con ellos. Un cura había hecho el milagro y le había comprado todo, incluso la *valigia*, como de cuero de nutria italiana. Mi mamá no podía con la felicidad de tener un marido que sonreía y hacía chistes, y quizás por eso no protestó por que el estafado fuera un sacerdote. Él se metió la mano en el bolsillo, sacó un fajo de billetes y me mandó a comprar un bulto grande de mejillones. Fui y traje una bolsa de arpillera de la mitad de mi tamaño: muchos kilos. Los hervimos apenas, con perejil, ajo y pimienta, para que se abriera la concha, y nos los comimos con limón y más vino. Él repetía una y otra vez lo mismo: «Sólo necesito tener un mes con esta venta y me *arricchisco*, nos tapamos de plata». Y mi madre levantaba ambos brazos como diciendo: «Así sea, bendito sea el Señor». Nunca más hubo días así.

Lo normal era la tormenta y el desasosiego. Mi primer recuerdo de haber vivido allí en Pichincha es el ruido de las bombas que derrocaron a Perón en el golpe de Estado del cincuenta y cinco. Asustado, me agarraba a las faldas de mamá, que lloraba y repetía: «¡Otra guerra no, otra guerra no!». Nadie la tranquilizaba ni podía hacerlo, porque todos temían lo mismo que ella.

Por esa casa, la mía, nunca sentí apego. La idea de hogar no estaba en mi cabeza, ni en mi corazón, pese a los esfuerzos de mamá por embellecer el lugar, que mi padre siempre criticaba. Una vez ella había comprado orquídeas para adornar el comedor. Al verlas, papá las tiró a la basura y «desinfectó» la casa, sacudiendo un plumero viejo mientras susurraba: «*Áscio, áscio, fora, fora*» («Lechuza, lechuza, fuera, fuera»). Lo hizo varias veces por todos los rincones de la casa, para echar la mala suerte que atraían, según él, las «flores de la muerte». Pese al rito de purificación, no le habló a nadie en una semana y fue a la iglesia todos los días, él que se decía ateo.

Se sentó en la mesa del comedor y permaneció callado.

—¿Cómo estás, papá? —le pregunté.

Su voz asomó lenta y sin embargo abrupta.

—El otro día le pedí que me sirviera un café como si todavía estuviera viva... A veces la llamo para preguntarle dónde está la ropa... La tengo metida en la cabeza. Todo se revuelve, es un despelote... *nun pozz' scurda*.

Intenté ser profesional.

—Pero, papá, es muy pronto para olvidar. Esto lleva meses, o años, lleva tiempo...

No me escuchó. Se sirvió un café. Puro, concentrado, como una droga. Lo saboreó, jugó con él en la boca y después de tragárselo me preguntó si había hablado con Nino. Respondí que sí.

—No quiero volver por un tiempo —me explicó—. Prefiero hacer el *mestiere*. Por un tiempo —insistió—. Así por lo menos viajo y no estoy aquí encerrado. Sí, ya sé —se anticipó a mis objeciones—, ya sé que siempre lo odié, pero ahora sería una distracción. —Sorbió otro trago de café e hizo una pausa—. A ver si podés ayudar a Nino... Él solo no puede con el negocio.

La pizzería la había inaugurado él en 1966 porque estaba cansado de ir de puerta en puerta vendiendo cosas y quería dejar el *mestiere*, sin descartarlo de manera definitiva por si las cosas iban mal. Mi mamá prendió no sé cuántas velas rojas y se sintió feliz por la decisión.

—Papá —procuré defenderme—, estoy buscando trabajo de psicólogo en algún hospital. Ya soy psicólogo. Te doy la noticia...

—¡En el hospital Italiano ni se te ocurra trabajar! —me interrumpió.

—No, no... Es que si me dedico a la pizzería, no puedo trabajar en otra cosa...

—Es por unos meses, te voy a pagar. Y si no podés, la cierro y se acabó la cosa.

No era una finta. Hablaba en serio. Yo conocía esa mirada, que pareció despertarse de pronto: la misma que me había puesto a temblar gran parte de mi infancia. Sabía que lo haría. Podría incendiar una ciudad entera como Nerón y no importarle, si de verdad quería hacerlo. Me quedé en silencio como muchas otras veces en que, sin la menor consideración, me había puesto entre la espada y la pared. El insoportable olor a ácido no desaparecía. Me levanté y abrí las puertas que daban a la terraza. Me quedé mirando el único portarretratos de la casa, que llevaba años sobre el mismo aparador y guardaba una foto de mis padres el día en que se casaron. La foto resplandecía e iluminaba el lugar como una gigantesca lámpara de pie. Nunca había perdido el brillo. Se los veía felices. Los dos sonreían. Todavía estaban en Nápoles. Lo que brillaba era la esperanza que alguna vez tuvieron y salía como rayos de sus ojos. Había momentos en que sólo se la podía mirar con anteojos de sol. Los dos saludaban desde dentro de un automóvil negro y lujoso. Mi papá tenía un traje oscuro y mi mamá un sombrero con velo y un ramillete blanco en la mano. Ella, una reina; él, un duque. Maldita pizzería, era el momento de ser sincero y decirle: «¡Acabemos con ese asqueroso negocio y que todo se pudra!». Pero seguí mudo. Quieto y con las manos sobre la mesa, como cuando era niño y me señalaba con el dedo, para decirme en voz baja: «*strùnzo*». Lo que podía significar «sos un pelotudo» o «sos una mierda», según mi metida de pata o su estado de ánimo. Yo no diferenciaba: *strùnzo* era *strùnzo*.

—¿Me dejás pensarlo?

—No, es ya o nada.

Por lo menos no me señaló con el dedo. Se sirvió otro café. Esperó un rato. Después juntó las puntas de los dedos de la mano derecha con las de los de la izquierda y empezó a balancear ambas manos de arriba abajo. Eso significaba «¿Y?», «¿Qué decís?» o «¿Qué querés?».

—¿Cuánto tiempo? —le dije, tratando de negociar.

—Dos meses, máximo tres... —concedió.

Y le creí.

—Bueno —acepté resignado, pensando en Nino y los que trabajaban con él—. Pero no más ¿Para qué estudié entonces? No me maté estudiando cinco años para terminar haciendo *pizzas*.

—Contale a Nino, yo me voy a dormir —replicó, levantándose.

Y se encerró en el cuarto. «La vida es un desastre», pensé. Me fui caminando hasta el departamento de Genarino esquivando baldosas. Hacía calor. Me tiré en la cama y quise una vez más ser el hijo de Giovanni. Me imaginé tocando el timbre de su casa y diciéndole: «Adoptame, soy el hijo que nunca pudiste tener». Llamé a Nino y le conté que estaría con él manejando la pizzería unos dos o tres meses.

—¿Viste cómo todo se arregla? —me dijo, mostrándose optimista—. ¿No estás contento?

—No me hinchen las pelotas —le respondí casi gritando—, soy psicólogo, no soy cocinero ni administrador, tío. Igual no voy a ir hasta dentro de una semana. Empiezo el próximo martes, tengo que organizar unas cosas antes.

Escuché un «*benissimo!*» del otro lado del auricular y colgué. Ya estaba hecho, no había marcha atrás.

Llamé a Julia, que se preocupó mucho. Hablamos un rato y me dijo que veía la cuestión como un retroceso: «Tanto esfuerzo para alejarte del barrio y ahora volver, no sé...». Telefoneé igualmente a Genarino y me dio ánimos. También me dijo que ya era hora de que aprendiera a cocinar. Y le colgué el teléfono, porque pensé que no me tomaba en serio.

10

El caldero mágico

Los napolitanos que yo conocí, en el barrio y fuera de él, sabían hacer dos cosas: ser *magliari* o cocinar. Mi papá cambió de bando: montó una pizzería frente a un centro español en la calle Moreno y la llamó pizzería Vesubio. Bajo un cartel luminoso con ese nombre en rojo rezaba el siguiente subtítulo: «La verdadera *pizza* a la piedra». Los gallegos de enfrente preguntaban, medio en broma, medio en serio, si se llamaba así porque era dura como una piedra; nosotros les decíamos que no fueran brutos, que se hacía en un horno de piedra y de ahí su nombre. Ésta era la *pizza* original, la que hacían en los bajos de Nápoles. Poco después agregaron unos cuantos platos más y se convirtió en una especie de «pizzería y restaurante» napolitano. Desde que entró en funcionamiento, nuestra calidad de vida mejoró, ya que por lo menos teníamos asegurada la comida. Los socios eran Nino, que se encargó de la carpintería, y Antonio, que quería invertir una plata que se había ganado con un negocio de ropa para trabajadores que tenía en San Luis. Los hermanos no tardaron en pelearse. No se ponían de acuerdo en dos cuestiones clave: cuáles debían ser las recetas del pollo a la cazadora y de la *parmigiana 'e mulignana* o de berenjenas. En la primera, el dilema se debía al tipo de vino que había que echarle, dulce o seco; en la segunda, todo dependía de si la berenjena debía rebozarse con harina o no. No hubo acuerdo y como, además, Antonio tenía sus intereses principales en otro lu-

65

gar, vendió su parte. Nino y mi papá se quedaron con el negocio. A veces, sobre todo los fines de semana, Francesca, la esposa de Nino, y mi mamá los ayudaban. Para mi papá fue un descanso. Ya no tenía que salir a vender tanto.

Era un martes de esos húmedos y pesados que sólo existen en Buenos Aires cuando empecé a trabajar, ahora cada día, en la Vesubio. Me animaba a mí mismo pensando que dos meses pasarían rápido. Llegué a las ocho de la mañana y ya estaban prendidas las luces; sonaba Peppino di Capri y se sentía el olor a leña quemada del día anterior. Fue inevitable pensar en pan con tomate y orégano, embadurnado con aceite de oliva. Se me hizo agua la boca. Las medialunas con dulce de leche que había desayunado en un bar no me apagaban la imaginación. Algo muy básico y casi sagrado nos vinculaba a los Merola con el acto de comer. No lo hacíamos para sobrevivir. Era otra cosa, lo sentíamos como una especie de alquimia.

Mi iniciación culinaria había comenzado a los doce años. Mi papá se sentó a mi lado, cosa que no hacía nunca, y me dijo que teníamos que hablar de hombre a hombre. Pensé que el tema serían las mujeres, el sexo y cosas afines.

—Ya estás en edad de ser un hombre —afirmó—. A tus años yo tenía novia y me la rebuscaba en las calles como podía.

Yo simplemente prestaba atención, entre curioso y aterrado.

—Así que hoy —continuó diciendo— vas a conocer un secreto de familia, que te va a hacer más *intelligente*. Vas a aprender a cocinar la *past'e fasùle* y nos la vamos a comer, vos y yo. *Capisci?*

Yo asentí con la cabeza varias veces para que no quedara duda: pasta *e fagioli* o pasta con porotos. ¡Y los tenía que hacer yo! En ese momento mi mamá, que estaba cosiendo y nos observaba por encima de los anteojos, sonrió, se metió en la pieza y se encerró hasta el otro día. Papá empezó a poner sobre el mesón los ingredientes. Ya tenía los porotos precocidos del día anterior. Eran grandes y chatos.

Sacó albahaca, media botella de vino tinto, dos dientes de ajo, un pedazo de tocino fresco y una pequeña pata de cerdo, salsa de tomate hecha por él, cebolla, laurel y un poco de apio. Abrió la alacena donde guardaba las cosas «especiales» y extrajo tres tipos de pasta seca corta de la marca Matarazzo: codito, tirabuzón y tallarines cortados en trozos pequeños. Me dijo que prestara atención, que él me daría las indicaciones para cada paso.

Lo primero fue poner a hervir en una olla de aluminio los porotos con la pata de cerdo, más sal y pimienta. Después, aplastar el ajo con un cuchillo y ponerlo a freír con la albahaca, el apio, la cebolla picada y el tocino troceado, en una cacerola medio deforme que teníamos de toda la vida. Eché muy poco aceite y me explicó que quien era miserable con los ingredientes comía mal, así que mejoré ostensiblemente la cantidad. Cuando el tocino estuvo dorado, le agregamos el tomate, el laurel y un chorro de vino. El departamento empezó a impregnarse de un aroma que reconocí de inmediato. La diferencia era que esta vez lo generaba yo. Pusimos el sofrito a fuego muy bajo y esperamos. Al rato aplastamos la mitad de los porotos con un tenedor y guardamos los otros en agua, para finalmente mezclar todo en un solo recipiente. Yo no daba crédito a lo que estaba haciendo. Mi papá me guiaba como un maestro lo hace con su alumno. Ese menjunje líquido, poco a poco, se fue espesando, mientras el vapor hacía de la cocina una especie de laboratorio secreto. Las partes fueron desapareciendo en el todo y transformándose en *past'e fasùle*, con el típico aspecto de sopa seca, de la que asomaban las pastas entre el color apagado del tomate, los pedazos de tocino y la pezuña.

—Ahora —me dijo—, a fuego lento. Hay que dejarlo reposar un minuto o dos, y que todo quede concentrado.

Yo puse cara de deber cumplido, pero la cuestión no había terminado. Volvió con una cebolla gigantesca de la nevera y de la corteza exterior hizo dos cuencos. Me los mostró y dijo: «Tu *cucchiàro* y mi *cucchiàro*».

Según mis padres, mis tíos y tías, los que de verdad sabían comer *past´e fasùle* usaban la cebolla como cuchara. Nos servimos dos platos hondos hasta el tope. Lo regamos con una pequeña cebolla cruda cortada, pimienta, un chorrito de aceite de oliva virgen y queso parmesano recién rallado. Nos sentamos en la mesa de la cocina con un mantel de hule viejo y amarillento y destapamos una botella de Pángaro, un vino común de mesa que tomábamos mezclado con sifón para que pareciera espumante. Era invierno y apenas anochecía. La temperatura en Buenos Aires era bajo cero. Y empezamos a comer, él y yo. Cara a cara. No era porque yo hubiera participado en la elaboración, pero sabía a manjar de dioses. Y nos hacía sudar. Primero nos quitamos el saco de lana y después la camisa. Los dos nos quedamos en musculosa. Pero seguimos transpirando, así que nos quitamos la camiseta y quedamos a pecho descubierto. Tomamos más vino y seguimos sudando. A mares. Fue tanto que Pepe pensaría que se estaba inundando el apartamento, ya que subió a ver qué pasaba. Y se sentó con nosotros y a los diez minutos también estaba semidesnudo. En un momento mi papá se quedó mirándolo y le dijo: «Bienvenido a Nápoles».

11

Segundo piso: «Sicología»

Cuando llegué a la pizzería, Nino estaba limpiando unas copas.

—*Guaglióne!* —me saludó de lejos, con un grito amistoso—. ¿Qué pasó, se te pegó la almohada?

—¿Por qué? ¿A qué hora tenía que venir?

—Mirá, yo voy al mercado a las cinco de la mañana. Así podés comprar lo mejor... Si me acompañás, te vas a dar cuenta de que la buena *cucina* está en saber elegir la materia prima. ¿Entendés?

—Bueno, sí —respondí—, eso lo tengo claro. Lo que no sé es cómo carajo voy a despertarme a esa hora.

—Podés quedarte en lo de tu papá, así te ahorrás el viaje. —No dije nada. ¡Las cinco de la mañana! Pensé que era una locura y que no iba a ser capaz. Nino dejó las copas bien ordenadas y sin una mancha, hizo un gesto pícaro, y me dijo—: Te tengo una sorpresa, pero antes acompañame.

Lo seguí rumbo a la cocina. Nino era un hombre que se veía más joven de los cuarenta y seis años que tenía. Caminaba con las piernas abiertas, cargando una panza abultada. Su rostro me recordaba al de mi madre: rasgos delicados, ojos azules penetrantes y una cabellera lisa peinada hacia atrás. Era una persona pacífica y amable. Me acercó una canasta de verduras que había comprado por la mañana, sacó un pimentón amarillo y me lo pasó.

—Miralo bien. El tamaño, la forma, tíralo para arriba, ponelo a rodar...

Hice lo que me decía de manera mecánica.

—Ahora sacudilo y escuchá si pasa algo dentro de él —continuó.

—No oigo nada.

—¡No seas boludo! —exclamó—. Escuchá de nuevo.

Volví a hacerlo varias veces con más fuerza hasta que pude detectar cómo se desprendían algunas semillas en su interior.

—Sí, sí —dije—, ya las siento.

—¿Viste? ¿Te diste cuenta? —Tomó un cuchillo y lo cortó en dos, me pasó una mitad y me explicó lo siguiente—: ¿Te pusiste a pensar que sos la primera persona en el mundo que le entra a este *puparuole*? Sos el primero. Olelo de nuevo —insistió, dándome un empujoncito en el hombro.

Le hice caso. Aspiré aquel aroma y le di un mordiscón. Mastiqué despacio la carne firme y dejé que el sabor agridulce me inundara.

—Muy rico —dije simplemente, pero con una sonrisa que me salió del alma.

—Si lo hubiéramos comprado en una verdulería cualquiera, no sería lo mismo. Éstos son frescos, llegaron en el camión al mercado esta madrugada.

Retomó el gesto pícaro y me pidió que lo siguiera hasta fuera de la pizzería. Nos paramos y miramos hacia dentro.

—¿No ves nada raro? —preguntó.

En un principio sólo distinguí el cartel apagado de luces de neón y las dos calcomanías de *pizza* que adornaban la entrada: la margarita y la marinara. Y de pronto pude verlos. Detrás de la vidriera derecha, había dos pedazos de madera rectangular, como de un metro por cincuenta centímetros cada uno, muy pulidos y de color claro, que colgaban a manera de carteles y con un mensaje escrito en cada uno. La madera de abajo decía: «Primer piso: pizzería». La madera de arriba, decía: «Segundo piso: sicología» (así, sin la «p»). Me giré hacia Nino con las manos vueltas hacia arriba, ese gesto tan napolitano, como pidiendo explicación, y él me agarró de la cintura y me llevó hasta la escalera de hierro.

—Subí, subí, a ver si te gusta —me dijo con ilusión.

La pizzería era rectangular. Hasta ese día, la escalerita de hierro que había junto a la entrada llevaba a un cuarto con ventanas corredizas que daban al salón y que se utilizaba como despensa para guardar cosas. Abajo, en el lado izquierdo, había un gran mostrador de madera lustrada, muy elegante, forrado en la parte de arriba con una cuerina verde oscuro que contrastaba con las sillas y mesas de madera descoloridas y sin mantel sobre las cuales asomaban los contenedores metálicos para el aceite de oliva, el vinagre balsámico, la sal *di mare* y la pimienta negra molida en casa. En la pared color aguamarina detrás del mostrador había varias repisas de vidrio abarrotadas de vinos y licores que terminaba en unas claraboyas alargadas pegadas al techo, por las que entraba una luz que daba calidez al ambiente. En uno de los extremos del mostrador estaba la caja registradora, una de esas antiguas con teclas nacaradas blancas, que sonaba cada vez que la abrían y cerraban. La pared del lado derecho era de color blanco hueso y estaba dividida por una puerta de dos alas de madera y vidrios hasta la mitad, tapados con cortinas semitransparentes de los colores de la bandera italiana. La puerta conducía a un patio lo bastante grande como para plantar albahaca, orégano crespo y liso y alguna que otra planta de tomate. Un día levantaron las baldosas, dejaron un pequeño pasillo en la mitad, pusieron macetas y ampliaron el sembrado que perfumaba todo el lugar y se mezclaba con el olor a levadura fresca. A un lado y otro de la salida al patio colgaban varios afiches con paisajes napolitanos, incluido el Vesubio, enmarcados en azul eléctrico. «*Il vero colore del mare*», solía decir mi mamá. También había un anuncio muy destacado, a manera de manuscrito, dirigido a los clientes, que Pepe les había ayudado a escribir en buen castellano tras mucho debatir:

DE INTERÉS GENERAL
Aquí no se venden *pizzas* raras de champiñones,
de chorizo, jamón, ananá, etc. Aquí sólo se
venden las dos *pizzas* originales napolitanas.
La MARGARITA, en honor a la reina Margarita,
que lleva los colores de Italia (tomate, *mozzarella*,
albahaca fresca, sal y aceite de oliva). Y la
MARINARA, no sabemos en honor a quién,
que lleva tomate, ajo, orégano y aceite,
SIN *MOZZARELLA* (por favor, no confundir
con una *pizza frutti di mare*, que es un invento
estúpido). Si no le gusta, no le parece suficiente
o no está a su gusto, puede irse cuando quiera.

Atentamente,
La administración

Hubo una discrepancia sobre cómo terminar el texto.
Mi papá sugería algo más contundente: «Si no le gusta,
puede irse a la mierda». Pepe, Antonio y Nino lo persua-
dieron de que mejor no utilizando el argumento del «servicio al cliente». Años después, en Nápoles, encontré un
anuncio similar en el templo de las pizzerías, L'Antica
Pizzería da Michele.

Al fondo estaba la cocina, amplia, con una claraboya en
el techo que podía abrirse o cerrarse tirando de una cadena gruesa como la de los retretes. El baño quedaba al lado
y lo que separaba a la cocina del resto era una puerta su-
mada a un tabique de vidrio corrugado que se extendía
hasta un parapeto de mármol blanco, sobre el cual dos pequeñas ventanas semicirculares permitían comunicarse
con los cocineros. Sobre el vidrio podía leerse, escrito en
rojo, «*Pizza* a la piedra original», «*Calzone* a la napolitana»,
«*Mozzarella in carrozza*», «*Pizza* frita», «*Parmigiana* de berenjenas y de *zucchini*» y «*Vermicelli alle vongole*».

Llegué al rellano y abrí la puerta de aglomerado del depósito, que ya no chirriaba. Y sí, para mi sorpresa, el lugar
parecía un consultorio o casi. Un escritorio pequeño, una

silla detrás y dos delante. Una foto del Vesubio y un porta-lápices redondo de plástico. Las ventanas corredizas que daban a la pizzería por detrás del escritorio estaban cu-biertas por unas cortinas móviles de tela marrón con ribe-tes blancos. También había una lámpara de neón nueva en el techo. Las paredes eran blancas y el piso estaba encha-pado con las mismas baldosas grises, apenas manchadas.

—No será el gran consultorio, pero para empezar no está mal, ¿o no? —razonó Nino con cierto orgullo—. Las cortinas las hizo Francesca y ella misma eligió el color.

Los ojos de Nino brillaban de alegría. Se emocionó y me abrazó. Yo no sabía qué hacer. No era precisamente lo que había soñado. Mi meta era instalarme en Villa Freud y ser un doctor con una consulta elegante y de buen gusto como la oficina de Giovanni. No era lo mismo Palermo que el Spinetto, así fuera una contradicción de clase anti-rrevolucionaria. Y, sin embargo, creo que no podía existir un consultorio psicológico más «popular» que el que aca-baba de encontrar. Sonreí. ¿Qué más podía hacer? Le di las gracias y por cambiar de tema le dije que la palabra «sicolo-gía», sin la «p» delante, hacía referencia a la ciencia que es-tudiaba a los chimpancés. Agregué que se le iba a llenar la pizzería de simios y nos reímos juntos. Mientras pensaba cómo excusarme y salir bien librado de la situación sin he-rir susceptibilidades, Nino me hizo la pregunta de remate:

—¿Cuándo empezás? —Y agregó—: Podés atender al-gunas horas de tarde y otras a la mañana. Los dos trabajos en el mismo lado: mejor imposible.

Y de pronto se me prendió una luz de la esperanza. Pensé que las probabilidades jugaban a mi favor: ¿quién iba a pedir cita en aquel perdido lugar del universo bonae-rense? Si no se corría la voz, estaba salvado. Nadie tenía por qué enterarse. De esa manera, la cuestión no pasaría a mayores. Me tranquilicé. Bajamos, destapó una botella de Chianti a las diez de la mañana para «bendecir el sitio» y eso hicimos: beber.

12

JULIA O LA PIZZERÍA

En la pizzería trabajaban tres personas que no eran de la familia.

María Grazia, hija de un napolitano del barrio, que se desempeñaba como ayudante de cocina o a veces como cocinera, estaba con nosotros desde el comienzo. Era una mujer de unos treinta y cinco años, atractiva, de largo pelo castaño claro, con unos ojos marrones vivaces y de carácter alegre. Tenía una excelente mano para amasar y, cosa rara, mi papá parecía confiar en su criterio culinario. Poseía, además, un trasero redondo y grande, y a mí me olía a tomate y aceite de oliva.

Luego estaba Arturo, un muchacho humilde muy alto y narigón, de unos treinta años, al que mi papá había contratado porque le recordaba al comediante napolitano Totò. Dos cosas hacían reír a mi papá más que nada en el mundo. Una era Totò: con sólo verle la cara, soltaba la carcajada. Otra era el argentino Pepe Biondi: cuando decía cosas como: «Qué disparate, cómo me gusta el tomate», «Qué tragedia, cómo me duelen las medias», o su más recordado latiguillo, «¡Patapúfete!», no podía resistirse. Así, después de entrevistar a Arturo, que no tenía idea de cómo se trabaja en un restaurante, mi papá concluyó: «Un tipo que se parezca a Totò no puede ser una mala persona». Y lo entrenó en el arte de atender mesas. Pero cinco años después, aunque hacía bien su trabajo, Arturo no había aprendido aún a utilizar de manera adecuada ni el acento italiano ni el napolitano, que él mismo quería tener para impactar a los clientes. Pensaba que con alargar la «z» y agregarle la letra «e» a las palabras era suficiente para parecer un verdadero tano. Y mi papá y Nino, que le llegaban a la cintura, lo regañaban por ser tan bruto e incapaz de hacerlo bien. Nino le decía: «Si yo aprendí el argentino, ¿por qué mierda no aprendes vos el italiano?». Durante ese tiempo, Arturo fue tejiendo un vocabulario personal con un acento curioso que a mí me parecía simpático. A la hora de comer, solía decirme, gesticulando como creía que hacían los napolitanos, «Andrea, ¿qué te *dddoy* de *comere?*».

La adquisición más reciente, con sólo dos años en la pizzería, era José. Su tarea consistía en lavar platos, limpiar el lugar y, mucho más importante, encargarse de la huerta, porque había trabajado alguna vez de jardinero y algo entendía. Nacido en Lima, era un joven tímido, muy callado, de pelo largo y liso. Mi papá desconfiaba de él porque decía que los «indios» escondían malas intenciones, pero reconocía que tenía buena mano para las plantas y ponía como ejemplo un pequeño laurel que teníamos hacía años pero sólo creció bajo el cuidado de José. Cuando yo trataba de explicarle que no era un «indio» y que, aun si lo fuera, no podía discriminar a la gente por la raza y debía respetar la Carta Universal de los Derechos Humanos, me daba la espalda y se iba, mascullando por lo bajo que los comunistas me habían lavado el cerebro en la universidad.

Entre ellos fui pasando mi primera mañana. Después del almuerzo llamó Julia. Quería invitarme a una sesión de «inundación». Éste era un método que practicábamos juntos para vencer los resabios que quedaban de mi obsesión por no pisar rayas ni tocar picaportes. Plácido, mi terapeuta, a cuya consulta acudía yo intermitentemente desde hacía algún tiempo, aprobaba la costumbre. Quedamos en la elegante esquina de Ayacucho y avenida Alvear, ya que ambos preferíamos Barrio Norte. No sólo porque nos gustaba y soñábamos con tener juntos un apartamento por la

zona, sino debido a una cuestión práctica: las baldosas de
las aceras allí eran más grandes y las líneas de unión entre
ellas, que yo quería evitar, se podían ver mejor. Julia me
agarraba de la cintura y empezábamos a correr sin mirar
hacia abajo, mientras yo repetía: «No va a pasar nada malo
si piso una raya». Solía empezar estos ejercicios con angustia, pero terminábamos los dos muertos de risa. Aquel
día dimos dos vueltas a la manzana y después nos fuimos
a la Biela, muy cerca, donde empezamos la segunda fase
del procedimiento. Cada vez que entraba o salía alguien del
café, yo debía apoyar mi mano en el pasador que habían
tocado las otras personas: si lo hacía durante un minuto o
dos, el premio era un submarino con seis galletas de vainilla; si el miedo al contagio me vencía, el castigo era un té
con limón sin azúcar. Ese día estuve especialmente valiente. Después salimos y nos sentamos debajo del gigantesco
gomero que aún sigue al lado. Desde allí, la plaza Francia
se extendía como un impecable tapete verde y la iglesia del
Pilar, blanca y conventual, invitaba al sosiego. Los turistas,
sentados en la terraza del café, hablaban en distintos idio-
mas; muchos entraban y salían del cementerio de la Reco-
leta con las cámaras fotográficas. Los niños se perseguían
entre sí, felices e incansables, y allí estaba ella, como parte
del paisaje. Con el pelo rubio que le llegaba casi hasta la
cintura, los ojos almendrados e inquietos como pequeños
pájaros, Julia tenía mi edad y se veía mucho más joven. Sabía cómo lucir su cuerpo esbelto y armónico, y la picardía
en sus ademanes y expresiones seducían a quien se le acercara. Era inteligente y tenía un sentido del humor oportu-
no y muy negro. Me sentía el hombre más afortunado del
mundo, mientras el sol nos daba en la cara. Una paloma
aterrizó en el muro circular donde estábamos sentados y
allí se quedó reposando. Pensé que sería un buen presagio,
pero estaba equivocado.

Julia representaba mi principal fuente de seguridad
psicológica y el mayor goce sensual posible, incluso más
que la comida. Sólo sentir sus dedos huesudos y largos en-

trelazados con los míos era suficiente para excitarme. No me cansaba de besarla, de deslizar mi lengua por sus encías y chupar su labio superior. Desde el primer día que la vi, parada en la puerta del centro gallego frente a la pizzería, sentí atracción por ella. Algo instintivo, medio animal, me impulsaba a perderme una y otra vez en su cuerpo; la simple presencia de Julia me colmaba.

Además del departamento y los moteles, teníamos dos lugares preferidos para nuestros juegos sexuales: el cine y la antesala de su casa. Ella me daba sexo usando la boca hasta dejarme seco y yo introducía la mano en su entrepierna y movía los dedos tocándole lo que encontraba a mi paso de manera rápida y con fuerza. La antesala, por otra parte, era un recinto cargado de erotismo y sensualidad. La entrada de la casa de Julia tenía dos puertas. La primera daba a un *hall* pequeño de dos metros de largo por uno y medio de ancho y la segunda comunicaba directamente al salón comedor. Esos tres metros cuadrados siguen impresos en mi mente. Solíamos desenroscar la bombilla del zaguán para que el lugar estuviera a oscuras y le poníamos llave a la puerta interior. Además, el piso era de madera: si alguien se acercaba desde dentro, crujía y nos avisaba. El cuerpo a cuerpo en ese pasillo ofrecía ciertas características que yo consideraba irresistibles. Julia abría las piernas mientras yo me apretaba contra ella y nos movíamos como dos perritos en celo. No había penetración casi nunca en aquel sitio, sólo un roce celestial. Yo no eyaculaba más de una vez, porque cada vez que lo hacía sentía que se me iba el alma, y sin embargo ella tenía un orgasmo tras otro. Me daba cuenta porque una y otra vez me susurraba al oído: «¡Ay, ay, hijo de puta!», y vaciaba el aire de los pulmones, mientras intentaba cerrar las piernas sin lograrlo porque yo estaba entre ellas. En una ocasión, por olvido, dejamos la segunda puerta sin llave y entró Isabel, su hermana mayor, justo cuando Julia estaba masturbándome. Del susto nos separamos de inmediato. No sé por qué levanté las manos como si estuviéramos ante un asaltante y quedé frente a la hermana con mi erección al aire. Ella se tapó la cara y prácticamente salió corriendo. Era muy religiosa. Nunca más habló del tema, ni acusó a Julia con su mamá. Ni bien se fue seguimos, más animados que antes. Algunas noches salíamos con Genarino y su novia, Liliana, una morena igual de calentona que Julia. Casi siempre terminábamos los cuatro en la misma cama, con la aplicación rigurosa de una norma que fijaron ambas mujeres desde el primer día en que se insinuó la cuestión: «Chicos, se mira y no se toca». Hacíamos el amor una pareja junto a la otra, sin nada de ropa y eso nos excitaba a todos. Yo le hacía el regalo a Genarino de que pudiera ver desnuda y en pleno acto sexual a Julia y él hacía lo mismo conmigo, dejándome observar el prominente culo de Liliana. Una vez, debido a que la cama era pequeña, me di cuenta de que una pierna de Julia se rozaba con la de Genarino y ninguno la apartaba. Me levanté furioso y les hice una escena de celos que duró una semana. Pero no más.

Bajo la sombra verde de aquel árbol, seguimos tomados de la mano durante un largo rato, sin hablar una palabra. El paisaje luminoso nos envolvía y nos diluíamos en él. La magia se rompió con una pregunta suya:

—¿Cómo te fue en tu primer día de pizzero administrador?

—Bien, bien, normal... —le respondí, tratando de evitar el tema, y sobre todo lo del consultorio.

—Nino llamó para contarme el «regalo» que te hizo.

—No vale la pena, no te preocupes, eso no va a funcionar. Yo lo arreglo.

—¿Sí? ¿Y cómo? ¿Qué le vas a decir cuando llegue algún paciente? Porque supongo que no vas a atender ahí, ¿no?

—Tranquilizate. ¿Qué paciente iría hasta allá?

—No me refiero a eso, sino a que tengas las pelotas de decirle que, aunque su intención fue buena, tu meta profesional es otra... Que *nuestra* meta es otra.

Julia había heredado de su madre, doña Mónica, una señora valenciana ya mayor con cierto aspecto aristocráti-

78

co, una fuerte inclinación hacia las cosas buenas y caras. El prestigio y la posición social producían en ambas una gran fascinación. La mamá, de joven, había sido secretaria de un importante hombre de negocios en Valencia con el cual tuvo un *affaire*, pero el jefe la dejó por otra y finalmente se casó con don Felipe García, un humilde ebanista que emigró de España, después de la Guerra Civil, con doña Mónica y sus cuatro hijos, dos mujeres y dos hombres. La mujer se quejaba de la elección cada vez que podía; consideraba que su marido era poco para ella, aunque le reconocía algunas virtudes, como la bondad y el arte para trabajar la madera, manifiesto en su cama matrimonial, adornada con un enorme cisne tallado en cedro con las alas desplegadas. Juntos hacían una pareja particular: ella medía alrededor de un metro ochenta y él no pasaba de uno sesenta. Vivían en Caballito, cerca de lo de Genarino y del club Ferrocarril Oeste, en una casa grande y agradable, con un patio en la parte de atrás donde funcionaba el taller de ebanistería. Los dos hijos varones habían podido regalarles la casa gracias a un exitoso negocio de electrodomésticos donde Julia trabajaba a medio tiempo, mientras soñaba con progresar. Habíamos pensado en casarnos algún día, cuando yo empezara a ganar lo suficiente, aunque en realidad había un problema mucho más complejo: la familia de Julia era evangelista y jamás aceptarían un nuevo pariente que no se hubiera convertido a su religión. Cada domingo yo iba con ellos al rito: don Felipe, doña Mónica, Isabel, los dos hermanos con sus esposas e hijos pequeños y Julia, que cantaba en el coro. Al finalizar cada ceremonia, el pastor que daba el sermón hacía un silencio y preguntaba en voz alta, fijando la mirada sobre los fieles: «¿Alguien ha sentido el llamado del Señor?». La gente rezaba en voz baja y esperaba que el milagro se manifestara en cualquiera de los presentes. Y cuando esto ocurría, el sujeto pasaba al frente, lo vestían con una túnica blanca y lo bautizaban metiéndole la cabeza en una pequeña piscina que estaba debajo del atrio. Cada domingo por la mañana, en aquella capilla vacía de santos e imágenes y adornada sólo con un crucifijo, al llegar el momento de la conversión, toda la familia de Julia ponía los ojos sobre mí, a la espera de que sintiera el llamado de Jesús. Nunca llegó. Hablé con muchos pastores experimentados en convencer a los más testarudos, con mis futuros cuñados en varias ocasiones, y nada. Les preocupaba que mi mamá fuera católica y a mi mamá no le importaba nada la religión de ellos, por lo que Julia llevaba una doble vida. Las creencias religiosas no le permitían hacer muchas cosas, como beber licor, usar ropa provocativa, tener sexo o fumar, así que casi siempre, cuando salíamos, ella llevaba un bolso grande donde escondía la ropa y nos metíamos en el baño de un bar para que se cambiara o pasábamos por la casa de alguna amiga. Así había sido siempre. Hasta ahora. Inmóvil como una efigie, esperaba mi reacción. Como, al igual que mi conversión religiosa, ésta no llegaba, siguió hablando ella:

—Andrea, por favor, diste un paso muy grande yéndote del barrio. Subiste de clase social, no podés retroceder ahora. No podés quedarte atrapado otra vez en ese barrio.

—Vos sabés que yo no quiero ser como ellos. Por eso me fui a vivir con Genarino.

—Pero nunca cortaste del todo —arremetió—. Éste es el momento: rompé el acuerdo con tu papá, no volvás y chau. Deciles que tu vida va por otro lado. Si querés de veras hacerlo, es fácil... O es que... —cambió de frente, meditativa—. ¿Yo no te importo?

Era difícil para mí ser firme.

—Pero, Julia, comprendé que a mi viejo se le murió la mujer, es una situación de crisis... ¿Qué hago? ¿Voy a dejar a toda esa gente en la calle? Él es capaz de cerrar la pizzería. Teneme paciencia, son sólo dos meses... Si los hijos no estamos ahí cuando nos necesitan los padres, entonces nada tiene sentido...

—No me vengas con esa pelotudez —me interrumpió—, que Salvatore no ha sido el mejor papá del mundo.

Podía ser, pero había algo más. Mi papá no quería a los padres de Julia. En cierta ocasión, tuve la mala idea de invitarlos a comer a la pizzería. Nino y papá, por hacerles una atención especial, cocinaron un *risotto ai funghi porcini*. Lo preparaban muy bien porque desaguaban previamente hongos secos en vino moscatel durante varias horas y luego los mezclaban con setas *porcini* frescas, antes de agregarlo al arroz. Cocinaban todo a fuego lento con manteca, que se ponía al principio y al final de la elaboración, y lo cubrían con abundante queso parmesano. El plato se preparaba con un arroz redondo y de grano grande. Pero hacerle arroz a un valenciano no fue una gran idea: era como si don Felipe hubiera hecho pastas para mi papá. Cuando le sirvieron el *risotto*, el hombre no pudo ocultar la sorpresa. Mi papá le ralló más queso y le dijo que comería algo muy especial. Y añadió, para rematar:

—Cuando usted coma este *riso*, no va a querer más comer la paella esa.

Yo palidecí. Julia me pegó una patada por debajo de la mesa. Doña Mónica no perdía la compostura y mi mamá trataba de sonreír sin motivo. Para agregar, ese día estaba Roberto y empezó a contar una historia, supongo que inventada, sobre cómo los Merola llegamos a Nápoles en el año 1500 de Irlanda; si se indagaban nuestros ancestros, podría encontrarse el apellido Rice, arroz en inglés, ya que originariamente habíamos sido arroceros. Terminó la historia diciendo que habíamos llegado a Italia para purificar la raza del sur de Europa.

Don Felipe no le oía. Cuchara en mano, escudriñaba el plato de arroz cremoso sin decir palabra ni probarlo. Hasta que dijo lo que no debía:

—¡Coño, este arroz esta baboso!

—*Ma che cosa è* «baboso»? —me preguntó Nino.

—Como «baba» —intervino Julia, tratando de ilustrarlo con una cara de asco a la que unía el gesto de juntar y separar los dedos, como para quitarse una sustancia pringosa.

—*Spudàzza?* —preguntó mi papá, abriendo los ojos desmesuradamente.

Mi mamá, conociéndolo, lo tomó del brazo y le dijo que se tranquilizara, que la palabra «baba» no significaba «escupida». Sin embargo, don Felipe insistía en la consistencia de la preparación. A esa altura todo estaba perdido. A partir de ese momento papá dejó de hablarle. Roberto trataba de mediar y hacer chistes y, sin embargo, la brecha que se abrió entre los dos no se volvería a cerrar. Aunque mamá de vez en cuando le hacía la visita a doña Mónica, ellos nunca más tuvieron contacto.

Yo lo sabía bien: en muchas cosas papá no había sido el mejor padre del mundo. Por eso no pude decir nada: creía que ella tenía razón. Traté de abrazarla para hacer las paces y me hizo a un lado. Inclinó el cuerpo hacia mí y pude ver la franqueza más cruel en su mirada.

—No quiero un hombre cobarde a mi lado, ni quiero pasar mi vida en una pizzería en el Spinetto. Los dos nacimos para cosas mejores. ¿Por qué no hablás con Giovanni? Contale que querés montar tu propio consultorio o trabajar en un hospital de categoría. Yo sé que te va a dar una mano.

Seguí sin articular palabra. No quería pedirle más favores a Giovanni. Me carcomía mi incapacidad para decirle lo que ella quería oír, para ser tan valiente o resuelto como esperaba que fuera. ¿Cómo iba a dejar a Nino, a María Grazia, a José y a Arturo? ¿Cómo podía negarle la ayuda a mi papá justo ahora, cuando mi mamá no estaba? Dos meses no eran nada, ¿por qué no quería esperarme? Su voz plana y sin afecto cortó mis pensamientos:

—¿Sabés qué? Tomémonos un tiempo. No quiero decepcionarme de vos, Andrea, porque la decepción mata el amor. Pensá qué querés hacer. Y tené presente que, si te avergonzás de ellos, es porque sos distinto.

—¿Qué querés decir con que «nos tomemos un tiempo»?

—Dejemos que pase un mes, no nos veamos ni hablemos. Pensá qué querés hacer y si de verdad querés estar conmigo o no.

—¡Pero claro que quiero estar con vos! —exclamé—.
¡Vos sos mi vida, vos sos todo! ¿Tenés conciencia de lo que
significa un mes sin vernos?

—Sí —dijo con total convicción—. Yo sí puedo. Me va a
doler, pero soy capaz. No quiero verte más en esa cueva de
tramposos y malhablados.

Tomó la cartera, me dio un beso en la mejilla y se alejó.
Yo sabía que la única forma de detenerla era mandando a
la mierda la pizzería, a mi papá y toda la familia y llamar
a Giovanni. Pero algo me impedía hacerlo. La miré alejarse. Julia se montó en un taxi y se perdió en el tráfico. Me
esperaba todo un mes solo, una eternidad.

13

NOSTALGIA DE EMIGRANTE

Mi amada Buenos Aires. Fui parte de cada plaza, cada cafetín, cada calle trasnochada que transité a la deriva. Era inevitable sentirlo: la nostalgia flotaba en el aire de la ciudad y se mezclaba con el hollín y el acelere de la gente que la recorría como un gigantesco amasijo histérico. La letra de un tango dice: «Hay un fuelle que rezonga». Y es verdad. Aun cuando nadie lo esté tocando, hay un acordeón silencioso que tiñe la existencia rioplatense de melancolía: lo silba la gente en las veredas de baldosines disparejos y lo tararea la mente como un mantra, distraída pero constantemente.

En aquel ambiente no siempre se distinguía lo vivido de lo imaginado. Yo, por ejemplo, conocí Nápoles mucho antes de ir. Ya lo había construido a partir de cada relato que oía desde niño. «El hombre desciende del mono y los argentinos, de los barcos», escuché alguna vez. Una canción de Litto Nebbia de la época también decía similar: «Los brasileros salen de la selva, / los mexicanos vienen de los indios, / pero nosotros los argentinos /llegamos de los barcos». Como a tantos otros, a los Merola nos había traído el mar, pero eso no quería decir que nuestra tierra hubiera quedado atrás. A cualquier napolitano de mi barrio la sandía de Nápoles le sabía mucho mejor que la que se conseguía en Argentina. La de su tierra natal, afirmaban, era tan especial que con sólo aplastarla con un tenedor llenabas vasos y vasos de jugo espeso y azucarado; el verde era más verde, el rojo más rojo. Similar era la comparación entre el zapallo y la *cucózza*: el amarillo de la pulpa en Italia era un *«sole vivace»* y sabía a fruta dulce, un postre. Papá solía decir, con el beneplácito de todos, «el zapallo italiano no es como el de acá, pálido, que le echan a ese puchero de mierda». A mí me encantaba la comida gaucha; en especial, el puchero. Para no amargarle la vida a ningún Merola, lo comía a escondidas en algún perdido restaurante de medio pelo o en casa de Julia, donde lo hacían muy rico, aun siendo valencianos de pura cepa.

—¡El puchero es comida de cerdos! —sentenció Nino una vez.

Pero lo determinante, en el parangón, era, por supuesto, el cielo de Nápoles: éste marcaba una diferencia crucial entre ambos continentes. Un día le pregunté concretamente a mi mamá en qué consistía la tal diferencia y resumió su parecer así: «El cielo, donde naciste, es más grande». Cada vez que caminábamos por la costanera, bordeando el río de la Plata, ponían cara de asco y no entendían cómo el agua podía ser tan oscura como la de aquel lugar y tan transparente, en cambio, en la costa napolitana. Y recordaban el impacto del día en que llegaron y vieron el Riachuelo por primera vez.

Esta forma de evocar, testaruda y vital, la compartían con los miembros de muchas otras nacionalidades: españoles, polacos, alemanes o judíos, entre otros, se juntaban en los bares y las plazas, reproducían la Guerra Civil española o la Segunda Guerra Mundial y después hacían las paces. Jugaban al dominó o a las cartas y los niños estábamos presentes cada vez que podíamos, escuchando historias y anécdotas de todo tipo, la mayoría prohibidas para menores. En el caso particular de los alrededores del Spinetto, a los más pequeños también se nos enseñaba a jugar al truco y a la brisca. En aquellos bares sucios y sombríos, como dice otro tango, aprendíamos filosofía callejera y el arte de hacer trampa sin ser pillado.

Unos pocos meses antes de morir, a mi madre la invadió una melancolía distinta, más punzante y concreta, que la empujaba con fuerza a ir a ver a sus padres: don Vincenzo y doña Simona. Yo los había conocido cuando tenía cinco años. Habían venido a visitarnos por unas semanas y se habían quedado dos años. No sé cómo nos acomodamos tantos en un departamento tan pequeño. Ambos tenían una piel tan blanca y los ojos de un celeste tan transparentes que yo, al principio, pensé que eran extraterrestres. Mi abuela era una mujer dulce, gordita, como un pequeño tonel, y muy cariñosa con mi madre y conmigo. Con ella descubrí que entre los napolitanos existe una especie de jerarquía gastronómica. Si mi mamá, mi papá o incluso alguno de mis tíos cocinaban algún plato típico en casa, ella tenía que probarlo y dar el visto bueno. Si no era aprobado, no se lo comía y se hacía otra cosa. Para una reunión familiar, mi papá preparó unos caracoles con salsa picante. Después la llamó:

—¡Doña Simona, *a cuccina*!

—Ya voy, ya voy —dijo ella, mientras iba a paso lento.

Los demás iban detrás, diciendo: «Simona va a probar la salsa». Mi papá destapó la olla, llena de caracoles pegados en la tapa tratando de escapar, para que mi abuela aspirara el aroma. Ella prácticamente metió la cabeza dentro. Así estuvo un rato, hasta que el vapor le empañó la cara blanca y redonda. Luego mi papá le dio una cuchara de madera con un poco de salsa, mientras todos observaban la escena en el más absoluto mutismo. La probó con delicadeza, juntó los labios como dando un beso e hizo un extraño ruido con la boca. Por fin inclinó la cabeza de un lado para el otro, como diciendo, «más o menos».

—¿Qué pasa? —preguntó mi papá, preocupado.

—Poco azúcar y mucho ajo, pero se deja comer —dijo con amabilidad.

—*Bene* —exclamó mi papá, con alivio y una obediencia poco usual en él.

Antes de irme a dormir, me sentaba en su falda y jugábamos al caballito, hasta que me tiraba al piso y me hacía reír. Mi abuela hablaba poco y sonreía mucho. En eso, mi madre se le parecía bastante.

Don Vincenzo tenía la pinta de un luchador profesional y una voz trepidante. Siempre iba bien vestido y era de un carácter franco y abierto, que algunos consideraban poco prudente. En realidad, mi abuelo siempre parecía estar desafiando las normas y las convenciones. Un día le dolía el estómago: se hizo un enema con una enorme manguera vieja y desteñida que teníamos para lavar la terraza y sobrevivió. Actuaba según sus propios impulsos, sin seguir los consejos de nadie. Fue él quien le enseñó a manejar a mi papá, que acababa de comprar un Opel negro y brillante como los que usaban las SS alemanas en las películas de guerra. No es que el *nonno* tuviera mucha idea sobre cómo conducir un automóvil, pero era lo más parecido a un profesor que teníamos ya que en Italia, durante muchos años, había manejado un tranvía. Así que se animó a montarse junto a papá y lanzarse a la aventura de transitar por las calles de entonces, donde si no sabías conducir bien, te puteaban y te pasaban por encima. Yo solía ir en el asiento de atrás y participaba en las «clases». Papá tenía una forma curiosa de manejar: se pegaba al volante, encogía los hombros y andaba a cinco kilómetros por hora. Lo que más le preocupaba eran los que venían detrás, así que no giraba casi nunca. Los dos se la pasaban peleando y para mí era como estar viendo una obra de teatro:

—¡Pará! *Più veloce!* ¡Más rápido! —vociferaba mi abuelo todo el tiempo.

—¡Vos que sabés si lo único que manejaste en tu vida fue un estúpido tranvía que se manejaba solo! —le respondía mi padre con rabia.

—¡Pero sé más que vos, porque además de ser más viejo soy más inteligente y *coraggioso*!

—¡Yo también estuve en la guerra, así que no me digas cobarde!

Entre regaños y agravios, trataban de avanzar como podían. Eso sí, siempre en línea recta. Pero un día mi abuelo encontró la solución.

—Que te importe un *cazzo* los de atrás, que frenen ellos. No mirés por ningún espejo y listo. En el tranvía yo sólo me fijaba en lo que pasaba delante, ni sacaba la mano ni nada. *Sempre avanti.*

A partir de ese momento, guiado por la consigna de no mirar jamás por los retrovisores, mi padre perdió el temor y dejamos de recorrer Independencia, Córdoba o Rivadavia de punta a punta sin voltear. El espectáculo entonces se trasladó del asiento delantero a la ventana de atrás, donde podía ver el reguero que iba dejando a su paso. Los otros conductores no hacían más que tocar la bocina e insultarlo, pero mi papá y mi abuelo parecían sordos.

Don Vincenzo fue también mi primer terapeuta. Yo tenía la costumbre de quejarme porque la comida siempre me parecía poca. Cada vez que terminaba de comer decía: «Quiero más», y extendía el brazo con el plato vacío. Como no siempre había para repetir, muchas veces pataleaba y lloraba, según mi tío Nino, insoportable como la sirena de una ambulancia. Mamá una vez ensayó un método inventado propio para hacerme callar. Después de oírme protestar, durante casi media hora, porque se habían acabado las milanesas, llenó un vaso de vino tinto, tomó un pequeño sorbo y vació lentamente el resto sobre mi cabeza. Sólo logró que la sirena sonara más fuerte.

Los melones eran mi principal fuente de descontento. Nunca me saciaba. Me daban una feta o dos y yo pedía el melón entero. Mi abuelo entonces aplicó otra estrategia. Me llevó al mercado y me preguntó:

—¿Cuántos melones sos capaz de comerte?

—Tres grandes —respondí, ni lerdo ni perezoso.

—Elegilos vos —sugirió amablemente.

Y nos fuimos a casa, rumbo al festín. Nos sentamos en la terraza, ante una mesa de madera. Partimos los melones en larguísimas tajadas longitudinales y empecé a devorarlos. Me había comido uno y medio, cuando manifesté:

—¡Uf, no más, me llené!

—No, no, no... —dijo el *nonno*, en un tono muy serio—. Te queda uno y medio todavía.

—¡Pero, *nonno*, no me cabe más!

—Te los vas a comer todos, porque si no te los meto a la fuerza. ¿Querías *mellóne*? ¡Tomá *mellóne*! ¡A ver si ya no jodés más a tu mamá con la comida!

Yo no lo podía creer. Aun siendo niño, sospeché que se estaban violando mis derechos. Pero no hubo caso. Me hinché como un sapo y nunca jamás volví a protestar por la escasez de comida.

Se fueron justo antes de Navidad, después de un viaje a la Virgen de Luján. Por esas fechas mamá hizo la *pastiera*, una antigua tarta napolitana rellena de ricota, trigo hervido, huevos, agua de azahar, especias y frutas confitadas que comíamos el 24 de diciembre y no en Pascua, como suele hacerse en Nápoles. Mientras la preparaba, no dejó de llorar, quizás porque intuía que no volvería a ver a sus padres. Lloró sin parar. Y en Nochebuena la *pastiera* estaba salada; todos se preguntaban si no habría confundido el azúcar con la sal.

Mis *nonni* fueron desapareciendo de mi memoria muy despacio. Pero un día volvieron de golpe. Fue a mediados de los años sesenta, cuando se estrenó en Buenos Aires *Le quattro giornate di Napoli*, una producción italiana en blanco y negro que mostraba cómo el pueblo napolitano había echado a los nazis de su ciudad. Fuimos todos juntos, como en una manifestación, y ocupamos medio cine; la otra mitad estaba tomada por compatriotas de otros barrios. Cada escena producía risas, comentarios, aplausos y algunos hasta cantaban estrofas del himno italiano. La culminación llegó con un actor que representaba a don Vincenzo, así, con su propio nombre y apellido. El primero en darse cuenta fue Nino.

—Se llama como papá —observó—. ¡No, no! —corrigió—. ¡*Es* papá!

Y así supe que el *nonno* había sido un héroe de guerra. La cinta había sido filmada en muchos de los barrios bajos de Nápoles que ellos conocían; ahora, al verlos en la pantalla, saltaban de alegría y se emocionaban hasta las lágrimas.

Meses antes de morir, mi mamá, que no era una mujer quejumbrosa, empezó a insistir en que quería volver a Nápoles. Quería ver a sus padres, decía que ya estaban muy viejos y que debía estar con ellos «antes de que Dios se los llevara al cielo», que era para mí ese cielo inmenso que me habían descrito. La nostalgia se había transformado en urgencia. Mi papá no quería mandarla. Decía que el viaje en avión era muy caro y que no había plata. Una tarde, al verla tan angustiada, me le acerqué y la abracé:

—¿Qué te pasa, mamá?

—Quiero ver a mis viejos —dijo—, pero el pasaje es muy caro.

—No importa —me atreví—, yo te prometo que voy a juntar la plata y te lo voy a comprar.

Sonrió.

—Qué lindo que sos —me susurró al oído, mientras pasaba la mano por mi pelo.

Empecé a ahorrar para comprarle el pasaje. Incluso pensé en pedirle prestado a Genarino o a Giovanni. No alcancé a hacerlo.

14

EL AMANECER DEL MUNDO

El Spinetto despertaba muy temprano. Las voces, el ruido de motores y las canciones italianas se iban sumando a medida que llegaban los carros y camiones cargados de productos frescos. Verduras, carnes, frutas y pescados iban colmando la manzana entre las calles Moreno, Alsina, Matheu y Pichincha. Cuando el mercado abría los ojos, y los portales enrejados y los ventanales que rodeaban el edificio dejaban salir la luz amarilla del interior, la vida empezaba a palpitar en el barrio. Para muchos, era el amanecer del mundo. El mercado mayorista era el segundo de Buenos Aires después del Abasto y, además de la venta al menudeo, surtía a cientos de comerciantes y proveedores que distribuían sus productos en distintas partes de la capital, zonas aledañas e incluso otras provincias. Las veces que mi papá entraba al Spinetto siempre decía la misma palabra: *abbondanza*.

A medida que uno se desplazaba por los puestos de venta, la mezcla de olores producía sensaciones y anticipaba sabores. Las grandes entradas de luz de los techos desparejos alumbraban algunos murales deslucidos de otra época, dando al lugar un aspecto cálido y atemporal. En el primer piso se hallaban los puesteros de pescado, carne y frutas, que vociferaban las ofertas del día para atraer a los clientes que corrían de un lado para el otro tratando de comprar lo mejor a buen precio. Nadie mentía sobre las mercancías en oferta: si te decían que el pulpo estaba bue-

no, pues no había duda. Si escuchabas: «¡Sardinas especiales! ¡Llévelas antes de que se acaben!», y acompañaban el
llamado con un trozo de la canción *Marechiare* («*Quanno
sponta la luna a Marechiare...*»), tenías que ir porque con seguridad esas sardinas estaban fuera de concurso. O si te
anunciaban: «¡El bife de costeleta de vaca jovencita!», ese
día había que comer carne. Eran honestos, aunque algunos
alteraban el mecanismo de las balanzas y ganaban así algún dinero extra, con el beneplácito de todos. Envolvían la
carne o el pescado en un papel de periódico y lo pesaban
en una especie de canoa que colgaba de una balanza redonda, grande y maciza, en la que se movía una aguja in-
dicando los gramos y los kilos. Nada ocurría lenta y tran-
quilamente en el Spinetto, todo se movía muy rápido al
ritmo improvisado de los vendedores. Cuando un producto recordaba a la entrañable patria, solía escucharse: «*Come
a Napoli!*», y todos corrían a ver exactamente qué cosa era
«tal como en Nápoles». Una vez, Nino casi se mata con un
tipo porque anunciaron que había alcaparras crudas, en
sal marina, traídas directamente de Sorrento. La gente se
desesperó. Sólo quedaba un manojo; cuando Nino lo agarró, el otro se lo arrancó y él casi le arranca el brazo. Al final ganamos nosotros, pero las alcaparras las llevamos a
casa y no a la pizzería.

El edificio del Spinetto ocupaba toda la manzana y era
de un gris percudido, con una entrada muy amplia en forma de rectángulo sobre la cual reposaba un ventanal semicircular de pequeños vidrios rectangulares, muchos de
ellos rotos. Entrando a la derecha había unas escaleras
muy anchas de granito blanco que conducían a un segundo piso, más ordenado y limpio, rodeado de ventanas y
locales donde se despachaban huevos, pollo, quesos y hierbas aromáticas. Allí podías conseguir pasta fresca, ricota,
mozzarella de búfala, distintos tipos de aceitunas, frutos
secos (se cortaba en dos el higo y se lo rellenaba de nue-
ces), fiambres (salame, mortadela, bondiola) y el rey de
todos: el *prosciutto*, en la variedad que uno quisiera. El se-

gundo piso era más aireado e iluminado. Nadie cantaba allí, ni llamaba a gritos a los clientes. En los muros exteriores que daban a la calle reinaba la suciedad, pero algunos igualmente empleaban esa zona como lugar de almacenaje.

El mercado estaba enclavado en plena zona residencial, rodeado de edificios apeñuscados, casas, conventillos, farmacias y otras tiendas. Justo en diagonal respecto a la entrada principal, en la esquina de Pichincha con Alsina, existía la panadería de don Alberto, donde se podía conseguir el mejor *panettone*, los *cannoli* a la siciliana, con crema de chocolate en una mitad y crema de ricota en la otra, y el *casatiello*, una torta salada en forma de rosca que se come en Pascua, rellena con queso *pecorino*, tocino, salame y otros embutidos, y adornada con huevos duros. Todas estas y otras delicias se exhibían en varias vitrinas impecables y muy bien decoradas, enmarcadas en madera oscura que por su estructura, según los vecinos, era muy parecida a las panaderías napolitanas. Don Alberto, junto a su mujer e hijas conocían el negocio a la perfección y lo amaban. Temprano por las mañanas, cuando el Spinetto empezaba a funcionar, también lo hacía la panadería con sus hornos, que llenaba la cuadra de una fragancia inconfundible de masa azucarada y pan haciéndose a fuego lento. Arrastrados por este aroma, Nino y yo llegamos al Spinetto y entramos golosos, como dos niños a Disneylandia.

Era nuestra primera compra a dúo. Él llevaba una lista de los platos fijos de la pizzería: canelones de espinacas y ricota, tallarines a la napolitana y, por supuesto, *calzones* y *pizza*. Pero habíamos decidido agregar dos platos extra a la carta, de acuerdo con los ingredientes frescos que encontráramos y estimularan nuestra creatividad. Era literalmente imposible recorrer esos laberintos alimenticios y no sentirse transportado, así que algo inventaríamos. Empezamos yendo a los puestos de verdura. El olor de las cebollas ejercía sobre los Merola un poder casi hipnótico, tanto que la comíamos a mordiscones como si fuera una fruta.

Mi mamá decía que cuando la cebolla era realmente buena no te hacía llorar, sino reír. Algo se nos tenía que ocurrir. Y fue la pescadería nuestra inspiración. Don Renato, un señor robusto y con un parche de cuero en el ojo, saludó efusivamente a Nino en cuanto lo vio:

—*Paesano!*

Nino le preguntó qué había de bueno ese día y don Renato no dudó.

—*Le vongole!* —dijo, señalándolas.

Abrió una almeja con un pequeño cuchillo, le echó unas gotas de limón y se la pasó a Nino, mientras el molusco, aún vivo, se enroscaba sobre sí mismo. Nino chupó la concha y le vi la cara de felicidad. Me hizo un guiño y exclamó:

—*Spettacolare!* Se siente el mar. Dame dos kilos.

Algo empezaba a cocinarse. Seguimos nuestro peregrinaje, hasta que nos topamos con unas berenjenas gigantes, de un morado muy oscuro y tallo verde intenso. Los dos pensamos en la misma palabra: «¡Escabeche!». Las berenjenas en conserva servían de antipasto y duraban mucho tiempo. Las hervíamos en vinagre y luego las poníamos una encima de la otra en un tarro transparente cubiertas de aceite, con granitos de pimienta negra, hojas de laurel, ajo y *peperoncino*. Mi tío Antonio me contó que una vez, durante la guerra, tuvo que esconderse en las afueras de Nápoles y se alimentó durante un mes seguido de berenjenas. Había aprendido infinidad de recetas que guardaba celosamente ya que, en lugar de odiarlas, había acabado amándolas.

Pedimos una carretilla prestada para regresar con la compra y rumbo a la pizzería le pregunté qué le había pasado a don Renato en el ojo. Nino me respondió: «Los alemanes», y cambiamos de tema. Ya en la cocina, mientras preparábamos las almejas, me explicó que había que cocerlas a fuego muy lento y usar la misma agua para luego hervir los *linguinis*. Al poco rato el olor a leña típico de la pizzería cambió por una fragancia intensa y veraniega de escollera y playa. Con el sol pegando fuerte en las ventanas, sólo faltaba que rompieran las olas en medio del salón. Estábamos en el mar: María Grazia con los dedos repartiendo algas en vez de orégano, Nino pescando merluzas para freír al mediodía y José, que no sabía nadar, flotando con cara de angustia agarrado a su escoba. Me había olvidado de Julia. Me sentía libre. No duró mucho, pero fue suficiente para alegrarme la vida y confirmar el poder sanador del olor y el sabor napolitano.

Por la noche llamé a mi papá. Había sido un buen día, habíamos ganado algún dinero. Iba a contárselo, pero su voz depresiva me disuadió enseguida.

—Andrea. ¿Qué decís?

—Voy a quedarme en Pichincha —me limité a explicar— porque es complicado conseguir transporte tan temprano. No hay subte y hay pocos colectivos.

—Bueno. Aquí está tu pieza y tenés la llave...

—¿No querés saber cómo me fue?

—Si te hubiera ido mal, estarías protestando —dijo con ironía.

—¿Seguís con la idea de irte de viaje?

—Y sí. Cuando tenga más fuerza...

Nos despedimos. Me fui hasta plaza Once, tome el subte a Primera Junta y caminé cinco cuadras solitarias hasta el departamento de Genarino. Al llegar lo encontré sentado en un sofá, viendo televisión. Tenía un piyama de pantalón corto muy elegante a lunares azules. Los ojos achinados, el pelo casi rapado y el cuerpo atlético lo hacían parecido a un guerrero japonés. Había intentado por todo los medios llevarme al gimnasio con él para mejorar mi figura, pero mi pereza podía más. Genarino tenía mi estatura y sin embargo se veía más alto, quizás porque mi panza, sin ser mucha, me empujaba hacia abajo, mientras el abdomen de mi amigo, liso y con una musculatura impecable, lo estiraba hacia arriba. Además, poseía un carácter simpático y le caía bien a todo el mundo, pese a que los delgados bigotes que asomaban sobre los labios gruesos le daban un aire de asesino de la mafia china. Nunca le tuve envidia, a pesar de que me hubiera gustado tener algunas de las cosas que él ya había logrado. Me alegraba sinceramente de sus éxitos. Había lealtad y sinceridad entre nosotros.

Me senté junto a él a ver el noticiero. Desde hacía meses la censura era evidente. Genarino me hizo un comentario sobre un rumor que corría acerca de que los militares iban a las bibliotecas populares y quemaban los libros que consideraban subversivos. Poetas, pensadores, novelistas, ensayistas, todos convertidos en ceniza. Apagó el televisor y se dirigió a mí.

—¿Cómo te fue en tu primer día?

—Bien, hermano —respondí—. Ya sabés cómo es eso, trabajás como un animal y no deja mucho.

—El tiempo va a pasar volando, dos meses no son nada —dijo, dándome un golpecito en el hombro.

—¿Y Liliana? —le pregunté.

—Hoy es nuestro día de descanso. Compré empanadas, ¿querés?

—No, ya me voy —me apresuré a decir, queriendo ocultar la tristeza que me había sobrevenido de pronto.

Pero a él no se le escapó.

—¿Te vas? ¿Adónde?

—Voy a quedarme donde mi viejo. El Spinetto lo abren muy temprano e irme desde acá a esa hora es muy difícil. Me queda más cerca si duermo en Pichincha mientras tenga que ir a la pizzería.

—Pero vas a volver, ¿no?

—Sí, voy a estar yendo y viniendo.

—¿Y cómo está tu viejo? —siguió indagando.

—Regular. Ya te dije, le dio por hacer el *magliaro* de nuevo.

—¡Qué cabezón, che! Se enloqueció... ¿Y a vos qué te pasa?

Debió de haber notado que no era la locura de mi viejo lo que de veras me carcomía.

—No sé —dije y por fin me sinceré—: Lo peor de todo es que Julia no quiere verme. Está furiosa.

Y le expliqué la discusión que habíamos tenido esa tarde bajo el gomero.

—Ya se le va a pasar —respondió reflexivo—. Es un Alka-Seltzer, parecida a vos: se sube y se baja con cualquier cosa.

Y lanzó una carcajada que logró sacarme una sonrisa. Fui hasta mi cuarto, llené un bolso con alguna ropa y música y me fui donde mi padre. Otra vez en Pichincha, otra vez en mi habitación de cartón prensado. Papá dormía o simulaba hacerlo. Yo puse el despertador y me dejé caer en la cama, agotado y ahora sí, con un pensamiento fijo: Julia.

15

MY NAME IS BOOK

Me desperté a las cinco de la mañana y sin afeitarme ni bañarme me vestí a la carrera, metí la cabeza en el lavatorio bajo un chorro de agua para aplastar el pelo inflado y emparejar un poco los rulos y, al montar en el ascensor, me di cuenta de que tenía una media azul y otra marrón clarito. No me importó. Llegué a tiempo, como regularmente lo había hecho durante mi primera semana en la pizzería, y fuimos de compras al Spinetto; a las diez de la mañana, ya estábamos todos limpiando, cocinando y organizando el local para atender a los clientes del mediodía.

Me encontraba yo detrás del mostrador, acomodando unas botellas de cerveza, cuando escuché en la puerta un toc-toc, apenas audible. No le presté atención al principio, pero insistieron. María Grazia y Nino gritaron, desde la cocina, «¡La puerta!». Salí de atrás del mueble y vi a doña Emilia, la profesora de inglés del barrio, con la frente apoyada en el vidrio. Me limpié las manos con el delantal rojo y fui hacia ella. Arturo se me adelantó y le dijo que el servicio comenzaba a las doce y media. Ella no iba a esperar.

—¿Puede abrirme, por favor?

Llegué a la puerta, empujé la vidriera y entró. Se detuvo ni bien cruzó el umbral y preguntó, con voz apagada:

—¿A qué hora viene el psicólogo?

—¡Mírelo, lo tiene al frente! —respondió Arturo, señalándome.

—¡Ah! Usted... —dijo la mujer, mirándome de arriba abajo.

Doña Emilia me observaba detenidamente: mi vestimenta, el pelo despeinado y mi cara sin afeitar. Yo la conocía muy bien. Como tantos otros del barrio, había pasado alguna vez por sus clases particulares. En alguna ocasión papá me había llevado por consejo de Giovanni, pero, como nunca pagó, sólo fui a unas pocas sesiones. Lo único que aprendí a decir fue: «*My name is book*».

—¡Ahora recuerdo! —exclamó ella, señalándome con el dedo—. ¡Vos ibas a mis clases!

Asentí con la cabeza, rogando que no se acordara de los detalles.

—¿Aprendiste algo de inglés? —preguntó.

—Y sí, claro, más o menos —respondí con amabilidad.

Volvió a mirarme, ahora como a un adulto. Cambió de tono.

—¿Puedo hablar con usted? ¿Cómo hago para sacar una cita?

Traté de escapar.

—En realidad, en este momento estoy muy ocupado —dije tartamudeando, mientras alisaba el delantal con las manos.

Arturo se metió en la conversación:

—No te preocupes, Andrea, yo puedo encargarme. Atendé tranquilo a la señora.

En ese momento salió Nino con las manos embadurnadas de masa de harina y saludó a la señora de lejos. En cuanto se enteró de que iba a ser «mi paciente», le habló bien de mí.

—Es una excelente persona. Siempre fue muy estudioso, *buon figlio* y es *molto responsabile*. Se lo recomiendo.

La señora asentía cada vez con mayor entusiasmo. Nino me empujaba como a un niño con miedo al agua a saltar de un trampolín:

—Llevá a la señora, dale, andá, andá...

La mujer me tendió la mano.

—Mucho gusto, soy Emilia. Los que me conocen, cariñosamente, me dicen doña Emilia.

Le pedí que me siguiera hasta la escalera y emprendimos el ascenso, yo delante y ella detrás. Cada peldaño resultaba para mí una montaña que debía escalar. Pensé en Julia otra vez («Si me viera en éstas...»), en los años de universidad, en los pocos pacientes que había visto en las prácticas, en lo malo que era el plan de estudios, en mi terapeuta... La voz de la señora me sacó de mis pensamientos.

—¡Huy! ¡Tiene una media de cada color! ¿Es la moda? Es que todo va tan rápido...

Abrí la puerta y una vez dentro la invité a sentarse. Saqué rápidamente la gorra de José de encima del escritorio, donde no sé por qué razón estaba, y la dejé en el suelo, lo más escondida que pude. Tomé una hoja en blanco y un lápiz, abrí una de las ventanas que daban a la pizzería para que saliera el olor a encierro y de inmediato entró el aroma del orégano. A su manera, volvía el lugar más acogedor. Hice de tripas corazón y comencé la sesión.

—Cuénteme, doña Emilia, ¿en qué puedo ayudarla?

La mujer tenía una mirada triste y un gesto serio, que contrastaba con sus ademanes amables y la sonrisa que de vez en cuando asomaba a la boca rosada y redonda. Estaba vestida con un traje sastre negro, muy formal, y una camisa blanca de cuello largo que asomaba por encima de las solapas. Su nariz era respingada. Toda ella era diminuta, al igual que los mocasines grises, que hacían juego con la cartera.

No respondió a la pregunta. Se dedicó a observar el sitio a medida que se le iban encharcando los ojos. Suspiró profundo y comenzó a hablar:

—No me gusta mi manera de ser. Soy gris, predecible, aburrida, seria y poco creativa. Mi vida es monótona y simple. Hace mucho que no me río de verdad y me siento sola. La gente me tiene demasiado respeto y me huye. Quiero sentir algo a fondo, que me sacuda... —¿Qué podía ser? No tardé en averiguarlo—. ¿Usted conoce al hermano de don Alberto? El que trabaja con él... Es bastante mayor, yo apenas tengo sesenta y tres años. Pero igual salimos un día a tomar el té a una cafetería de Callao y nunca más me invitó. Lo vi hace poco en la panadería y le mandé la indirecta de cuándo me iba a volver a invitar y se quedó callado. Es un poco tímido... Aunque yo entendí que no la había pasado bien conmigo. Eso me mortifica, se me metió en la cabeza. Yo digo, no sé usted qué piensa, que si pudiera volverme más divertida y expresiva, a lo mejor él se fija en mí... —se interrumpió—. Perdón, creo que estoy hablando mucho.

—No, no. Cuanto más hable, mejor —opiné, mientras pensaba qué hacer.

—Qué amable, doctor, gracias. ¿Usted cree que es tarde para cambiar?

—No, nunca es tarde —respondí, sintiéndome ridículo por decir algo tan elemental.

Emilia se quedó pensando un rato, con la cabeza inclinada. De pronto, como si hubiera hecho un clic mental, alzó la mirada.

—«Nunca es tarde». ¡Qué maravilla! Yo me la paso diciendo lo contrario, «Ya es tarde para vivir». ¿Cómo supo?

Hice un gesto de «no sé cómo supe» y ella retomó las riendas. Así fue contándome su vida. Una hora y media después la veía tan animada que era incapaz de decirle que la cita había terminado. Por suerte, en cierto momento miró su reloj y comentó que se le había hecho tarde.

—¿Cuándo vuelvo? ¿Le parece bien en una semana?

—Bueno, sí, está bien... —dije, sin mucha convicción.

Se levantó de la silla y, mirando por la ventana hacia abajo, me preguntó qué tal era la comida de la pizzería. Yo le expliqué que ese día teníamos *parmigiana* de berenjenas. Me respondió que ella había leído alguna vez que la berenjena daba vigor y dinamismo y pidió llevarse una porción. Me asomé por la ventana, llamé a Nino y María Grazia me respondió que había salido. Entonces le pedí a ella que sirviera un buen trozo de *parmigiana* para llevar, con orégano recién cortado de la huerta. Doña Emilia me dio las gracias y me preguntó cuánto le debía por la consulta. Estuve tentado de no cobrarle, pero recordé la principal recomendación de mis profesores de clínica: «La consulta nunca puede ser gratis. Debe haber un costo que asuma el paciente». No tenía idea de cuánto valía una sesión en aquel sitio. Entonces vi la gorra de José y se me ocurrió la solución: dejarlo a criterio del consumidor. A la gorra, justamente. La subí, la puse sobre el escritorio y le dije:

—Lo que usted quiera y pueda. Me lo pone en la gorra, por favor.

Me levanté y la dejé a solas para que pagara lo que creyera justo. Abrí la puerta, tomé una bocanada de aire y esperé unos segundos.

—¡Listo! —exclamó doña Emilia—. Me voy muy contenta, ¡tengo tantas cosas para contarle! —Bajó colgada de mi brazo, recibió el paquete con la comida y, cuando fue a abrir el bolso, le dije que era una atención de la casa. Me estrechó la mano y antes de irse agregó—: Hoy es mi día de descanso. Ahora voy a tirarles maíz a las palomas, me como esta delicia y después me meto en un cine.

Salió como había entrado, sigilosamente. Al darme la vuelta encontré a José, Arturo y María Grazia observando la situación, quietos como estatuas.

—¡Qué miran! —les grité—. ¡A trabajar!

Me serví un vaso de vino tinto hasta el tope y lo bebí como si fuera agua y yo llegara del desierto. Traté de aflojar la tensión de mi cuerpo, aunque sintiera que mi intervención terapéutica con doña Emilia dejaba mucho que desear. O eso creía, hasta que un rato después advertí la presencia de José parado detrás de mí. Parecía un niño regañado y no era capaz de mirarme a los ojos.

—¿Qué te pasa? —le pregunté, volviéndome hacia él. Siguió en silencio, sin levantar la cabeza—. Mirá, José, no tengo tiempo ni estoy de humor para adivinanzas y tu mutismo peruano me tiene podrido. ¡Decime de una vez qué carajo te pasa!

Y me lo tiró sin anestesia, en un tono plano e inexpresivo:

—María Grazia no le echó orégano fresco a la *parmigiana* de doña Emilia. Le echó marihuana.

No dijo más. Pensé que había escuchado mal y le pedí que lo repitiera palabra por palabra. Dijo exactamente lo mismo.

—¿De qué marihuana hablas, José?

—De la mía —contestó.

—¿Y vos por qué tenés marihuana? ¿Sos traficante?

—No. Soy consumidor. Un poquito, no más...

Me paré y caminé en círculos con las manos en la cabeza, como lo hacía papá cuando estaba nervioso o desesperado, mientras José me hacía ademanes de que guardara silencio porque no quería que nadie se enterara. Lo tomé del brazo, lo arrastré a la huerta y lo interrogué como un oficial de la policía:

—¿Dónde tenés la marihuana, pelotudo?

—Ahí —dijo, señalando unos recipientes de barro recostados contra una pared.

—¿Pero qué hiciste? ¿Sembraste marihuana en el huerto?

—Como es parecida al orégano silvestre y está camuflada detrás de los tomates, pensé que nadie se daría cuenta. Además, Nino y Salvatore sólo sacan del otro lado del huerto.

—¿Cómo te diste cuenta de lo de Emilia? —le pregunté.

Me mostró una maceta con una bella planta, la mitad de cuyas hojas habían sido arrancadas. Corrí hasta la cocina y pregunté a María Grazia dónde estaba el resto del orégano que acababa de cortar.

—Lo puse a secar porque casi no huele. Y pensar que se veía tan lindo y fresco...

Hice un paquete con el «orégano» y le dije:

—No vuelvas a usar de éste, que es malo, mejor lo tiramos y listo.

Volví al patio, donde aún estaba José con cara de *mea culpa*.

—¿Le va a pasar algo a doña Emilia? —preguntó.

—¡Aquí el único peligro sos vos! —Me miró asustado—. ¡Prestá atención a lo que te voy a decir! —continué—. Agarrá esas putas plantas de narcóticos y tiralas bien lejos. Que nadie nos asocie con ellas. ¡Y no se te ocurra quemarlas!

—¿Me va a echar?

—No, te voy a matar.

José metió las plantas en unas bolsas de basura. Antes de irse, subió por su gorra y me la entregó con el dinero dentro que dejó doña Emilia. Saqué los quinientos pesos ley que había y se los entregué.

—Tomá —le dije—. Comprame una gorra parecida y me la dejás arriba en el consultorio.

José se marchó como un fugitivo perseguido por narcotráfico y yo pensé: «Quinientos pesos ley... Unos doce dólares... Los buenos cobran cien...».

16

Verdades a medias

Su cuerpo, recostado contra el muro de la terraza mientras miraba la calle, despedía un aire de tristeza sofocante. Yo no sólo veía el dolor: lo respiraba. Había luna llena y la luz resaltaba su aspecto de duende en desgracia. Ahí estaba papá en medio de la noche como en una puesta en escena, conmigo como único espectador. Lo observé un rato desde mi ventana de cartón. Detallé la coronilla, los pelos plateados y electrizados, la vestimenta blanca y las pantuflas negras. En aquel pequeño espacio de soledad compartida, me acerqué a él, puse los codos sobre el cemento de la baranda y me asomé al mismo sendero de asfalto despoblado. El aire pastoso manoseaba nuestros rostros y la ausencia de mi madre estaba allí, punzante, inevitable.

—¿Cuándo llegaste? —le pregunté.

—Hoy —respondió, sin apartar la vista de los techos de las casas vecinas.

Hicimos una pausa e intenté nuevamente sacar tema.

—¿Te fue bien con las ventas?

—Las corbatas de seda se vendieron bien.

Este truco lo usaban los *magliari* regularmente. Le entregaban al cliente una corbata de pura seda para que observaran la calidad y hechura. Hablaban de sus bondades, de su origen italiano, y luego ofrecían una caja transparente con cinco hermosas corbatas de distintos colores y diseños a un precio módico, pero claro, eran pura imitación. Cada una llevaba una cartulina por dentro para mantener la apariencia y rigidez. Eran tan malas que, al sacarle la cartulina, la tela se aflojaba y se volvían un retazo sin forma, como un trapo. El riesgo estaba en que abrieran la caja antes de haber cerrado el trato; si esto ocurría, salían corriendo.

—La pizzería va bien —le comenté para animarlo.

—¿Sí? *Bene, bene...* Cuando tenga más fuerzas voy a ir... —respondió mecánicamente.

—Todos siguen trabajando con ganas, hay que mantenerla a flote, incluso estábamos pensando...

Me interrumpió como si no me hubiera estado escuchando.

—La *lotta* nunca se acaba... —comentó—. ¿Sabés qué pasa? *Nu pinsier* no me deja en paz. Lo tengo metido dentro...

Y comenzó a darse puñetazos en la cabeza. Yo le tomé las manos y lo detuve.

—¿Qué pasa, papá? ¿Cuál es ese pensamiento?

Su mirada buscó la mía, como un ruego:

—No sé si la hice *felice*... Nunca le pude dar lo que ella quería... ¡Maldita pobreza! —Buscó otra vez mi mirada y preguntó—: ¿Ella fue feliz conmigo?

¿Cómo ser objetivo ante tal pregunta? Me limité a decir lo que había que decir:

—¡Cómo podés dudar, papá! Pelearon juntos la vida, pasaron una guerra, irse a un país lejano, formar una familia... Claro que fue difícil, pero yo sé que fue feliz a tu lado... De haber visto otra cosa te lo diría. Te lo hubiera dicho...

Tomó mi cara con ambas manos, escudriñó mis ojos y algo vio en ellos que lo convenció. Después de unos segundos me soltó y volvió al muro. Otra vez fui a su lado. Nunca más hablamos del tema.

Pero, junto a mi padre, en la azulada claridad nocturna, la imagen de Giovanni besando a mi madre apareció en mi mente como tantas otras veces. Tendría cinco años entonces, pero podría describir con exactitud las acciones de

ambos en ese momento: el lugar, las expresiones y hasta
mis sensaciones. Estaban sentados en un sofá, convenci-
dos de que yo jugaba en la terraza, cuando entré en puntas de pie para asustarlos y me detuve. Fue cuando vi los
labios pintados de rojo de mamá apoyarse sobre la boca
entreabierta, recta y pálida de Giovanni. Sólo vi ternura,
tanto que sonreí y me retiré de nuevo a la terraza como
había entrado, para no interrumpir lo que hacían. Y unos
años después fui testigo de un encuentro similar. Era época de Navidad y en casa había una reunión tras otra. Yo me
había inventado un juego prohibido: cuando había mucha
gente reunida, me escabullía bajo las mesas para mirar
bajo las faldas de las señoras sentadas, especialmente
Adriana, la esposa de Pepe, que se parecía a Sarita Mon-
tiel y tenía unas piernas muy lindas. Estaba yo en mis actividades voyeuristas cuando me encontré con una
imagen inesperada: Giovanni tenía un pie descalzo sobre
otro de mi mamá, que también se había descalzado. Y de
tanto en tanto estiraban los brazos y se daban un apretón
de manos bajo la mesa o se acariciaban. A mis siete años,
intuía que había algo que no andaba bien, pero también
entendía que no podía hacer nada. En ese momento, por
descuido, choqué con la pierna de Giovanni, que de inmediato se asomó bajo la mesa y me perforó con la mirada.
Su expresión de disgusto aún la tengo labrada en mi mente. Él supo lo que yo había visto. Salí de debajo de la mesa
en un santiamén para evitar el posible regaño. Y todo quedó entre él y yo, sin que luego mediara jamás una palabra
al respecto.

De todas las *canzonettas* napolitanas que interpretaba
mi madre, había una que repetía más frecuentemente
siempre que papá no estaba: *Rundinella*. Cuenta la historia
de un hombre que sufre debido a que su pareja lo ha dejado después de estar juntos varios años y oculta a los amigos la verdad. Les dice que va a volver pronto, que está de
viaje, y todas las noches deja la puerta abierta de su casa
esperando al otro día, al despertar, encontrarla a su lado.

Recuerdo que ella cantaba una y otra vez el estribillo en napolitano:

E torna rundinella...
torna a stu nido mo ch´è primmavera...
i´ lasso ´a porta aperta quanno è ´a sera
speranno ´e te truvá
vicino a me...

Un día de ésos, mientras cocinaba, le pregunté por qué le gustaba tanto *Rundinella*.

—Todo el mundo, cuando escucha la canción, toma partido por ese pobre hombre que espera a la mujer que lo dejó —me dijo—, pero cuando yo la oigo pienso más en ella que en él. Me pregunto por qué se fue, si es feliz, si está dando vueltas por el mundo o si quizás partió con el hombre que ama de verdad.

A mis diez años me entró la duda del abandono y le pregunté:

—¿Y si te fueras como esa mujer, no me extrañarías?

Fijó en mí sus ojos, como dos mares, y concluyó con una sonrisa:

—Por eso, *bello mio*, no puedo ser Rundinella.

El aire se hizo más pegajoso y mi papá y yo fuimos a acostarnos. Me fue difícil dormir, aunque finalmente pude conciliar el sueño. Las imágenes llegaban a mi mente como cascadas. Esa noche tuve una pesadilla, que luego se repitió varias veces a través de los años. Estaba en un barco que se hundía, oía la voz de mi padre que me pedía auxilio y no podía localizarlo. Yo tiraba y tiraba salvavidas esperando que alguno llegara hasta él y que no se ahogara, pero de pronto me daba cuenta de que todos estaban desinflados. Me desperté a eso de las dos de la mañana sudando y agitado, me dirigí al baño y de pronto vi la sombra de mi padre moviéndose en su cuarto de un lado para el otro. Me oculté para mirar qué estaba haciendo y un momento después salió de la habitación, abrió la puerta de la calle y se marchó. Fui hasta la terraza, intrigado, y pude verlo cruzar la calle rápidamente y tomar por Alsina hacia la pizzería. Poco después volví a la cama y allí me quedé dando vueltas. Más tarde, escuché el ruido de las llaves. Era de nuevo mi papá. Entró al cuarto y cerró la puerta sin hacer ruido. Cuando miré el despertador, eran las tres y media.

17

A CORAZÓN ABIERTO

Casi veinte días sin ver a Julia. La había llamado varias veces y la mamá siempre decía que no estaba. ¿Cómo cortar tan abruptamente, cuando vivíamos el uno para el otro? Ese día, para colmo, era su cumpleaños y yo lo único que quería era abrazarla y tenerla a mi lado. La pizzería estaba a tope. Uno de los carniceros del Spinetto cumplía setenta años y sus amigos lo habían invitado a un almuerzo. Eran veinte personas insaciables que no se cansaban de brindar. Nos dejaron agotados. Nino se sentó a mi lado.

—¿Qué te parece si cambiamos el lugar y lo ponemos más lindo? —me dijo—. Francesca puede hacer manteles nuevos, pintamos, revisamos la carta... Un *rinnovo*, ¿me entendés? Mirá lo que hicieron los gallegos de enfrente.

—¿Qué hicieron?

—Contrataron un arquitecto y les reformó hasta los techos. Pero nosotros no tenemos un peso, así que imaginación y laburo. ¿Qué decís? Yo creo que algo podemos hacer, aunque no tengamos guita. Empecemos con la música, yo traje algunos casetes de música napolitana, tráete la tuya y la mezclamos. Ese Peppino di Capri ya no me lo aguanto.

—Me parece bien —le respondí sin mucha convicción, aunque traté de disimularlo.

Mi mente estaba en otra parte. Fui hasta la puerta a tomar aire. Pasé por las mesas en fila, desordenadas y aún con restos de comida. El color rojo del delantal que llevaba puesto se destacaba en el espejo. Vi la pizzería desde fuera, tan desierta como la boca de un túnel oscuro. Volví a entrar y sentí un rebote en el estómago. Me dolían las piernas. ¿Se justificaba estar allí?, me pregunté. El rostro de Julia estaba estampado en mi cabeza y no era capaz de quitarlo, ni lo deseaba. «Seis años tirados por la borda», me decía una y otra vez. A mi alrededor ruidos de platos, las sillas amontonadas, escobas. Empecé a dudar. Pensé que quizás Julia tenía razón y la pizzería no era mi lugar ni para dos meses. Pero, a medida que dudaba, las ganas de verla, hoy que era su cumpleaños, crecían de manera incontrolable. Resolví ir a buscarla, pasara lo que pasara. Tejí una secuencia de hechos que consideré liberadores para mí: le juraría amor eterno, le pediría perdón, renunciaría a la maldita pizzería, hablaría con Giovanni y todo volvería a la normalidad. Escaparía del encierro en el que me hallaba y podría ejercer mi profesión en un sitio adecuado. Salí a la calle y tomé un taxi hasta la casa de Julia. Todo iba a cambiar, todo volvería a ser como antes. Sería mi regalo de cumpleaños. Bajé, corrí hasta la puerta y me pegué al timbre hasta que salió Isabel.

—¡Julia, busco a Julia! —dije atropelladamente.

Isabel me explicó que Genarino había pasado a buscarla al mediodía.

—¿Genarino? —me sorprendí—. ¿Sabés dónde fueron?

—No sé, creo que iban a almorzar juntos.

Entonces decidí ir al departamento de Genarino y esperarlo para que, cuando llegara, me contara la reunión. Pensé que quizás, con su mediación, podríamos reconciliarnos. Los imaginé hablando de mí, ella llorando y él dándole argumentos para que no me dejara. El hombre tenía labia y podía convencer a cualquiera: ¿por qué no a Julia? Aceleré la marcha. Pisaba rayas una y otra vez, y no me importaba. En veinte minutos llegué al departamento, subí la escalera de dos en dos y abrí la puerta. Al entrar, el sonido de una música y las risas me detuvieron. Roberto Carlos cantaba *Un gato en la oscuridad*. Cerré la puerta despacio, me

111

acerqué un poco más y reconocí las voces de Julia y Genarino. Venían de mi dormitorio.

—¡Qué linda que sos! —decía él.

Y ella, su voz, su maldita voz, entre carcajadas preguntaba:

—¿Te gusta? ¿Yo te gusto?

Me asomé con cuidado para que no me descubrieran y vi a Julia, en ropa interior, de pie sobre la cama, parodiando un *striptease*, y a Genarino, desnudo, con una cámara polaroid, disparándole fotos a cada pose insinuante que ella adoptaba. Volví a esconderme y fui dejándome caer, deslizando la espalda por la pared, hasta quedar sentado sobre el parqué. No podía creerlo. Me faltó el aire. El corazón y la respiración se me aceleraban. Con la cabeza apretada entre las manos, creí que iba a enloquecer. Sudaba, temblaba y repetía para mis adentros: «Esto es una pesadilla. ¡Despertá! ¡Despertá!». Pensé en salir corriendo, pero la necesidad de saber más me empujaba hacia ellos. Quería volver a mirar, confirmar hasta dónde eran capaces de llegar, tener pruebas, así el dolor acabara conmigo. Ya no se oyeron risas y me asomé de nuevo. Roberto Carlos interpretaba *Nuestra canción* y la agitación anterior se había transformado en susurros y gimoteos. Ella estaba sobre él mientras hacían el amor, primero despacio y después con furia. Fui hasta el baño y me lavé la cara, evitando hacer ruido. Un pensamiento se multiplicaba en mí hasta el infinito: «¡Hijos de puta! ¡Hijos de puta!». Un pobre pensamiento, cierto, pero yo no era capaz siquiera de admitir lo que en el fondo ya había podido entrever antes, cuando nos acostábamos los cuatro en la misma cama. Me quedé inmóvil unos minutos y poco a poco recuperé el aliento. Volví al dormitorio. La faena estaba concluida: ella reposaba entre sus brazos y él acariciaba su hermoso cabello húmedo y enredado. Todo olía a violetas, a Julia. Pero lo que ese olor invasivo ahora me provocaba era distinto: asco, ira, tristeza, decepción, celos, todo mezclado en un aire irrespirable. La vida misma parecía hacerse añicos y, sintiendo que no tenía ya nada que perder, decidí enfrentarlos y entré a la habitación. Al verme, Genarino gritó y empezó a darse cachetadas a sí mismo:

—¡No, no! ¡La puta madre! ¡Hermano, no sé qué me pasó!

Julia brincó del susto, murmuró algo y escondió la cabeza bajo las sábanas. Él seguía tratando de dar explicaciones. No dije absolutamente nada, no me salían las palabras. Tiré la llave del apartamento al suelo y salí, mientras escuchaba la voz de Genarino llamándome. Bajé las escaleras como un autómata y al llegar a la calle vomité pura bilis. Intenté llorar y no pude. Caminé rumbo al Spinetto y después corrí hasta consumir el último vestigio de fuerza que había en mi cuerpo. Llegué a la casa de mi padre extenuado, abrí una botella de grapa y tomé sin parar. En aquella pesada soledad gritaba, insultaba y repetía, dentro de mí: «¡Mamá, ayudame, por favor, ayudame!».

18

¿QUÉ QUERÉS, UN PAPÁ O UN SANTO?

Crucé la plaza Güemes y caminé por Salguero, como tantas otras veces que había ido a Villa Freud. En la segunda calle doblé a la derecha y llegué al edificio de granito negro y puertas delgadas. Subí al cuarto piso para asistir a mi cita con Plácido Iraola. Desde hacía tres años frecuentaba su consulta con diversos intervalos. Había sido uno de mis profesores de psicología clínica y yo había sintonizado con él desde el principio. Como suele pasar cuando uno va a terapia, empecé hablando de mi obsesión por no pisar rayas y de ahí pasamos a tantas otras cuestiones de mi vida personal no menos insensatas. Ahora él me conocía de arriba abajo y yo confiaba plenamente en su capacidad.

En la puerta del consultorio, sobre una placa gris plateada, se leía: «Plácido Alberto Iraola»; debajo: «Psicólogo humanista». Era un hombre de baja estatura, rechoncho, de barba tupida y sonrisa amable. Su voz era como un temporal, pero cálido. Siempre estaba de vaqueros, camisa y chaqueta *sport;* a veces, llevaba sandalias. Me recibió en persona, porque no tenía secretaria.

—¡Andrea! ¡Tanto tiempo!

Y me tendió la mano. Su apretón me hizo sentir que no estaba solo.

—Pasá y sentate, mientras te preparo un café. ¿Cómo estás?

—Hoy tengo mucho para contar —le dije, preocupado por el tiempo disponible.

—El otro paciente canceló, así que tenemos dos horas. —Sonrió, me entregó una taza de café con la cara de Mafalda y agregó—: No tengas miedo, sólo te voy a cobrar una cita.

El consultorio era muy agradable. No tenía escritorio, sino dos sillones tipo inglés de cuero color café, apenas rajados por el uso y separados por una mesa ratona redonda. A través de una ventana enmarcada por unas cortinas abiertas se veían las verdes copas de algunos árboles. La pared derecha estaba tapada por una biblioteca repleta de libros y revistas de psicología. Contra la izquierda había un tablón grueso incrustado en el muro, donde tenía la cafetera, los papeles sueltos, la agenda abierta y el cuaderno de papel cuadriculado donde tomaba notas sobre mi caso.

Nos bebimos el café, conversamos del tiempo y de cualquier otra cosa, hasta que enfiló las baterías hacia mí.

—Te veo triste, ¿qué pasó? Tus ojos no son los mismos.

Y entonces hablé de mi mamá, la pizzería, el regreso al barrio y lo que me había pasado con Julia y Genarino. También le conté la experiencia con doña Emilia. Cuando terminé, comentó:

—Muchas cosas, ¿verdad? —Asentí con la cabeza—. Siento mucho lo de tu mamá —continuó—. ¿Pero qué hay de tu viejo? ¿Cómo lleva la cosa?

—Mal —respondí, de mala gana—. Pero ya sabés cómo es él de complicado, y en esta situación...

Me contuve. No quería hablar de papá.

—Dale, dale, terminá la frase —insistió Plácido.

—Iba a decir que, como siempre, él tiene la culpa. Si hubiera seguido yendo a la pizzería en vez de agarrar la valija de *magliaro* otra vez, nada de esto habría pasado.

—Volvemos a lo mismo, ¿no? ¡Qué bronca la tuya con tu papá!

—Es verdad. Sé que no estás de acuerdo. Pero no puedo olvidarme de las cagadas que me hizo.

—Pero hubo situaciones en que te ayudó. ¿Te acordás de que lo discutimos una vez?

—¿Por qué lo defendés? —le pregunté con rabia.

—No lo defiendo, quiero que mires las cosas como son. No quiero que traslades la ira que sentís por lo de Julia hacia otras personas. Es mejor que no haya chivos expiatorios. —Revisó el cuaderno con cuidado—. Mirá —dijo—. Aquí tengo anotadas cosas que me contaste hace tiempo y que podemos refrescar. Por ejemplo, cuando estuviste enfermo varios días y los médicos no sabían cómo curarte y tu papá estuvo al pie de tu cama, día y noche, casi sin dormir ni comer.

—Sí, me acuerdo.

—Y tengo otra —continuó diciendo Plácido—. ¡Ésta es fenomenal! Me contaste que casi mata a un cura en Balvanera porque te pegó una bofetada.

—Es cierto —respondí—, pero son cosas aisladas —objeté.

—¿Pero qué querés? ¿Un papá o un santo?

Plácido siempre lograba llevarme a la pregunta imposible de responder. Sentí un nudo en la garganta y enseguida cómo se desataba. Rompí en un llanto desbordante. La imagen de mi madre colmó mi mente. Lloré por ella y por la distancia que me separaba de mi padre, lloré por sentirme tan miserable, por la traición de Julia y Genarino, por mi propia existencia como yo mismo. Lloré como nunca lo había hecho, sin pena ni recato, a mansalva, como en una cirugía en carne viva, hasta la última lágrima, como un niño, ante la mirada paciente y benévola de Plácido. Finalmente, al verme más recuperado, habló:

—Sufriste una fuerte experiencia traumática con lo de Julia y Genarino. El duelo que vas a elaborar no va a ser fácil porque es doble. Las dos personas que quizás más querías en el mundo te traicionaron. Y lo que más te duele es que no fue por el destino, la naturaleza o Dios, tampoco fue un accidente o una enfermedad, fueron ellos en pleno uso de sus facultades. Vamos a necesitar varias citas, pero no me pidas soluciones mágicas. Por ahora lo que te sugiero es que tu principal meta seas vos mismo, asumí lo que tengas que asumir, pero no te tengas lástima. Sé valiente, como tus antepasados en la guerra. Algún día voy a ir a probar los *calzones*, a ver si son tan buenos como decís.

Me arrancó una sonrisa y no pude evitar la pregunta:

—¿Crees que Julia me quiere?

—No sé. ¿Vos qué pensás?

Guardé silencio. No fui capaz de pronunciar un no rotundo. La sola idea me aterrorizaba. Nos despedimos. Salí del edificio y navegué a la deriva por calles y calles, mientras cargaba el gris del cielo sobre mis hombros.

19

LA RECETA ALUCINANTE

Doña Emilia estaba otra vez sentada frente a mí. Sus ojos se veían más vivos y despiertos y del rostro asomaba un gesto de picardía que llamó mi atención.

—Primero, quiero disculparme por haberle cancelado la cita —empezó—. No pude venir antes porque han ocurrido muchas cosas. ¡Tengo una nueva vida!

—Suena muy bien, cuénteme.

—Bueno, resulta que, cuando fui a darles de comer a las palomas, después no me dio ganas de ir al cine. Así que decidí irme a casa y almorzar la parmesana de berenjenas. ¡Ah! ¡Qué rica! Luego salí al balcón a tomar el aire y al rato sentí una especie de lucidez y pensé: «Si a mí me gusta ese hombre, ¿por qué no voy a buscarlo?». Le hablo de Emilio, el hermano de don Alberto, ¿se acuerda?

—Lo que no sabía es que se llamara Emilio —respondí.

—¿Qué le parece? —exclamó con júbilo, casi aplaudiendo al juntar las palmas de sus manos—. Es el destino, se llama como yo: Emilio y Emilia. ¿No le parece lindo?

—Ajá, muy lindo.

—Sigo. Entonces, me enfilé hacia la panadería y cuando llegué caminé directo hacia él. Tuve como un despertar. ¡Veía todo tan claro! «Quiero hablar con usted», le dije de sopetón. Lo saqué a la calle de un brazo y me le declaré. Sí, yo sé que eso no lo debe hacer una mujer, pero yo quise y pude. —Mi curiosidad iba en aumento—. ¡Imagínese! Me le declaré y ni siquiera me temblaba la voz: «Voy a decirle algo con todo mi corazón. Estoy enamorada de usted. Me encanta cómo es, su sonrisa, la amabilidad que derrocha con todo el mundo, y no me molesta que sea algo tímido».

—¿Y él qué hizo?

—Se echó atrás y se apoyó en la pared. Su cara palideció, pero yo me di cuenta por la mirada de que yo le gustaba. Ese día estaba muy perceptiva. Y él me dijo, con voz entrecortada: «A mí me pasa lo mismo». Confirmé mi intuición. Esa misma noche nos fuimos a cenar y hasta tomamos vino. Ya ve, la vida me cambió. Cada día estamos más cerca el uno del otro y él va perdiendo su timidez conmigo.

—Me alegro mucho, doña Emilia —dije, sinceramente feliz por ella.

—¡Y todo gracias a usted!

—Bueno, yo...

—No sea modesto.

No lo era. Pero en realidad pensaba que se había curado sola y que yo no había tenido mucho que ver en la mejoría. Continuó hablando de su romance, paso a paso, deteniéndose con esmero en los detalles como quien pinta un cuadro. No pude evitar sentir algo de envidia. Llegué a pensar que nuestros roles estaban invertidos. Al final de la cita bajamos juntos y pidió dos porciones de *parmigiana* de berenjenas para llevar, no sin antes hacerme una pregunta:

—No quiero pecar de imprudente, pero ¿podría darme la receta?

—Es fácil, doña Emilia: fríe las berenjenas y hace una salsa de tomate sólo con ajo y albahaca. Corta *mozzarella* y ralla queso. Y después la arma como una lasaña: una capa de berenjenas, la *mozzarella*, el tomate y el queso rallado. Hace dos o tres capas y al horno. No más.

—¡Que fácil! ¿Cuál es el secreto, entonces? —preguntó algo sorprendida.

—La salsa no se hace fuera, sino dentro del horno, con el aceite que suelta la berenjena. Así, todo se mezcla.

Parecía satisfecha.

—Mil gracias —dijo con entusiasmo.

Cuando se marchó, José empezó a rondarme.

—¿Querés decirme algo? —pregunté.

—¿Cómo está doña Emilia?

—Está muy bien —afirmé.

José siguió barriendo.

20

La maldición de Giovanni

Según Plácido, una visión nueva del amor me ayudaría a entender el calvario en que se había convertido Julia para mí. Por eso estaba yo leyendo *El arte de amar*, de Erich Fromm, que me había recomendado. Serían las cinco y media o seis y la pizzería estaba tranquila. Cuando no había bullicio, ni reinaba el afán por atender a los clientes, las fragancias se hacían más penetrantes, como si el silencio les permitiera correr libremente. Podía sentir, mientras leía, el aroma del café con el que Nino acompañaba su periódico. Sonaba una música suave: Nicola di Bari, de quien Nino era fanático porque decía que la voz ronca le daba un detalle *originale*.

No había nadie salvo nosotros. Cuando, de pronto, la puerta corrediza se abrió y entró Giovanni, con Amalia detrás. Lucía elegante y más flaco. Llevaba un traje príncipe de Gales gris claro, una chomba negra y zapatos haciendo juego. Muy erguido, caminó derechito hacia Nino. Le dio la mano, corrió una silla y se sentó. Amalia se acomodó a su lado.

Su presencia inesperada me inquietaba. No lo veía desde el velorio de mi madre. Los aromas desaparecieron y sólo quedó un rastro intangible de albahaca en el ambiente. Bajé por las escaleras y los besé. Amalia me abrazó, él se mostró distante. Nos sentamos todos a la mesa que había escogido y Giovanni se dirigió a Nino:

—¿Ya mejoraron los *calzones*? —dijo, medio en broma, medio en serio.

—No empecés, Giovanni —respondió Nino.

—No, en serio, me muero de ganas de comer uno, pero hacémelo con panceta gruesa de verdad y no con esa porquería ahumada que parece una hostia. Uno que tenga ricota y lo que quieras echarle.

—*Benissimo!* Te lo hago *tale e quale come a Napoli.*

Se levantó y se metió rápidamente en la cocina. Los ojos de Giovanni encontraron los míos, huidizos, ambiguos.

—¿Qué hay de vos? Me dijeron que estás reemplazando a tu papá y a la vez atendiendo pacientes allá arriba —dijo, mirando al segundo piso.

—Sí, tío, sí... —confirmé, siguiéndole la mirada, y enseguida me sentí obligado a matizar—. Bueno, atender, lo que se dice atender...

Amalia sonreía.

—¿Lo puedo ver? —preguntó Giovanni, amagando con ponerse de pie.

—No, no, tío —me apresuré a decir, atajándolo—. Está muy desarreglado, la próxima te lo muestro...

—Dale, es un minuto... —insistió con entusiasmo.

—No, en serio, otro día... —Cambié de tema—: ¿Cómo están ustedes?

—Muy bien, Andrea querido, como ves, siempre juntos para todas partes. ¿Y vos? —preguntó Amalia, conciliadora.

—¿Yo? En la *lotta*, tía, en la *lotta*...

Giovanni no me la dejó pasar. Apoyando los brazos sobre la mesa, cambió el tono de voz:

—Sí, pero hay formas y formas de luchar en la vida. Unas buenas y otras malas. ¿No te parece?

—Mientras sean honestas... —argüí, débilmente.

Él se quedó mirándome un rato, cerró los ojos un largo momento, como si estuviera acumulando paciencia, y al abrirlos dijo, mirándome a la cara:

—¿Qué carajo hacés acá? Ya hiciste la gran cagada de tu vida dejando ingeniería y ahora das otro paso atrás: ¡pizzero! ¡Dejate de joder!

Amalia asentía compasiva, con una sonrisa congelada.

—Es por un tiempo, nomás. Papá me necesitaba y...

—Mirá, no me hablés de tu viejo —dijo con fastidio.

—Son dos meses... —traté de justificarme.

—Así fuera una semana. Esto no es para vos. ¿Cuántas veces dijimos que naciste para cosas más grandes? ¡Mirate, hasta tenés puesto un delantal en vez de una bata blanca! ¡Estás en una pizzería de mierda en vez de en un hospital! ¿Se te cruzaron los cables?

Nino gritó desde dentro de la cocina:

—¡Se va a demorar un poco porque estoy friendo la panceta para echarle el aceite a la masa!

Giovanni agarró mis manos y las apretó, mientras me decía en voz baja, casi como una súplica:

—¡Cómo vas a atender pacientes acá! ¡Reaccioná! —No supe qué decir. Hubiera querido desaparecer. Amalia se levantó, me abrazó y me susurró en el oído: «Hacele caso, él sabe de esto y te quiere mucho». Giovanni sacó un papel y una lapicera, y comentó en un tono más serio—: Te voy a hacer una propuesta, que si te queda algo de la *intelligenza* que mostraste de niño no podés dejar de aceptar. —Y comenzó a escribir, a medida que hablaba—. Primero: te pongo un departamento, nada lujoso, de un ambiente o dos. Yo me hago cargo hasta que tengas algo de guita y después lo seguís pagando vos. Segundo: te alquilo un consultorio como la gente, cerca de mi psicólogo en Barrio Norte. Nada de Villa Freud y esas pelotudeces. Igual que el apartamento: yo te aguanto hasta que empecés a tener pacientes. Tengo muchos amigos médicos que te los van a mandar. Tercero: te quitás el delantal y te vas mañana mismo de este lugar. Cuarto: nada de hacer política, que como están las cosas te meten preso al otro día o desaparecés. Y algo más, que no está en el trato pero es un buen consejo...

—Sí, Andrea, sí —intervino Amalia, dramática.

—¡Dejame terminar! ¡Esa manía tuya de interrumpirme! —protestó Giovanni, golpeando la mesa, tal como hacía mi papá cuando estaba enojado.

Amalia descongeló la sonrisa. Giovanni retomó el hilo.

—Te iba a dar un buen consejo: volvé con Julia. Tratá de hacer las paces con ella.

—¿Julia? ¿Qué tiene que ver ella en esto?

Me sentí más expuesto que nunca. Y enseguida se me vino a la cabeza una posibilidad que confronté con ellos de inmediato.

—¿Ella habló con ustedes?

Fue Amalia la que me dijo la verdad.

—Sí, mi amor. Ayer estuvo en casa y nos contó lo que pasaba.

—Pero ¿saben lo que me hizo Julia?

—Eso es problema de ustedes —cortó Giovanni—. Las parejas siempre tienen problemas. Es una buena chica, pero, si ya no la querés, me da lo mismo —dijo de pronto. Y entregándome el papel, agregó—: Éstas son las propuestas. ¿Sí o no?

Era un paquete cerrado. Aunque Julia podía estar dentro o no. Ella y Giovanni o Nino y mi papá. Con el papel en la mano, traté de conciliar:

—No sé, tío, déjame pensarlo. Dame unos días.

—¿Tenés que pensarlo? —preguntó Giovanni, indignado—. ¡Ojalá alguien me hubiera dado una mano así cuando llegué a este país!

—Estoy confundido, perdoname, necesito pensar —me excusé, incapaz de sostener su mirada.

La cara se le volvió de un rojo intenso. Respiró hondo, miró hacia el techo y, de golpe, me arrancó el papel de la misma mano donde lo había dejado y lo rompió en pedazos, que arrojó al aire mirándome. Nino no debió de haber visto nada, concentrado en la cocina, porque en ese momento reapareció feliz, o al menos tratando de alegrarnos.

—*Pace, pace* —pedía—. Miren qué maravilla. *Speciale*, como lo querías.

Y le puso delante a Giovanni el *calzone*, untado de tomate por encima y chorreando ricota por los costados.

Giovanni ni lo miró. Movió el brazo con furia y tiró el *calzone* al piso. Después se levantó como un huracán, resoplando, con los ojos abiertos como platos. Ese día descubrí cuánto miedo le tenía. Nino retrocedió un paso, no sabía yo si conteniéndose o compartiendo ese temor. Giovanni me hizo cuernos con el índice y el meñique de ambas manos, a modo de maldición, y exclamó, en un tono mordaz difícil de olvidar:

—¿No te querés ir de acá? Entonces te prometo que te vas a quedar. —Y con los dedos como cuernos señaló el suelo, antes de decirle a Amalia—: Vámonos, alejémonos de esta gente de mierda.

Caminó con paso firme hacia la puerta y Amalia se fue detrás, mientras me saludaba con la mano y movía los labios sin voz, diciendo: «Lo siento, lo siento». Nino se recostó contra el mostrador y me preguntó:

—¿Qué carajo pasó?

No supe qué decirle.

21

EL SAGRADO RITO DEL RAGÚ

Nino comenzó la faena con una frase que repetía siempre mi tío Roberto:

—*Il sacro rito del ragú.*

Era temprano por la mañana cuando Nino empezó a cocinar el ragú napolitano, una salsa roja con la que servíamos las pastas los domingos en la pizzería. El día anterior, mucho más temprano, habíamos ido donde Tony, el carnicero preferido de Nino y papá, a elegir un buen peceto: casi dos kilos. Tony, decían todos, era víctima de una enfermedad: la cabeza era demasiado pequeña para el cuerpo y además tenía forma de huevo. En realidad, se trataba de una microcefalia leve que no había afectado demasiado su inteligencia ni su buen humor. Recibía a los clientes con una sonrisa contagiosa, aunque, con el delantal ensangrentado y un cuchillo en la mano, daba la impresión de ser el personaje de una película de terror. El olor a carne cruda y las manchas moradas ya imborrables pegadas al suelo de asfalto completaban la imagen. Después compramos tomates perita donde Carmelina, porque los del huerto aún no estaban maduros, y una botella de vino tinto casero que fabricaba el Romano, a quien la mayoría no estimaba mucho porque era de la capital, si bien reconocían que su mano para el vino *fatto in casa* era inigualable. Ese domingo, a las siete de la mañana, tres días después de la trifulca con Giovanni, Nino tomó la olla más grande y puso los ingredientes sobre el mesón.

Acomodé una silla cerca de él, dispuesto a ojear mi Erich Fromm. La preparación del ragú creaba un ambiente propicio para la lectura y la reflexión, ya que su hechura requería de mucho tiempo y sosiego. Me pidió que colocara un casete de música napolitana y comenzó a rodar *Santa Lucia*. Murmurando la letra de la canción, Nino puso el trozo entero de carne mechada con perejil y ajo a freír en aceite de girasol, junto con cinco ajos más aplastados. Su expresión recordaba la de un director de orquesta en pleno ensayo. Al poco rato, sacó la carne ya dorada y la puso en una bandeja. Después tiró los tomates, que previamente había hervido, pelado y aplastado hasta hacerlos puré, y esperó dos o tres hervores. Luego volvió a poner la carne, que parecía una gigantesca larva cobriza, y agregó tres o cuatro hojas de laurel y agua hasta tapar el peceto. Esperó otro hervor y a los diez minutos vació media botella del vino que le había vendido el Romano. Revolvió todo despacio, tapó la olla hasta la mitad y bajó el fuego. Los aromas se esparcieron por el lugar casi de inmediato, dando comienzo a una transfiguración que duraría alrededor de cuatro horas hasta alcanzar la consistencia, el tono y el sabor inconfundible del ragú, que luego se mezclaría con los macarrones gordos y se acompañaría con una tajada de carne. Nino se sentó a mi lado y dijo, como para sí:

—Para cocinar ragú se necesita una *lunghissima pazienza*...

No levanté la cabeza del libro. Me pregunté si Fromm habría escrito lo mismo de haberse enamorado de Julia y de haber sido engañado por ella con su mejor amigo.

—¿Qué estás leyendo? —preguntó Nino.

—Un libro de un gran psicólogo —expliqué, catedrático—, que habla sobre el amor —respondí como despertando de un sopor.

—¿Y qué dice? —insistió, sin quitar la mirada de la olla.

Vacilé. Era mejor dejar la palabra al autor.

—Te leo un párrafo para que te hagas una idea: «Prácticamente no existe ninguna otra actividad o empresa que se inicie con tan tremendas esperanzas y expectaciones, y que, no obstante, fracase tan a menudo como el amor. Si ello ocurriera con cualquier otra actividad, la gente estaría ansiosa por conocer los motivos del fracaso y por corregir sus errores —o renunciaría a la actividad—. Puesto que lo último es imposible en el caso del amor, sólo parece haber una forma adecuada de superar el fracaso del amor, y es examinar las causas de tal fracaso y estudiar el significado del amor».

—¿Estás seguro de que este tipo sabía lo que decía?

—Y explica otra cosa: «El primer paso a dar es tomar conciencia de que el amor es un arte, tal como es un arte el vivir. Si deseamos aprender a amar, debemos proceder en la misma forma en que lo haríamos si quisiéramos aprender cualquier otro arte, música, pintura, carpintería o el arte de la medicina o la ingeniería».

—¿Medicina? ¿Ingeniería? —comentó Nino, escéptico—. Francesca y yo nos queremos y punto, no tuvimos que ir a la universidad.

Ahora se escuchaba *Dduje Paravise,* que cuenta la historia de dos profesores de música que se fueron con una guitarra y la mandolina a tocar al paraíso, donde San Pedro, al recibirlos y ver que son de Nápoles, los hace entrar enseguida para que alegren el lugar. Pero ellos, al poco tiempo, sienten nostalgia de su ciudad y quieren regresar. San Pedro les pregunta si están locos, que cómo se van a ir del paraíso, y ellos responden que el verdadero paraíso es Nápoles, y que si él bajara y conociera donde ellos viven, no querría volver al cielo.

Nino, aunque concentrado en el ragú, de pronto me dijo:

—Hace mucho que no te veo con Julia.

—Tío, la cosa se despelotó...

No bastó la respuesta.

—¿En qué sentido?

—Bueno, por un lado no quería que yo estuviera en la pizzería y eso nos alejó... —Nino no dijo nada—. Y por el otro... me fue infiel... con Genarino... —acabé reconociendo.

Mi tío siguió revolviendo la salsa muy despacio, en círculos, inmutable. Pero estaba pensando. Se rascaba la cabeza. Por fin, concluyó:

—Mala cosa. Tenés un problema *molto difficile*.

La música seguía: *Reginella, Comme facette mammeta...*
Me pedía una respuesta, pero yo sólo sabía preguntar:

—¿Vos la perdonarías?

—¿Sentís el olor? —me preguntó él, como si no me hubiera escuchado—. Ya empezó la *trasformazione*.

—¿Vos la perdonarías? —insistí yo.

—No —dijo, revisando el fuego de la hornalla. La mirada se tornó más oscura y profunda. Volteó la cabeza, fijó sus ojos en mí y afirmó—: Los cuernos son una carga demasiado pesada.

—¿Qué harías si Francesca te fuera infiel?

—La seguiría queriendo, pero la dejaría para siempre —contestó sin dudar—. Mejor estar solo, que ser un *scurnacchiàto*, un *cornuto* casado.

—¿Y el perdón?

—Algunas cosas no se perdonan.

—Hay más que no te dije —le expliqué después de un rato—. Giovanni vino el otro día porque se lo pidió Julia —me miró—. Para que me convenciera de irme de aquí... Le dije que no sabía, que tenía que pensarlo y se enojó. Por eso tiró el *calzone* al piso. Siempre tuvo la manía de querer controlarlo todo.

Nino sacó la carne de la olla, la colocó sobre una tabla y la cortó en rodajas. Podía verse el perejil concentrado en el centro de cada tajada. Una tras otra fue devolviéndolas a la salsa, que apenas comenzaba a evaporarse en una fumarada que salía por la campana hacia la calle.

—Giovanni nunca pudo hacer un buen ragú —declaró—. Siempre lo sacaba antes de tiempo. Pero tu viejo, mientras lo cocinaba, cambiaba de personalidad. Me acuerdo de que se decía a sí mismo: «¡Ánimo, Salvatore, con la santa paciencia, todo se puede!». Y lo lograba.

Metió la última rodaja de carne en la salsa y no hablamos más del asunto. Nino no se apartó por más de tres horas del ragú, que fue adoptando un aspecto cremoso y consistente a partir de la fusión entre los jugos de la carne, el tomate y el vino. Un aroma inconfundible, con trazas de laurel, ascendía desde la olla hacia cada confín del salón. Durante ese lapso llegaron María Grazia, Arturo y José. Y al poco rato sugirieron una música más moderna. Puse una mixtura que había traído de mi casa: Leonardo Favio, los Beatles y Sui Generis. En un momento dado, Arturo y María Grazia tararearon a coro un trozo de *Confesiones de invierno*: «Me echó de su cuarto gritándome: no tienes profesión. Tuve que enfrentarme a mi condición y en invierno no hay sol...». Se la sabían bien. Eso me hizo pensar que tenían vida fuera de la pizzería.

A estas alturas, la olla se había convertido en un caldero mágico. Mi tío nos puso a todos en fila con un pequeño pedazo de pan en la mano para que lo mojáramos en la salsa, que ya había adquirido un color rojo intenso. Por un momento tuve la sensación de que comulgábamos.

Concluido el rito de la «probada», Nino tomó un vaso del vino casero que le había vendido el Romano y yo continué con *El arte de amar*. A cada hoja, en cada renglón, después de las palabras de mi tío, la lectura me empujaba hacia conclusiones inevitables. Entre Julia y yo nada sería igual. En todo caso, podía ser como uno de esos jarrones de porcelana que se rompen y cuyos pedazos, una vez pegados, jamás logran restaurar la pieza original, sino más bien tan sólo recordarla porque ya no existe.

Ese día vinieron pocos clientes. Los domingos, en esa época, en Buenos Aires, mucha gente tenía por costumbre preparar sus propias pastas o comprar en las fábricas de pasta la comida ya hecha para consumir en casa. La pizzería fue nuestro hogar aquel domingo: comimos ragú con macarrones hasta ya no poder más, acunados por nuestra música, que volvió a ser la de Nino: *Tu vuò fà l'americano, Spingule francese, Marechiare, Maruzzella...* Ese día, una vez más, Nápoles no quedaba tan lejos.

22

OJO POR OJO, BESO POR BESO

Eran las cinco menos veinte cuando empujé las manijas doradas de la puerta del café Tortoni. Me senté en una mesa junto a un espejo antiguo, frente a una de las brillantes columnas marrones. Las mesas redondas de mármol en fila de lado y lado, las paredes repletas de cuadros y un amplio vitral enclavado en el techo, del cual colgaba una lámpara antigua, daban al lugar un aspecto solemne y bohemio a la vez.

A los Merola nunca les gustó el café Tortoni. Decían que era un sitio para ricos aunque, al ver la gente que se encontraba allí, yo pensé que la categoría más correcta para describir a los visitantes era la de «turistas». Turistas de todas partes, que miraban cada detalle embobados y preguntaban a los camareros dónde se sentaba Borges y cosas por el estilo.

Pedí un Fernet Branca y esperé a que Liliana se asomara por la puerta. Había llamado el día anterior para que nos viéramos urgente, ya que tenía algo importante que decirme. Deduje que debía de ser por lo de Julia y Genarino.

Liliana había nacido en Venado Tuerto. Era hija de un ganadero de la zona y había llegado a Buenos Aires para estudiar odontología. Su vida fluctuaba entre la universidad y Genarino. Solía decir que la capital federal era una ciudad muy dura y difícil para hacer amigos o amigas. Vivía en un apartamento de la familia en algún lugar del centro. Yo no sabía más. Pedí otro Fernet y, en el mismo momento en que me lo sirvieron, la vi entrar. No pasaba desapercibida. Las miradas se iban detrás de su espléndida figura. Llevaba un vestido corto gris plomo, sandalias negras altas de tiritas y un bolso del mismo color, con una cadena gruesa de plata y muchas pulseras haciendo juego. Miró para todas partes hasta que me localizó y entonces vino directo, marcando el paso. Su piel canela parecía más azabache y adquiría matices tornasolados con la luz pálida del local. Nos dimos un beso y un apretón de manos. Un señor le preguntó qué quería tomar y pidió un batido de Martini blanco.

—¿Cómo estás? —preguntó con voz amable—. ¡Hace mucho que no te veía! ¿Cuándo fue la última vez?

Y los dos nos reímos al tiempo.

—Qué tonta soy, no me acordaba —dijo ella, divertida, aunque también ligeramente avergonzada.

La imagen que venía a mi mente era la de su trasero con forma de manzana moviéndose sobre Genarino a un ritmo acelerado. El gesto de timidez la hizo más atractiva y cercana. Los ojos pardos, pequeños y hundidos, que daban al rostro un aspecto felino, parecieron iluminarse cuando le dije que entendía, que no se preocupara. Y agregué, a manera de chiste, que yo sí recordaba hasta el último detalle, lo cual generó en ella una sonrisa que dejó al descubierto una dentadura blanca y perfecta, junto con un hoyuelo del lado izquierdo que aportaba un complemento picaresco a la manera de mirar y hablar. El pelo, de un negro brillante, no le llegaba a los hombros y le dejaba el cuello despejado. Le trajeron el Martini en un estilizado vaso largo; ella se tomó la mitad de un trago y comentó:

—Uf, lo necesitaba. —Suspiró profundamente, mientras sacaba de la cartera un sobre de papel manila y lo ponía sobre la mesa—. Esto no es fácil... —dijo muy seria.

Fijó sus ojos en los míos y entendí que debía abrir el sobre. Eso hice y saqué unas fotos que estuve mirando con la cabeza apoyada entre el índice y el pulgar como si estuviera pensando, como si aquello fuera una novedad. Eran muchas y en todas estaba Julia desnuda, al derecho y al revés, posando, haciendo caras, mostrándose, riendo, saltando, en fin, Julia desinhibida y feliz. Observé detalladamente cada una. Liliana terminó el Martini y pidió otro. La ropa interior que tenía puesta Julia en las fotografías era un regalo que yo le había hecho para jugar a la danza de los siete velos. Liliana esperó con paciencia a que yo terminara el reconocimiento y dijo:

—Siento mucho que tengas que ver esto... Y lo peor es que quien tomó las fotos fue Genarino. Las encontré entre los libros por azar mientras limpiaba la biblioteca de su apartamento. No sabía qué hacer. —Tomó un trago y continuó—: Obviamente, lo confronté y lo mande a la mierda. Vos siempre me caíste bien y quería que lo supieras. No vayas a creer que te las muestro por venganza... Sólo quiero que la verdad salga a la luz.

No dijo más. Era mi turno y decidí no mentirle.

—Yo estuve allá cuando pasó.

Ella abrió los ojos y su rostro ovalado adquirió una expresión de terror.

—No, no vayás a pensar que fue un trío. Fue un engaño. Yo los vi cogiendo y vi cuando tu ex le sacaba fotos. Me paré frente a ellos, no les dije nada y me fui. Con Julia ya terminé. Con Genarino... —lo dejé en suspenso, como si fuera la misma historia, pero en el fondo tampoco estaba tan seguro.

—Son dos hijos de puta —los reunió Liliana.

—Así es —dije, confirmando su punto de vista. Y me ocurrió algo extraño. El hecho de ver otra víctima del suceso, de alguna manera, repartía las cargas. Vi a Liliana como un socio en la desgracia. Busqué esa complicidad de manera explícita cuando afirmé—: Ellos son unos hijos de puta y nosotros unos pelotudos...

—Cornudos, pero no pelotudos —me interrumpió—. La prueba es que los descubrimos y los dejamos. —Sentí un cierto alivio. Después de todo, parecía que después de semejante traición aún podía quedar un poco de dignidad.

Levantó el vaso y exclamó—: ¡Ánimo! ¡Brindemos por nosotros! ¡Fondo blanco!

Vaciamos nuestros vasos de un solo envión y repetimos el pedido al camarero. Durante varias horas hablamos de todo. Revisamos con lupa los defectos de cada ex y aquellas que considerábamos eran sus escasas virtudes. Entre brindis y brindis sólo existían Liliana y Andrea, los fundadores de la sociedad de *scurnacchiàti* anónimos. Disfruté con la confabulación: nadie de las mesas vecinas ni tampoco ninguno de los dos ausentes podía siquiera imaginar que en nuestra mesa se estuviera hablando de semejante tema. Confiamos el uno en el otro y nos quitamos las máscaras. Fue un acuerdo implícito de no agresión. Recordé en algún momento una frase de Cesare Pavese que había leído entre clase y clase, en la universidad: «Serás amado el día en que puedas mostrar tu debilidad sin que el otro se sirva de ésta para afirmar su fuerza». Liliana y yo no nos amábamos; sin embargo, compartíamos en aquel café y en aquella tarde porteña la firme convicción de que no nos haríamos daño el uno al otro.

Cuando salimos, el cielo estaba oscuro. Yo le había devuelto las fotos y ella me las había entregado de nuevo.

—¿Por dónde vivís? —le pregunté.

—Acá cerca, por Viamonte, antes de llegar a Esmeralda.

—Vamos, te acompaño, así caminamos un poco y bajamos los trescientos Fernet y los cuatrocientos Martinis que nos tomamos.

Ambos reímos; ella se colgó de mi brazo y apoyó la cabeza en mi hombro. Caminamos despacio por Suipacha y yo fui descubriendo la fragancia a naranja de su perfume. Nos quedamos un rato bajo un árbol añejo, besándonos, y luego continuamos hasta Viamonte. Giramos a la derecha y antes de llegar a Esmeralda, frente a un edificio con puertas de madera, me dijo:

—Aquí, Andrea. Aquí vivo. Piso octavo C, por si querés venir a visitarme un día. —Miré hacia arriba como un idiota y enseguida, en lugar de despedirme, le di un beso apasionado. Nunca alcancé a separarme ni a alejarme. Me tomó de los brazos, refregó su cabeza contra mi cuello como una gata y preguntó—: ¿No querés tomarte un café?

Respondí que sí y subimos. Abrió la puerta, sacudió una pierna, luego la otra y las sandalias volaron por los aires. Prendió la luz de un velador y me invitó a pasar. Era un espacio pequeño pero acogedor, lleno de adornos diminutos. Una alfombra verde ocupaba todo el piso. Me pasó ambos brazos por detrás de la cabeza, mordió mi cuello y lamió mi cara varias veces: seguía siendo una gata. La tomé de la cintura e hice lo mismo. Sin darnos cuenta, llegamos abrazados al dormitorio y nos dejamos caer sobre la cama. Las sábanas blancas olían a un perfume concentrado de jazmín; mientras le quitaba el vestido, pude ver el brillo intenso de sus ojos, como a punto de estallar. Nos devoramos mutuamente.

—Hagamos el amor como nunca lo hemos hecho, lo merecemos... —decía ella—. Merecemos al menos hoy estar juntos... Este momento es nuestro, sólo nuestro...

Cambiábamos de posición seguido y arremetíamos con fuerza, con un placer rabioso, insaciable.

—Disfrutemos —decía Liliana, entre jadeos—, yo hago todo lo que me pidas, todo... Hasta lo que no hice con nadie...

Llegamos juntos al clímax, desembocamos como un alud que arrastra a otro, como la lava de dos volcanes fundiéndose uno en otro. La sensación que tuve fue de sorpresa, como dos viejos amantes que se reencuentran y descubren que, a pesar de los años, todo sigue igual de bien, como si cada vez que se reunieran el tiempo retrocediera al punto cero de la primera experiencia. Liliana y yo, en alguna parte, cósmica y vital, ya habíamos estado juntos. A los pocos segundos, trepó encima de mí y murmuró:

—Nadie nos puede quitar esto, no sabés cuánto placer siento.

Asentí con la cabeza, mientras acariciaba sus duras y sedosas nalgas: podía resbalar por su piel, que en ese momento parecía de ébano. No era cualquier placer el que sentíamos, nos sobrepasaba, un disfrute compensatorio que ambos, como decía Liliana, nos merecíamos con creces. Bese sus senos y crucé los brazos sobre su abdomen plano y lampiño. No dijimos nada más y dormimos hasta el otro día. Eran casi las cinco de la mañana cuando nos despertamos, acomodó la espalda contra mi pecho y quiso hacerlo de nuevo. «La despedida», susurró con dulzura. Cuando terminamos, se tapó con la sábana y se durmió tranquila. Me vestí despacio, besé sus manos y le dije adiós en voz baja.

El centro de la ciudad se desperezaba. Olía a facturas y a pan fresco. Podía oírse el ruido de los camiones abasteciendo a los bares y las persianas abriéndose al día. Compré dos vigilantes y una media luna, caminé hasta la 9 de Julio y me senté en una banca a ver crecer el sol y desayunar.

23

EL PEQUEÑO BARCO DE DON DAVID

Francesca entró a la pizzería con David Rabinovich. El señor David, como le decían sus empleados, era el dueño de una *boutique* de ropa femenina de la calle Florida donde Francesca trabajaba de vendedora desde su adolescencia. Nino los recibió y sirvió café para ambos. Los tres conversaban y yo observaba la escena tras las cortinas del consultorio. El hombre, cercano a los ochenta años, había perdido a su mujer hacía once meses a causa de un cáncer de páncreas y, pese al tratamiento psiquiátrico, la depresión no hacía más que aumentar.

Pocos minutos después, Rabinovich subió las escaleras. Nos saludamos y se sentó. Llevaba un traje gris oscuro, camisa blanca y corbata negra. La mirada clara se perdía en la piel blanca salpicada de manchas y el pelo lacio que caía como nieve sobre sus orejas largas y puntiagudas. La nariz, grande y ganchuda, y los labios prominentes no afeaban su rostro. El peso de la fatiga afectaba cada uno de los movimientos que hacía.

La depresión no puede esconderse, suele ser contagiosa. Durante unos segundos, la pena que lo ahogaba golpeó cada parte de mi ser. Con voz apagada, al fin dijo:

—Francesca insistió tanto en que viniera que no me pude negar... ¿Ya le contó algo?

—Sí, don David. Siento lo de su esposa...

—Gracias... Discúlpeme si hablo arrastrando la lengua, pero el triptanol me mantiene así.

Todo era lento en él. Le costaba armar cada frase, como si tuviera que elegir minuciosamente cada palabra. Intentaba sonreír y apenas lograba estirar un poco la boca.

—Realmente, joven, no discuto sus capacidades, pero el peor castigo para mí es estar vivo... Yo creí en Dios y Él me arrojó al infierno. —Terminó la frase abruptamente y luego tosió varias veces. Le serví un vaso de agua, que bebió con avidez—. La medicación me produce mucha sed... —explicó.

Intenté abrir un canal de comunicación distinto. Sentía demasiado su aflicción y tenía que desligarme de ella, escapar de la pesadumbre que colmaba el pequeño sitio donde estábamos.

—Me gustaría saber cómo era su señora —lo invité a hablar.

No aceptó de inmediato.

—¿Por qué? ¿Por qué le interesa? —preguntó.

—Quiero saber cuánto la amaba —dije—, qué puesto ocupó en su vida. No hablemos de usted, de los síntomas o del calvario que está padeciendo, sino de ella. Sé que no tuvieron hijos y estuvieron juntos muchos años, todo eso lo sé, pero quiero saber quién fue su mujer... ¿Cómo se llamaba?

—Edith.

Advertí un destello en sus ojos y callé, a la espera de que creciera. Así fue. Don David continuó hablando y a medida que lo hacía enderezaba el cuerpo y la voz se hacía más potente. Por momentos lo embargaba la emoción; entonces debía detenerse y volver a tomar agua. Supe del festejo de los cincuenta años de casados, que Edith significaba «pequeño barco», que por eso él siempre pensó que ella conducía su vida, y del campo de concentración en Polonia, de las angustias económicas, de su corazón enfermo y de las penurias de Edith durante la enfermedad que padeció, por las que culpaba a los hospitales. También comprendí el inmenso amor que los unía y advertí algo importante: aunque Edith marcara el rumbo de la relación, el más fuerte de los dos era él.

—Y eso es todo —concluyó.

—Quisiera hacerle una pregunta imaginaria —le propuse después de un momento—, un juego mental al que lo invito.

—Por supuesto —dijo con cortesía, pero también más animado y no sin curiosidad.

—Si el fallecido hubiera sido usted en lugar de ella, ¿cómo serían las cosas? ¿Cómo supone que habría reaccionado Edith?

Se quedó perplejo. Nunca había pensado en esa posibilidad.

—En realidad, no sé... Como le dije, ella me amaba demasiado...

—Imagíneselo, deje volar la mente —insistí.

—¡Por Dios! —respondió con angustia—. No quiero ni pensarlo... La sola idea me aterra... Ella sola pasando por esto...

Parecía horrorizado por la perspectiva.

—¿Y si intenta darle al dolor que siente un significado distinto, algo así como un nuevo «estatus»? —le sugerí entonces.

—No le entiendo —dijo, reacomodándose en la silla, lo que podía ser tanto una señal de apertura como de resistencia.

—¿Por qué no piensa que la está reemplazando? —propuse—. Quizás, y sólo es una hipótesis, haya sido mejor que sea usted y no ella quien se haya quedado. Como yo lo veo, usted está sufriendo en lugar de ella. ¿Podríamos considerar, así sea por un instante, que el dolor que usted siente pueda concebirse como un acto de amor o, incluso, un regalo? —Hizo un gesto de interés que me hizo continuar con lo que tenía en mente—: ¿Habría dado la vida por ella?

—Sin dudarlo.

—¿No es un poco lo que está haciendo? ¿No es preferible que le esté pasando a usted y no a ella?

No dijo nada. Ambos nos acogimos al silencio que en ese momento nos envolvió. Él quedó atrapado por un punto fijo en el horizonte y yo me hice una composición de lugar que resultó inevitable: ¿qué habría hecho mamá si papá hubiera muerto? ¿Cómo serían las cosas?

A los pocos minutos, él regresó de sus cavilaciones.

—Nunca lo había visto así... —dijo. Miró el reloj y comentó, despabilándose—: Disculpe, ya debo irme, se hizo tarde.

—¿Quiere otra cita? —pregunté.

—Mejor yo lo llamo. ¿Cuánto le debo? —preguntó amablemente.

—Puede dejarme lo que quiera en la gorra —respondí sonriéndole—. Lo espero abajo.

Nino y Francesca esperaban atentos al dictamen. La primera en hablar fue ella:

—¿Y? ¿Cómo está?

—Tía, es secreto profesional. Confiá en él...

Don David bajó y dijo que prefería caminar; en todo caso, recurriría a un taxi. Miró con cariño a Francesca y le dijo que se tomara la tarde libre. Ella se levantó de la silla y lo acompañó hasta la puerta. Allí se quedó mirándolo alejarse. Nino aprovechó para decirme:

—Ella lo quiere como a un padre.

Francesca se comía las uñas mientras él se alejaba. Finalmente entró. Siempre me había parecido una mujer muy bella y exótica. Era delgada y bajita, de pelo largo castaño claro, los ojos café y una expresión contenida debido a su timidez. Dos años menor que Nino, se veía todavía más joven. Caminaba todo el tiempo con los brazos a los costados, pegados a la cadera, y los puños cerrados. Hablaba siempre en voz baja, incluso cuando se ofuscaba por algo, lo que no era frecuente, y utilizaba los gestos más que las palabras: fruncía la boca, levantaba las cejas, cerraba los ojos con fuerza o sacudía la melena. Pero el rasgo físico más característico, y, según Nino, por el cual se había enamorado de ella a primera vista, eran sus hombros rectos y amplios. Mi tío la pellizcaba y le decía con morbo que ella era su reina egipcia.

—*Tu sei la mia regina egiziana.*

Francesca comentó que las viudas llevaban mejor el luto que los viudos ya que, desde su punto de vista, las mujeres eran más fuertes que los hombres. Nino protestó enérgicamente y citó ejemplos para probar lo contrario. Mi papá vino a cuento como un caso que apoyaba la hipótesis de la debilidad masculina. De él hablaban cuando Francesca le preguntó a Nino:

—¿Ya le escribiste a tu familia para contarles lo de Ángela?

Mi tío no contestó. Tenía la típica mirada evasiva de cuando no quería decir algo o lo pillaban en una mentira. No sabía mentir.

—¡No me digas que no saben nada todavía! —dijo Francesca. Nino optó por no hablar—. ¿Qué pasa? —insistió ella—. Conozco esa cara...

—Les escribí a mamá y papá, pero de otra manera —soltó de pronto.

—¿Qué querés decir, tío? —pregunté—. Hablá claro.

Durante unos segundos fue el blanco de nuestras miradas. Por fin dejó salir lo que estaba guardando:

—Me hice pasar por Ángela... Mandé una carta como si ella estuviera viva.

Tardamos en reaccionar.

—¿Por qué hiciste eso? —preguntamos Francesca y yo al mismo tiempo.

—No quiero hacerlos sufrir, están viejos y solos... —explicó—. Ángela les escribía cada quince días y pensé hacer lo mismo. Imité su letra y listo. Les cuento cómo va Andrea, cómo va Salvatore... Puse la dirección de la pizzería para que las cartas lleguen acá y no sospechen.

Y siguió escribiendo hasta que los *nonni* fallecieron, algunos años después. Cada quince días Nino remedaba la letra de mamá, inventaba historias y le construía una vida imaginaria. La puso a cantar, a opinar sobre mis novias, a hablar de lo hermosa que había sido la ceremonia de mi graduación y de lo bien que le iba en las ventas a papá, y les decía que los extrañaba y los amaba. Ojalá muchas cosas hubieran sido como él las contaba. Vincenzo y Simona nunca supieron que su hija había muerto.

24

POLLO A LA CAZADORA

Un lunes, día de descanso, la pizzería fue sede de un campeonato de truco organizado por los vendedores del Spinetto. Se anotaron dieciséis parejas que jugarían en ocho mesas, eliminándose unas a otras hasta llegar a la gran final.

El truco, aunque se juega con baraja española, es una especie de póker argentino. Un juego de mentiras, engaños y señas, donde cada jugador intenta hacerle saber al compañero qué cartas tiene sin que se enteren los contrarios o miente deliberadamente para que éstos crean que tiene buenas cartas. Como en el póker, aunque el truco, al contrario, es un juego cálido. Los jugadores se emocionan y gritan mientras levantan las apuestas. ¡Envido! ¡Real envido! ¡Falta envido! ¡Truco! ¡Quiero retruco! ¡Quiero vale cuatro! Para ganar hacen falta bastante malicia y astucia, por lo que a los tanos del barrio les encantaba. No pocos eran muy hábiles en el fino arte de engatusar.

A lo largo del mostrador se dispusieron licores, vino y picadas. En cada mesa hubo un árbitro encargado de aclarar conflictos y malentendidos, muy frecuentes, y de que no pasaran a mayores. La pizzería Vesubio tuvo una pareja representándola en la contienda: José y Arturo. Al principio dudamos, ya que no eran muy duchos en el juego, pero ante su insistencia aceptamos. «Es más importante divertirse que ganar», zanjó Nino la cuestión, y los demás asentimos.

José y Arturo llegaron con hambre un par de horas antes de empezar el campeonato. Les serví pollo a la cazadora del día anterior y dos pedazos de pan duro, ablandado en el horno de la cocina, con ajo y aceite. Al rato llegó María Grazia con un vestido blanco sedoso que resaltaba sus curvas napolitanas y un maquillaje que le daba el aspecto de una mujer de los años treinta. Los asistentes se prodigaron en elogios y expresiones de coquetería masculina hacia ella, aunque siempre con respeto. A medida que nos acercábamos a las tres de la tarde, la hora acordada del evento, el lugar iba llenándose. La gente estaba animada: conversaban en voz alta, reían, bebían y comían, y algunos no podían ocultar el nerviosismo natural de quien participa en una competencia.

Sobre la hora llegó don Giuseppe, acompañado de Natalia y sus dos hijos, que participaban como favoritos. Giuseppe era el hombre poderoso del barrio. Había llegado de Nápoles a principios de los años sesenta y comprado una casa de dos pisos en Matheu y Belgrano, que remodeló y pintó de blanco. Para nosotros era un palacio. Corría el rumor de que había trabajado con Lucky Luciano, el mafioso, y eso había creado en torno a él una aureola de respeto y temor, aunque los Merola nunca le rindieron pleitesía. A mi papá, cada vez que lo veía le decía Ragioniere —el Contador, como lo llamaban los *magliari*, porque era muy hábil con los números—, inclinaba la cabeza y con cortesía se quitaba el sombrero. Papá lo saludaba con igual corrección —«Don Giuseppe...», respondía—, pero siempre guardaron distancia. El hombre andaba en un Torino color bordó con el tubo de escape destapado y siempre iba acompañado por sus hijos, dos muchachos altos y corpulentos de algo más de treinta años, con un corte de pelo que a mi tío Roberto le recordaba a los camisas negras de su bienamado Mussolini. Don Giuseppe siempre estaba con chaleco y corbata a rayas, y en la mano derecha solía llevar un par de guantes de cabritilla que agitaba de tanto en tanto como si estuviera matando moscas. Debajo del labio resaltaba una cicatriz horizontal, según él, fruto de un enfrentamiento con un guapo en los suburbios napolitanos.

A la que prácticamente no conocía era a Natalia, una mujer uruguaya que rondaba los treinta y tantos, de buen porte, muy flaca y alta. Usaba el pelo corto, con flequillo, y tenía ojos saltones, dientes grandes y una boca sensual pintada de un rojo intenso. Aquella tarde vestía un pantalón corto marrón, botas altas del mismo color y una camisa anaranjada entallada. Giuseppe se teñía el cabello de un negro concentrado y aun así parecía su padre. Las habladurías decían que él la había conocido en un cabaré de mala muerte donde ella trabajaba de copera; perdidamente enamorado, enseguida la convirtió en su compañera.

Llegado el momento, el organizador sacó un pito de árbitro de fútbol y sopló para que se hiciera silencio. Ubicaron a los inscriptos en las mesas y la pizzería, como por arte de magia, se transformó en el «palacio del truco». A la media hora, para sorpresa de todos, llegó papá. Fue una gran alegría verlo. Que pudiera regresar era un buen síntoma: aunque sus ojos se encharcaban por momentos, era evidente que podía controlarlo. Se tomó una grapa con limón y fue derecho a la cocina. Miró a su alrededor, revisó las ollas y empezó a olfatear. Mi padre parecía un sabueso cuando se enfrentaba a un plato de comida o quería afinar el conocimiento sobre algo en especial. «Todo entra por el *naso*», solía decir.

—¿Qué buscás? —pregunté intrigado.

—Sólo estaba recordando. ¿Qué hicieron ayer de comer?

—Ragú y pollo a la cazadora —respondí—. Si querés hay ragú que sobró, pero el pollo se terminó todo. Les di los dos últimos pedazos a José y Arturo.

—¿Ellos lo acabaron de comer? —quiso saber.

—Sí —respondí—. Hará media hora.

Nino se acercó a nosotros y papá anunció:

—Van a ganar.

—¡Pero si apenas saben jugar! —exclamó Nino.

145

Papá frunció los labios, meneó la cabeza de lado a lado y le dijo a Nino, sin la más mínima duda:

—Es el pollo que les dio Andrea. Cura y da *sciòrta*, mucha suerte, y si es recalentado, más.

Nino soltó una carcajada irónica y alzó bruscamente el brazo pasándose la mano por la cabeza, como si se peinara o alisara el pelo de un manotón, en ese típico gesto napolitano con que se descalifica lo que se acaba de oír. Pero en la tradición de los Merola el pollo a la cazadora tenía poderes especiales. Para nosotros era un hecho confirmado por la experiencia. La receta la había llevado mi bisabuelo de la Toscana a Nápoles y, según cuentan, luego la había mejorado tanto que se hizo habitual comerlo en casa *per la salute*. Uno de los hechos más determinantes de la creencia de papá y sus hermanos en el poder del pollo así preparado fue el efecto que produjo cierta vez en mi persona. Estando yo en primero de bachillerato, me dio una fiebre que no mejoraba con nada. Primero un médico diagnosticó una infección en la lengua. Mis padres, tíos y vecinos no le creyeron y llamaron a otro, que les dijo que era un virus, palabra que nunca habían escuchado antes. El médico, entre otras cosas, ordenó una dieta blanda. Después de pensarlo y sin consultar a nadie, papá decidió hacer exactamente lo contrario: un pollo a la cazadora. El argumento que respaldaba la decisión era que su *nonna* decía que esa receta «levantaba a un muerto». Fue al mercado, compró un buen pollo y se puso a cocinar. Lo despedazó y lo puso a estofar en abundante ajo y panceta, echó puré de tomate, ají, varias hierbas (principalmente perejil y romero), pimienta negra, caldo de pollo y media botella de vermú rojo. Después le agregó habas, papas, zanahoria y algunas cebollas cortadas por la mitad. Yo estaba tiritando, pero me mantenía a su lado porque me había dicho que debía aprender a prepararlo por si volvía a enfermarme. Dejó secar el líquido y evaporar el vermú, hasta que el tomate se pegó a la piel del pollo. Todo quedó concentrado y aromatizado. Esa noche, mientras comía, ardiendo de fiebre, papá repetía como una cotorra: «*Mangia, mangia, che ti fa bene*». Al otro día amanecí sin fiebre y me levanté de la cama como si nada. Mamá rezó y agradeció a San Genaro y papá se dirigió al alma de mi bisabuela. Dio gracias, mirando al cielo, al alma de su abuela muerta («*La buon'anima di mia nonna*»).

El campeonato de truco estaba en pleno furor. Y en aquel ambiente de vodevil porteño se produjo el milagro: José y Arturo, con una suerte loca, llegaron a la final con los hijos de don Giuseppe. Nadie podía creerlo. Empezó la partida y siguieron jugando como hasta ese momento. José no hacía ninguna seña, así que era una incógnita, incluso para Arturo, que cuando perdía el control le gritaba: «¡Decime qué carajo tenés!». Y José le decía en voz alta lo que realmente tenía y casi siempre eran cartas buenas. Los demás pensaban que era una estrategia para engañarlos, aceptaban las apuestas, las subían y perdían. Los observadores agrupados alrededor de la mesa principal se decían unos a otros: «¡Qué orto! ¡Qué suerte! ¡Cómo ligan!». Los hijos de don Giuseppe parecían dos nazis acorralados por el ejército enemigo. Golpeaban la mesa con los puños, tiraban las cartas al piso y bufaban. El árbitro no hacía más que llamarles la atención y pedirles compostura. A medida que José y Arturo avanzaban hacia la victoria, papá verificaba lo acertado de su hipótesis. Le susurraba a Nino: «*È il pollo alla cacciatora*», y mi tío, desconcertado, se encogía de hombros sin abrir la boca. Al poco rato se hizo *vox populi* y la gente repetía, como en un mantra: «*È il pollo alla cacciatora*». Ese lunes, nuestros representantes, como héroes, como guerreros del truco, masacraron a los hijos de don Giuseppe, que se retiró de la pizzería lo más rápido que pudo.

Después del campeonato, me fui con papá. Pasamos por la plaza y nos sentamos en un banco al descubierto. El cielo estaba despejado y las estrellas parecían ríos de luces suspendidos en el tiempo.

—¿Cómo te sentiste? —pregunté.

Pero se lo veía franca y sorprendentemente bien.

—Al entrar se me llenó el corazón de nostalgia y, bueno, uno se acostumbra. ¿Viste el poder del pollo a la cazadora?

—¿Realmente creés en eso, papá?

—No creo, sé que es así. Vos estás vivo gracias al *pollo* y a la *nonna*, que ahora debe de estar con Ángela.

—¿No es hora de que regreses? Ya vamos para casi tres meses... Me dijiste que serían dos y mirá en qué vamos.

Entonces empezó a surgir la verdad.

—De eso iba a hablarte. Tengo una buena noticia. Giovanni me consiguió un trabajo como *amministratore* de la Unione e Benevolenza Italiana de San Justo. Imaginate, pagan muy bien y es como ser un gerente.

—¿Pero eso no pertenece al hospital Italiano?

—Sí, sí —masculló, sin ser capaz de sostenerme la mirada. Y agregó—: Giovanni tiene razón, es mejor olvidar.

—¿Cuándo te consiguió el puesto? —pregunté ansioso.

—Hace tres días. Me mandó decirte que él siempre cumple las promesas. ¿Sabés qué significa? Yo no lo entendí.

—No tengo la más remota idea —dije, apretando los dientes.

—Nunca me molestó ser un tipo normal —continuó papá—, tener un empleo, ponerme un traje. Es un secreto que te estoy diciendo. No se lo vayas a contar a mis hermanos ni a nadie, que se van a burlar.

Qué aliviado se lo veía. Y cuánta rabia me daba. Mi mente corría demasiado rápido para ordenar los pensamientos. El panorama que veía por delante no me gustaba nada y menos aún que hubiera sido orquestado por Giovanni. Recordé sus palabras: «Entonces te prometo que te vas a quedar».

—Pero, entonces, ¿qué va a pasar con la pizzería? —pregunté, sin disimular mi desconcierto.

—No sé, Andrea, quedate hasta que Nino encuentre a alguien. Yo me voy para San Justo.

Así eran las cosas.

—¿Cuándo empezás?

—En una semana.

—¿Ya le dijiste a Nino?

—Ayer hablé con él.

—¿Y qué dijo?

—Que sabía que no lo ibas a cagar.

Esa noche no pegué un ojo. Julia venía una y otra vez a mi mente, a que yo la maldijera. Con todas mis fuerzas. Pero el tiempo se hacía lento, viscoso. Me sentía cuesta abajo, como si mi vida hubiera entrado en reversa. Una vez más, mi viejo me había fallado. ¡Qué se podía esperar de un *magliaro*! O peor, de la raza Merola. Estaba pensando en eso, o indignándome contra eso, cuando escuché movimientos en la pieza de papá. Vi moverse la sombra de su cuerpo en la pared del *living* y lo vi luego apagar el velador y salir hacia la calle. Esta vez decidí seguirlo.

Me vestí como pude y bajé por la escalera corriendo. Una vez en la calle, lo vi doblar la esquina de don Alberto. Me mantuve a una distancia prudencial para que no pudiera verme. Caminaba a un paso acelerado. Al llegar a Pasco, volteó rumbo a la pizzería. Me escondí detrás de un árbol. Él sacó la llave, abrió la puerta y entró. Me dispuse a esperar. No entendía qué estaba haciendo allí a esa hora. A los diez minutos, salió con una bolsa grande cargada sobre la espalda. Retomó la calle Pasco, siguió hasta la avenida Belgrano, cruzó y llegó hasta Alberti. Por ahí se fue calle arriba. Sin perderle pisada, a lo lejos pude ver el brillo de una fogata y cierto movimiento de gente alrededor. Mientras iba acercándome, fui distinguiendo la entrada de un baldío; al llegar, vi dentro, en torno a un barril de metal del que asomaban las llamas de la hoguera, varios linyeras conversando y calentándose. Hacia allí iba mi papá. Uno de ellos lo reconoció y avisó a los otros: «¡Ahí viene Salvatore!». Sí, lo llamaban por su nombre.

Absorto, vi a mi padre entrar allí, descargarse la bolsa de la espalda, abrirla y empezar a repartir el contenido:

porciones de *pizza* y otra comida que no alcancé a distinguir. Le dieron a beber de una botella y tomó un buen trago. Finalmente se sumó al grupo. No eran más de cinco personas. Alguien hizo un chiste y comenzaron a reír. Papá también reía. Al cabo de un rato, me retiré. Llegué al apartamento, me quité la ropa y caí a la cama. Estaba muy confundido y cansado, cerré los ojos y logré dormir.

25

LA NOVIA DEL MAFIOSO

Natalia estaba sentada frente a mí masticando chicle y hablando hasta por los codos. Al enterarse de que aquello era un consultorio y yo un psicólogo, le había dicho a Giuseppe que quería tener unas cuantas «citas» conmigo para «quitarse de encima algunos complejos». Al principio el hombre se mostró reacio, pero ella, haciendo uso de sus encantos, lo convenció. La dejó ir con una sola condición: que le contara luego todo lo que hablara conmigo.

Le expliqué a Natalia que eso no podía hacerse, ya que iba en contra del secreto profesional, a lo que ella respondió que sólo le contaría mentiras para dejarlo tranquilo. Juró lealtad a la terapia y comenzó afirmando que nunca había querido de verdad a don Giuseppe. Sentía agradecimiento hacia él por haberla sacado de aquel lodazal en que vivía, pero nunca se había enamorado. Por otra parte, quería ser alguien, montar un negocio propio, y eso era imposible con un hombre celoso y controlador. «Pasé de una cárcel terrible a otra mejor», fueron sus palabras. Insistía en que era muy joven y necesitaba disfrutar más para sentirse viva.

No paraba de hablar y era especialmente efusiva con los ademanes. Por momentos su verborrea me abrumaba y quería que desapareciera. En realidad, no era mi mejor día. Unos minutos antes de la cita me había enterado de que David Rabinovich estaba muerto. Lo habían encontrado acostado boca arriba en la cama, con una sonrisa entu-

mecida en los labios. Paro respiratorio durante el sueño.
Natalia interrumpió mis pensamientos:

—¿Qué harías en mi lugar? —preguntó de pronto.

—¿A qué te referís?

No la engañé. Irritada, chasqueó sus dedos frente a mi cara, diciendo:

—¡Atento, doctor, atento! —Se puso de pie, se estiró la minifalda, se acomodó el pelo y se ajustó la blusa—. ¿Te gusta la pinta? —preguntó. Asentí, paciente, cortés—. Si fuera por él —continuó—, debería vestirme como una monja. Pero yo soy así —agregó mientras se sentaba cruzando las piernas—. Es mi naturaleza. Soy extrovertida, amiguera... —Cortó abruptamente la frase, me observó con detenimiento y preguntó—: ¿Vos me escuchás cuando hablo o pensás en otra cosa?

—Estoy muy atento —respondí.

—Pero recién te pregunté qué harías en mi lugar y no me dijiste nada.

—A veces es mejor que uno llegue a sus propias conclusiones —argüí—. Puedo ponerme en tu lugar, pero no pensar por vos.

—Ponete en mi lugar entonces: ¿qué harías en mi caso? ¿Seguirías con Giuseppe, te conseguirías un amante, lo asesinarías, te volverías su esclava?

—No sé —respondí impasible.

—Yo no soy valiente. Giuseppe sí lo es. Es que quiero escapar, ser libre, tener un hijo y no sé por dónde empezar...

Le subieron lágrimas a los ojos y, por un instante, afloró la fragilidad que tanto intentaba ocultar. Todo indicaba que junto a las ansias de libertad que la impulsaban, estaba la incapacidad de hacerse cargo de sí misma. Natalia vivía atrapada entre sus miedos. Sacudió la cabeza como si volviera a la realidad y preguntó con picardía:

—¿Y si te convirtieras en mi cómplice o en mi amigo?

—No puedo, soy tu terapeuta.

—Es que necesito un cómplice que no sea Giuseppe, alguien que no me aplaste... —Y sin mediar palabra empezó a reírse estrepitosamente. No sabía si creerle a esta súbita efervescencia o a la melancolía anterior. Se inclinó hacia mí—: ¿Siempre tuviste rulos? Te hacen muy sensual... —No moví un músculo. Ella continuó—: ¿Tu novia no está celosa?

—Volvamos a lo tuyo —respondí con amabilidad.

Entonces saltó como un relámpago.

—¡Me voy...! ¡Ya me cansé de la cita! ¿Cuándo querés verme? Esta semana no puedo, quizás en quince, yo te llamo mejor. Y relajate, Giuseppe no se va a enterar de nada. Después arreglas con él para que te pague. —Se acercó, me dio un beso en la mejilla, tomó el bolso y me susurró, entrecerrando los ojos—: ¡Tu pelo me encanta! ¡Chau!

26

Donde comen dos...

Habían pasado unos quince días desde la muerte de Rabinovich cuando, una tarde, Nino me dijo que necesitaba hablar conmigo de algo muy serio. Salimos a la calle para que
nadie nos oyera, miró por encima de sus hombros y dijo:

—Con la muerte de don David, el trabajo de Francesca
se complicó...

—¿Por qué, qué pasó? —pregunté con preocupación.

—La echaron. Los sobrinos cerraron el negocio y lo van
a vender.

No supe qué decir. La noticia era turbadora. Necesitaban el dinero.

—Te iba a preguntar, no sé qué pensás... Si ella se viene
para acá mientras busca otro trabajo y nos ayuda... Las cosas están mejorando y a lo mejor podemos con un empleado más... Ella manda los chicos al colegio, viene a trabajar
y los va a buscar a las tres y media cuando salen... No es
que tenga que ganar un sueldo importante, sólo algo para
ayudarnos mientras tanto...

Y se quedó esperando una respuesta. ¿Qué podía objetar yo? La pizzería estaba mejor, aunque no sabía si podía
con un empleado más, pero se trataba de Francesca.

—Claro, tío —le dije—, sangre nueva va a ayudar al negocio.

Vi cómo el color le volvía a la cara.

—¡Eso digo yo! ¡Donde comen dos, comen tres! —exclamó con alegría.

Acto seguido, me dio un golpecito afectuoso en el brazo con su correspondiente *guaglióne...*

La presencia de Francesca tuvo un efecto motivador sobre todos nosotros. Su actitud colaboradora no tenía límites. Podía levantar una caja de cervezas, limpiar el piso, ayudar a María Grazia a cocinar o servir las mesas, pero lo más importante fue las ganas que tuvo para remodelar el sitio. Aunque no teníamos un arquitecto como los gallegos de enfrente, la teníamos a ella. Se repintaron las paredes de tal manera que el azul fuera más azul, el aguamarina más aguamarina y el blanco más blanco. Pusimos más repisas detrás del mostrador con más bebidas, arreglamos el piso, se cambiaron las cortinas viejas y se hicieron manteles nuevos de color rojo, que alegraban el lugar. Nino y yo organizamos la música en casetes que mezclaban lo napolitano con rock argentino, Mercedes Sosa y Nacha Guevara, que estaba prohibida y sólo escuchábamos a puerta cerrada. Había para todos los gustos. El nuevo *look* se acompañó con un nuevo ánimo. Aun así surgió una controversia culinaria, la primera discusión seria entre Nino y Francesca. Un día por la mañana llegué de hacer unas compras y me encontré con un fuerte altercado entre ellos.

Francesca afirmaba, crispando los músculos de la cara y apretando los puños:

—¿Por qué no podemos vender milanesa a la napolitana?

Y Nino, sacudiendo las manos y golpeándose la sien con el dedo meñique, gruñía:

—*Mannàggia!* ¿Qué es lo que no entendés? ¡La milanesa a la napolitana de «napolitana» no tiene nada! ¡Los argentinos se inventaron una *pizza* de carne pasada por huevo y pan rallado con *mozzarella* y tomate por encima! ¡Eso es todo! Una *imitazione, capisci?*

—Pero, Nino, de todas maneras es una *pizza*... —intervino Arturo—. Es como una *pizza*...

María Grazia asomó medio cuerpo desde la puerta de la cocina y gritó:

—¡Arturo tiene razón!

Todos miramos a José de manera automática y se alejó diciendo en un tono apenas audible:

—A mí no me metan en líos. No tengo idea.

Francesca defendió su argumento con hechos. Abrió una bolsa y sacó unos pequeños panes caseros redondos, parecidos a una *figazza* pero con más miga, y nos entregó uno a cada uno:

—Miren, los hizo don Alberto especialmente para nosotros. Vamos a vender sándwiches de milanesa a la napolitana. No de milanesa sólo, como hace todo el mundo, sino con el toque napolitano.

—¡Otra vez! ¡No es napolitano! —protestó Nino.

—¡Y qué importa! —dijo Francesca, levantando la voz como nunca la había visto hacerlo antes—. ¡Se trata de vender! ¿O no? —Y repitió, recalcando las sílabas—: Ven-der.

La frase nos calló a todos. Los panes eran perfectos para meter la milanesa en medio, la plata nos vendría bien y a más de un trabajador del Spinetto le gustaría llevarse uno o dos sándwiches para comer. Francesca tenía razón. La cara de resignación de Nino me hizo comprender que había cedido a las razones de su amada egipcia. Aun así, reclamó una pequeña reivindicación: la carta de la pizzería, y cualquier publicidad que se hiciera promocionando la novedad, debería acompañarse de la siguiente aclaración: «Sándwich *argentino* de milanesa a la napolitana». Y así se hizo. Vuelta la calma, Francesca abrazó a mi tío y lo besó con ternura. Junto a las *pizzas* y los *calzones* fue el producto que más se vendió en los años que siguieron.

27

LOS HIJOS DE PUTA SOMOS DOS

Así fueron pasando aquellos días, entre la pizzería heredada a pesar mío, el consultorio improvisado por Nino y las
visitas a mi propio terapeuta. Cierta vez seguí sus indicaciones al pie de la letra: me tomé un día libre. Hacía ya meses que no hacía algo así. Plácido me había dicho lo siguiente: «Regalate un espacio narcisista: todo para vos y
sólo para vos. Hacerlo de vez en cuando lleva a descubrir
cosas que uno tiene por ahí guardadas y no quiere sacar».

La mañana estaba fresca y el cielo cubierto. Caminé por
Corrientes hasta La Pasta Frola y allí comí una *sfogliatella*.
Tomé un cortado en un café de la esquina y leí el periódico
y metí la cabeza en la realidad falseada de las noticias.
Después enfilé por la calle Uruguay y entré a Pippo para
almorzar. Pedí una *provoleta*, una tira de asado con papas
fritas y media botella de tinto de la casa. Los disfruté. En la
mesa vecina, unos turistas que hablaban español a media
lengua le explicaban al mozo su pedido. El mesero se limitó a observarlos de manera inexpresiva y a garabatear en
una especie de libreta. Uno quería la carne bien asada y sin
mucha sal, otro ordenó fideos con poca salsa y un tercero
solicitó vinagre balsámico. El mozo les preguntó si habían
terminado, dio media vuelta, se puso las manos como un
megáfono y gritó hacia la cocina: ¡cuatro para la dos! Los
extranjeros quedaron boquiabiertos por la capacidad de
síntesis que tenía el hombre. Lo que no sabían es que en
Pippo la pauta la marcaba la casa: una botella de vinagre

común y corriente y otra de aceite sobre un papel gris en la mesa, la carne a punto y los fideos embadurnados en salsa. Recordé el cartel de la entrada de nuestra pizzería: «Si no le gusta, váyase». Aquí no era muy distinto. Después de comer crucé la 9 de Julio y seguí hasta la plaza de Mayo. Allí me senté a darles maíz a las palomas. A las tres y media empezaron a dar vueltas a la pirámide las madres de los desaparecidos con el pañuelo en la cabeza y carteles de todo tipo con las fotos de mujeres y hombres que ya no estaban: sus hijos. La policía apertrechada de espaldas a la Casa Rosada las miraba con recelo, pronta a intervenir en cuanto recibiera una orden.

Más tarde bajé por Lavalle y vi un estreno en el cine: *Equus*. Ya había visto esta obra en el teatro Ateneo con Julia, Genarino y Liliana el año anterior, pero como me encantaba Richard Burton, no dude un instante. A la salida tomé un helado de granizado de chocolate y seguí tranquilo hasta Pichincha.

Salí del ascensor y vi a Genarino sentado al final de la escalera que daba al departamento. Disimulé mi sorpresa. Él, en cambió, se sobresaltó al verme. Sacó un pañuelo arrugado y se secó el sudor.

—Necesito que hablemos —anunció con voz temblorosa, mientras se ponía de pie y se cuadraba, casi como un soldado.

Al verlo, a pesar de todo, sentí alegría. Era un poco como encontrarse con un amigo al que crees muerto y un buen día aparece. Subí despacio, apoyé el cuerpo en la pared frente a él y crucé los brazos.

—Te escucho —dije, buscando sus ojos inquietos.

Su expresión tensionada se aflojó. Tomó impulso para hablar:

—Me debés odiar y tenés razón... Mirá, te juro que no sé qué me pasó. Había tomado mucho vino y ella es un minón... Perdón, no quise decir eso... Perdí el control... Yo soy el único culpable, nada justifica lo que hice. Todo este tiempo me puse en tu lugar y pensé qué sentiría yo si vos te hubieras acostado con Liliana... Dicho sea de paso, ella se enteró de lo que pasó por unas fotos y me mandó a la mierda, ya no quiere saber nada...

Hizo una pausa y volvió a tomar impulso.

—Andrea, son muchos años, vos sos un hermano para mí...

Era verdad. Así lo sentía yo, como un hermano.

—¿Cómo habrías reaccionado si me hubiera acostado con Liliana? —pregunté.

—No sé, mal... Pero vos no harías eso. Acá el único hijo de puta soy yo...

—Genarino —interrumpí—, mirame: los hijos de puta somos los dos.

Inclinó la cabeza hacia un costado y sus cejas se levantaron en punta. Había captado la cosa y no le gustaba.

—No entiendo —porfió, sin embargo—. ¿Qué querés decirme?

Permanecí en silencio. Toda mi atención estaba concentrada en sus reacciones. No podía evitarlo, su gesto de extrañeza me generaba una especie de vacío en la boca del estómago que disfrutaba como si estuviera bajando por una montaña rusa.

—Ya no tenés que imaginarte cómo te sentirías en mi lugar —dije, saboreando cada palabra—, *estás* en mi lugar...

—No me digas que vos y Liliana... —Esbocé una sonrisa espontánea. No hizo falta más. Genarino se dejó caer sobre el escalón y tomó su cabeza con las manos. Así estuvo unos segundos hasta que finalmente estalló—: ¡Negra hija de puta! ¡Y se hacía la santa! Pero vos... ¿cómo me hiciste eso...? Quiero decir, qué pasó, cuándo, dónde y... ¿ella disfrutó?

—Fue después de lo tuyo con Julia y no te voy a decir más.

Me senté junto a él. Genarino tenía los ojos humedecidos, el entrecejo arrugado y las comisuras de la boca le caían a cada lado. Ahora de nuevo éramos iguales, o lo éramos como nunca antes.

—Te vengaste, boludo —dijo con dolor.

—No —respondí, sin el menor asomo de culpa—. Sólo pasó. No lo busqué, ocurrió. En tu caso fue el vino, en el mío el Fernet. Liliana es una buena tipa, no puedo decir lo mismo de Julia.

—Pienso igual, pero al revés: Julia no es una mala mujer, en cambio esa morocha de mierda... —Acomodó su camisa, adoptó una posición erguida y dijo—: Así es la cosa. Estamos otra vez solos y libres.

Me fijó su mirada en la mía, esperando alguna señal de alivio.

—Sí —dije—. Solos, libres y dolidos.

—Quedamos a mano, ¿no es así?

Asentí con la cabeza. Lo estábamos. Y, recordando viejos tiempos, pasé a otra cosa:

—¿Tenés hambre? Pasá y te hago unos fideos a la *puttanesca*.

Genarino se secó algunas lágrimas y aceptó.

—Me vendría bien —aceptó, exhalando el aire del pecho mientras nos levantábamos.

Entramos y fuimos directo a la cocina. Él hizo de ayudante y yo de chef. Empezamos a cortar las aceitunas, abrimos una lata de anchoas y un frasco de tomates al natural. Tomé un manojo de alcaparras secas traídas de Nápoles y ajos. Freímos la mitad de las anchoas en su aceite y agregamos los ajos, las alcaparras, las aceitunas negras y pimienta de molinillo; nada de sal. Luego los tomates y un vaso de agua. Él abrió una botella de vino que papá tenía por ahí y bebimos. Al principio no hablamos más que lo indispensable: «Pasame la pasta de tomate», «Cortá el ajo», «Picame el basílico», «Bajale el fuego», y cosas por el estilo. Mientras se hacía la pasta, pusimos un disco de Larralde y fue cuando me comentó que se había reunido algunas veces con Mario, con la idea de retomar la militancia en Vanguardia.

—Esta vez quiero hacerlo en serio —dijo y después me preguntó—: ¿Querés volver?

—No respondí—. Ah, ya entiendo —dijo—. Preten-
…carme a través del silencio y la indiferencia... ¡Te
…exclamó, como si se tratara de un juego.
…e quedó inmóvil con el brazo derecho estirado hacia
… Así duró un instante increíblemente prolongado,
…ablar y sin moverse. Al final, soltó una risotada mali-
…a, volvió a su posición original y comentó:
—Ya ves, yo también puedo matarte con la indiferencia.
…y la Estatua de la Libertad! —Volvió a alzar el brazo
…mo un relámpago, por si la alusión no hubiera bastado,
…ero esta vez lo bajó enseguida—. Y las estatuas no hablan...
No sabía qué decirle. Opté por seguir callado, como si
nada hubiera pasado, y después de un silencio prolongado en que nuestras miradas quedaron paralizadas, retomé
el tema que me interesaba:
—Tengo una duda, ¿querés a Giuseppe o lo necesitás?
—Comenzó a comerse las uñas y a observarme de manera
intermitente. Estiró las mangas de la chaqueta, tosió y suspiró. Empinó el cuerpo, tragó saliva y adoptó una expresión más adusta y reflexiva. Repetí la pregunta—: ¿Querés
a Giuseppe o lo necesitás?
—No sé cómo responder a eso...
—Intentalo.
La tristeza le dio otra cara. Expulsó el aire, como si así
fuera a irse esa pena. Luego hizo una mueca de fastidio y
dijo:
—Tengo un cortocircuito. Cuando estoy con él, me siento segura pero atada. Y cuando intento ser yo misma y volar lejos, me da miedo perderlo. Algunas pocas veces lo
quiero y casi siempre lo necesito...
Pensé: «Atrapada», y subrayé la palabra que tenía escrita en el papel. Pero tampoco esta vez duró mucho su actitud reflexiva. De pronto estaba olfateando el aire. Su rostro adoptó una expresión de satisfacción y deseo.
—¡Mmm, qué rico...! ¿Viene de la cocina?
En un momento, saltó de la tristeza al deseo culinario.
Yo no quería que la comida participara en la terapia, pero

Respondí que sí, que quizás era lo que necesitaba.
Hacía frío y el Malbec nos calentaba por dentro, nos
empujaba hacia arriba. Pusimos mantel, servilletas, tene-
dores y cucharas, cortamos el pan y en ese momento se
abrió la puerta y papá entró con pinta de *gentleman*. Llegaba de San Justo muy bien vestido. Genarino no podía creer
lo que veía:
—¡Salvatore! ¡Chaleco, corbata y mirá qué traje! ¡Pare-
ces de la alta Italia! —Tocó la tela y comentó—: Y además...
Es de los buenos, ¿no?
Papá sonrió. Agregué otro cubierto y serví. La salsa resplandecía bajo la luz de la lámpara del comedor, con sus
destellos negros y verdes. Los tres conversamos de cosas
triviales. Un tenue vaho empañaba los vidrios de la terraza. Durante dos o tres horas, sólo existió el presente.

28

Un salto al vacío

Al día siguiente estaba de nuevo frente a mi escritorio, en el que esperaba una libreta en blanco con varios signos de interrogación que había dibujado en la cita pasada con Natalia. No había bibliotecas con libros pesados de psicología, ni carpetas amontonadas, ni títulos enmarcados como los que solían llenar las paredes de los terapeutas importantes. Sólo una birome azul sin capuchón y la fragancia de una salsa, escaleras abajo, empezando a cocinarse. Allí seguía yo, esperando a Natalia, que había pedido verme después de tres semanas de ausencia. Eran las diez y veinticinco de la mañana y la cita estaba programada para las diez y media. Traté de redactar unos apuntes que guiaran mi consulta, algunas hipótesis clínicas, y sólo atiné a escribir una palabra: «Atrapada». Más que una conclusión científica y sustentada, era la sensación lisa y llana que dejaba en mí la experiencia de la entrevista anterior. Cierta forma contagiosa de asfixia existencial. Unos segundos después, agregué en el bloc de notas: «Y atrapado». A la hora en punto escuché el taconeo de Natalia subiendo los escalones. Antes de empezar la sesión, me hice una promesa: «Esta vez no voy a dejar que ella maneje la cita». La puerta se abrió y Natalia lanzó un efusivo saludo:

—¡Ruludito lindo!

«Empezamos mal», pensé para mis adentros. Traté de ignorar lo de «ruludito», poniendo cara de nada y esbozando una sonrisa impostada. La premisa era clara: «Un

buen psicólogo jamás se [...] para disimular.

Vestía de negro: botas y fa[...] a la cintura y una pequeña boir[...] Lucía pestañas postizas muy ar[...] bían un rosado intenso.

Tomó asiento, se desplazó hasta [...] preguntó, como si estuviera posand[...]

—¿Te gusta mi boina? Me da un [...] creés?

Asentí sin comentar nada. Luego de p[...] gundos, apretó el cuerpo contra el respald[...] rostro adquirió un matiz sombrío. Estuve t[...] guntar, pero no dije nada. Con preocupación [...] la primera vez que la veía en ese estado), dijo:

—Me volvió a dar la «cosa rara» y cuando a[...] jode la vida.

¿Se sinceraba?

—¿La cosa rara? —pregunté con curiosidad.

—Suele darme de noche, a veces al atardecer... [...] que el sol se esconda... Siento que dejo de ser yo, me so[...] co y pienso que voy a enloquecer... La respiración se ag[...] ta... Es horrible.

—¿Te da con frecuencia?

—Ajá.

—¿Y cuándo empezó?

—Hace años. Trabajaba en el Discret, un bar por la zona del puerto... Y bueno, un día cualquiera se me disparó.

—¿Y qué hacés cuando te da?

—Antes no hacía nada, me sentaba en un rincón a llorar y a esperar que se fuera. Ahora me abrazo a Giuseppe, le digo que tengo la cosa rara y él ya sabe. Pasa el brazo sobre mi hombro, apoyo la cabeza sobre su pecho, trato de acoplar mi respiración con la suya, y así, poco a poco, logro tranquilizarme. Creo que lo mismo hacen los bebés cuando están en la panza de su mamá y les da miedo. —Preguntó por el miedo y cambió de tema—: No me dijiste nada de la

era inevitable. El plato especial del día lo ameritaba: era polenta con tuco y salchichas italianas, de las delgadas. Un amigo de Nino las hacía con un toque picante y dulzón y, al freírlas con cebolla roja y romero, el olor transformaba el ambiente. También a Natalia.

—Es el plato del día —expliqué.

—¿Y qué es?

—Polenta, nada del otro mundo.

—Dale, no seas modesto. Giuseppe dice que el mejor sitio para comer es la pizzería Vesubio.

Evadí el tema. Me había mostrado la punta del iceberg y quería indagar más.

—Volvamos al tema —sugerí.

Natalia empezó a golpear el piso con los pies. Levantó ambas manos y exclamó, suplicante:

—¡Me voy a mear! ¡Me voy a mear!

Me puse de pie alarmado, para socorrerla, pero caí en la cuenta de que poco podía hacer más que indicarle dónde quedaba el baño.

—¡Bajá, bajá, abajo a la derecha, dale, dale! —la animé.

Qué terapia. Cuando me quedé solo, tuve la impresión de haber hablado con dos o tres personas distintas en la misma cita. Comprendí que captar su atención y conservarla era tan difícil como agarrar un pescado vivo por la cola. Escribí en mi libreta: «Desorden». Dejé la lapicera sobre el escritorio. ¿Qué más iba a anotar? Al rato, entró con cara de alivio y se sentó. Una vez más pensé retomar el tema de Giuseppe, pero ella habló primero.

—¡Tengo un secreto! Hay algo que no te conté... Ayer soñé con vos... ¿No te da curiosidad? —Asentí. Natalia prosiguió—: Yo estaba con un *babydoll* fucsia y unas bombachas del mismo color. Vos me hacías masajes en la espalda con aceite de almendras y me dabas consejos sobre cómo resolver mis angustias. De repente, todo se hizo confuso, estaba toda mojada y pasó lo inevitable: terminé masturbándome... ¿Curioso, no? Pero no me sorprende. Para serte sincera, me producís una atracción extraña, no sé cómo explicarte... A veces quisiera darte un somnífero y aprovecharme de vos... O algo por el estilo...

Fingiera o confesara, estaba claro que debía parar sus intentos de seducción. Lo intenté explicándole en qué, a mi juicio, se basaba la supuesta atracción:

—Lo que te pasa conmigo se llama transferencia. Es bastante común que el paciente se sienta atraído por el terapeuta y...

No me dejó terminar. Hizo un gesto para que me callara, acercó la silla hasta quedar pegada al escritorio y dijo, mientras que me comía con la mirada y sonreía con malicia:

—¿No te gustaría tener una amante, rulitos? Apuesto a que sí... No digo que tenga que ser yo, aunque una nunca sabe... —Entrelazando los dedos por detrás de la cabeza, se estiró felinamente y comentó—: He tenido varios amantes, algunos muy atractivos, otros imponentes y otros unos boludos. Empecé muy jovencita con este lío de los hombres. Me acuerdo del dueño de esa taberna en Montevideo... ¿Cómo se llamaba el sitio? Bueno, no me acuerdo de eso, pero sí del tipo. Había sido marinero y se llamaba Crisóstomo, era muy ancho y alto y tenía un ancla tatuada en un brazo que se agrandaba cada vez que sacaba músculo... Me enamoré como una loca. —Sonrió sugestiva—. Fue la relación perfecta: me sentía bien con él y sin él... Y hubo más amores...

Entonces pareció hundirse en la memoria de aquellas antiguas relaciones. De vez en cuando, hacía bromas, se burlaba de sí misma y se reía de sus ex. En otros momentos volvía el semblante oscuro de la melancolía, en una trama que yo no lograba descifrar, como si el recuerdo la empujara hacia un abismo de arrepentimiento y disgusto inevitables. Los ademanes apasionados y el discurso expresivo y detallado adornaban cada elemento de su narración, pero mientras hablaba y hablaba sin parar, percibí, detrás de cada uno de sus gestos y piruetas, una reticente angustia. De pronto suspendió el relato y de nuevo se quedó callada. Un mutismo se instaló entre nosotros. Yo no era insensible a su desconsuelo, creía en su dolor y, sin embargo, cada vez me convencía más de que no podría atenderla. Pensé en Plácido. Natalia apoyó los codos en el escritorio y yo me eché hacia atrás. Para lo que iba a decirle necesitaba tener espacio.

—Vamos a hacer algo —comencé con voz pausada—. Creo que lo mejor para vos es que te vea otro psicólogo. Para que el fenómeno de la transferencia, que intenté explicarte antes, no afecte la terapia. En mi opinión, necesitarías tres consultas a la semana y yo, como podés ver, no dispongo de un lugar adecuado para atenderte ni de tiempo suficiente. La persona de la que te hablo es un gran profesional y te vas a sentir muy bien con él.

Escribí en un papel: Plácido Alberto Iraola. Agregué su teléfono y dirección y se lo entregué. Leyó varias veces en voz alta la nota, arrugó el papel y lo dejó caer dentro de su bolso desde arriba, como si lo tirara a la basura.

—No querés atenderme, ¿verdad? —dijo con tristeza.

—No, no pensés eso. Es por tu bien...

—¿Te parezco tan horrible?

—Insisto, es lo mejor para vos... De verdad...

Durante los minutos siguientes no dijo nada. Pero la tristeza empezó a transformarse ante mis ojos en una emoción más virulenta. Comenzó a respirar por la nariz cada vez más rápido mientras apretaba los dientes y los puños. Como un incendio creció en intensidad, hasta que estalló: se levantó de un brinco y sacudió el escritorio con ambas manos.

—¡Vos no tenés idea de qué es lo mejor para mí! ¡Te doy miedo, eso es lo que pasa! ¡Pedazo de idiota! —vociferó, y el porrazo de la silla al caer hacia atrás y estrellarse contra el suelo pareció rubricar sus argumentos.

Alcancé a oír la voz de Nino desde abajo:

—¿Todo bien allá arriba?

Natalia lloraba y estaba fuera de control.

—¡Te faltan pelotas! —gritó con fuerza.

—No me faltes el respeto... —intenté objetar en un arranque de dignidad—. Te recomiendo otro psicólogo porque creo que es lo más terapéutico para un caso como el tuyo, y esto nada tiene que ver con mi valentía o mi cobardía...

Arrugó los labios y acercó el dedo de manera amenazante hasta casi tocarme la cara.

—Ya verás, te vas a arrepentir, te vas a arrepentir...

Y salió como una ráfaga, dando un portazo y murmurando algo para sí. Me recordó a mi tío Giovanni, pero no por eso yo estaba menos desconcertado. Estaba furioso conmigo mismo. De una cosa estaba seguro, si ella seguía mi sugerencia, Plácido sabría qué hacer. Eran las once y media de la mañana. Sonó el teléfono y respondió Nino:

—¡Qué decís, che! ¿Cómo estás?... Tanto tiempo... Sí, sí, claro, ya te lo paso... —Nino corrió hasta debajo de mi ventana y me avisó, tratando de no levantar la voz—: Andrea, Andrea... Es Julia... Al teléfono...

«Justo ahora», pensé. Siempre había imaginado la conversación todavía pendiente entre ella y yo en un lugar adecuado, quizás el reservado de un buen restaurante, los dos tomando vino y yo mirándola a los ojos para leer su alma. Pero no. Descendí con lentitud, peldaño a peldaño, tratando de recuperarme. Les hice señas a los demás de que se alejaran. Me senté detrás del mostrador y puse el teléfono a mi lado. Respiré hondo y levanté el auricular.

—Hola.

—Hola, Andrea.

Cientos de recuerdos se apiñaron en mi cerebro con sólo oír su voz. La imagen de Natalia se borró de inmediato. Hubo un silencio inicial incómodo, pesado, hasta que ella decidió romperlo.

—Quería que habláramos. En estos días te he tenido metido en la cabeza. No hago más que pensar en vos...

Más silencio, ahora a la espera. Esta vez fui yo quien habló primero.

—¿Y en quién pensás? ¿En el pizzero o en el doctor?

—Por favor, Andrea, estoy deprimida...

No pretendía lastimarla. Se trataba de Julia. Ella todavía aceleraba mi corazón.

—Lo siento, quizás no sea un buen momento...

—¡No, no! No vayas a cortar, por favor, esto es importante...

Hice un esfuerzo.

—Te escucho —dije, con una ternura tan inesperada como involuntaria.

—Mirá —empezó—, sé que lo que hice estuvo mal... Decime lo que quieras, lo merezco... Pero no sé qué me pasó... —Tampoco Genarino lo sabía—. Estuve pensando. A lo mejor quise darte una lección o ponerte celoso para que supieras lo que significaría perderme. No te pido que comprendas, sino que me perdones, si todavía hay algo de amor en vos.

Sentí lástima, por ella y por mí. Dudé. Me dije que, si había perdonado a Genarino, ¿por qué no podía hacerlo con ella? Había sido mi vida. ¿Todavía lo era? Entonces recordé las duras palabras de Nino, siempre en cambio tan conciliador: «Hay cosas que no se perdonan».

—Estoy confundido... No te deseo el mal, no te odio... Pero perdonar... —La imagen de Julia gozando con Genarino volvió a mi mente y el resentimiento que ya había en mí apareció con más fuerza. Cortante, como un estilete. Continué hablando—: Pensá un poco: te acostaste con mi mejor amigo cuando yo más te necesitaba y le soplaste a Giovanni lo que estaba pasando para que me presionara. ¿Cómo se perdona eso? ¿Cómo se olvida?

—Pero mirá lo que pasó —argumentó enseguida—. Yo tenía razón, mi amor, perdón... Andrea. Te quedaste en la pizzería. Hiciste a un lado nuestro futuro, todo lo que vivimos, lo que planeábamos... Ayer pensaba en las terapias que ensayábamos para que pisaras las rayas a propósito. ¿Te acordás?

Y soltó una carcajada. Sonreí y lamenté que no pudiera verme. Por un instante la sentí muy cerca, como en los viejos tiempos.

—Sí, es verdad, muchos recuerdos... Pero qué más podía hacer que venir a la pizzería... Ellos me necesitaban.

—Podías haberte negado.

—Es mi familia... Ya te lo expliqué antes...

—No sé qué decirte —respondió y dejó el tema—. Lo único que tengo claro es que te amo, por encima de cualquier cosa, te sigo amando... Son muchos años...

Lo mismo decía Genarino de nuestra amistad.

—Es verdad —respondí con tristeza.

Entonces ella se atrevió:

—¿No querés intentarlo de nuevo? Podríamos empezar de cero... Yo soy capaz...

Me partió el corazón, era casi una súplica. Yo no era capaz. En la balanza del amor y la desconfianza pesaba más la última.

—Yo no sé cómo hacer lo que pedís. No creo que sea capaz —confesé—. ¿Te acordás aquella tarde bajo el árbol, en la Biela, lo que me dijiste?

—No, no recuerdo...

—Que no te decepcionara porque, textual, «la decepción mata el amor».

Se hizo un largo silencio.

—¿Ya no me querés? —preguntó Julia.

—Creo que no sólo es cuestión de amor. Lo que realmente importa es si le venís bien a mi vida, si no me volvés mierda, si podés ser mi cómplice... Que te duela mi dolor... La confianza...

Del otro lado escuché un sollozo.

—¿Qué vamos a hacer, Andrea? —dijo ella con la voz entrecortada.

—No sé. Ahora quiero estar solo. No sé cómo perdonar esto, Julia, y no sé si quiero hacerlo.

Durante un momento sólo oí su respiración. Permanecimos en tensión hasta que un escueto «Adiós, Andrea» terminó la espera.

—Chau, Julia —respondí, colgando el tubo con las dos manos.

Fue como saltar al vacío. Dejé el teléfono y salí a la calle a tomar aire. Estaba mareado, sentía la cara hirviendo, me temblaban las manos. Traté de relajarme y decidí dar una vuelta a la manzana. No quería pensar, pero cada baldosa me recordaba a ella. Fui pisando las rayas con furia. Pasado un rato, me serené. Volví a entrar a la pizzería y me recibieron los aromas de siempre, los de casa. Fui hasta donde Nino, que estaba escribiendo en la mesa del fondo.

—¿Todo bien? —preguntó, sin levantar la cabeza.

—Y no sé. Más o menos. Fue una mañana pesada.

Nino no dejó de escribir.

—*Cosa difficile*: cuando no es la mujer de arriba, es la de abajo... ¿eh?

—Parece que sí —comenté resignado. No quería hablar del tema. Estaba harto—. ¿Y vos qué hacés, tío? —pregunté.

—Los *nonni* le escribieron a tu mamá y les estoy contestando.

Me senté a su lado, rozando su camisa: olía a *pizza*. Parecía un artesano, dibujando cada letra. Así pasamos un largo rato: él, inventando historias, y yo, tratando de sobreponerme a la mía.

29

LOS GUERREROS NO SE JUBILAN

Eran las once de la mañana cuando el 55 me dejó frente a la plaza de San Justo. Allí tomé un taxi hasta el asilo de ancianos de Unione e Benvolenza. Papá me había invitado a almorzar para que conociera su nuevo trabajo. El lugar me impactó, me imaginaba algo más pequeño. Ocupaba toda la manzana y tuve que anunciarme a dos celadores, quienes me indicaron cómo llegar a la oficina del jefe. Pasé por un enorme parque, lleno de senderos arborizados con pabellones a la vista y pequeños chalés perdidos entre el follaje. La casa donde se ubicaba la parte administrativa, enchapada en laja, estaba detrás de una verja verde que abría el paso a un sendero con plantas y flores a ambos lados. Toqué el timbre y una señora muy amable me invitó a pasar. Me presenté.

—¡Sí, sí! —dijo, estrechando mi mano con entusiasmo—. ¡Lo esperábamos! ¡Mucho gusto! Yo soy la secretaria del señor Merola. Su papá no hace sino hablar maravillas de usted... Espere un segundo y ya lo hago pasar.

No sé qué me impresionó más, si lo de «señor Merola» o lo de que mi papá no hacía sino hablar maravillas de mí. Sin dejar de lanzarme risitas, la secretaria llamó por el conmutador.

—Venga, sígame... —dijo finalmente.

Subimos una escalerita y llegamos a un descanso. Llamó con delicadeza y escuché la voz de papá decir:

—*Avanti, avanti!*

Resultaba extraño hacer antesala para ver al Ragioniere. Encontré a mi padre con cara de satisfacción detrás de un enorme escritorio antiguo, rodeado de papeles y sentado en una silla ejecutiva de cuero negro. Estaba
con el cuerpo echado hacia atrás y la mano derecha sobre la mesa, como posando para una foto histórica. Detrás, en la pared, pendía un emblema con las siglas de la
institución que recordaba a un escudo nobiliario. Las
otras paredes estaban cubiertas de fotos donde se reproducían actos públicos y personajes célebres que habían
visitado la institución. Un gran ventanal con vista al jardín cruzaba la habitación. Papá se levantó, me dio un
beso y señaló el lugar donde debía sentarme. Aún recuerdo la expresión de felicidad con que me recibió. Se dirigió a la secretaria con cierto aire de superioridad, le
agradeció y le pidió que nos dejara solos. Inclinó la cabeza
hacia su hombro derecho, levantó ambos brazos y preguntó:

—¿Y? ¿Qué te parece?

—Increíble, papá —le respondí con alegría—. Parecés
todo un ejecutivo.

—Aclaremos, no sólo lo parezco: *sono* un ejecutivo.

—Sí, claro. Era una forma de decir.

—¿Querés conocer el lugar? —preguntó, mientras ajus-
taba su corbata y sacudía el saco de un elegante traje gris
perla que lo hacía ver más joven.

Asentí e iniciamos el periplo. Se movía como pez en el
agua. Saludaba de derecha a izquierda a cada empleado
que se encontraba. Nunca había visto a mi papá pavonearse
como un reyezuelo y caminar con la cabeza erguida. Pensé
en Giovanni y en lo bien que había calculado todo: definitivamente, papá no regresaría a la pizzería. Me presentó a
varios auxiliares, a uno de los médicos y a su mano derecha, Eduardo, un joven bajito, grueso y colorado, que iba
detrás de él como una sombra y se agachaba cada vez que
le dirigía la palabra. En un momento en que nos quedamos solos, me confesó:

—Este boludo de Eduardo quiere quedarse con mi puesto. Por eso lo tengo marchando todo el tiempo. Y no es el único...

Estuve en las habitaciones de algunos de los pabellones y en una de las pequeñas casas para ancianos más pudientes, donde papá me presentó a un excoronel del ejército italiano. Volvimos a la oficina y pidió que le trajeran el almuerzo. A los pocos minutos llegó la secretaria trayendo una bandeja con dos enormes sándwiches y dos botellas de cerveza Quilmes heladas. Papá se quitó el saco, lo colgó de una percha y se apresuró a decir:

—Son de *prosciutto*, roquefort del bueno y lechuga fresca. Yo mismo los hice —dijo, destapando una cerveza.

—Tal y como los que hacías en casa —le recordé.

Él asintió y cambió de tema.

—No es fácil manejar tanta gente —comentó con orgullo—. ¿Y vos cómo estás, cómo va la pizzería? Supe que Francesca se fue a trabajar con ustedes: buena cosa.

—Sí, Francesca resultó muy buena administradora. La pizzería va bien, cada vez mejor... ¿Qué te puedo decir, papá? La *lotta*, como decían vos y Ángela.

—Sí, la *lotta*... —repitió pensativo.

Comimos y hablamos como viejos amigos. Sin la obsesión del dinero, papá era otra persona.

—*Molta responsabilità* —concluyó.

¿Quién lo diría?, pensé. Me despedí, salí del hospicio satisfecho y también con una curiosa forma de añoranza por lo que habían sido mi padre y su lucha. Me pregunté cómo es posible extrañar aquello que se rechaza y pensé en el espíritu del guerrero que se alimenta y crece a cada combate y no puede dejar de serlo, porque los guerreros no se jubilan, reposan. Me sentí contento por él.

Observé el reloj y enfilé rumbo a la pizzería. A las cinco vendría a verme Genarino con Mario, de la universidad, y un tal Pablo, del partido, a quien yo no conocía. Hablaríamos de la posibilidad de insertarnos otra vez en la militancia activa por Vanguardia Comunista.

30

LA INFILTRACIÓN DE LOS *PANZEROTTI*

Nos sentamos en torno a una mesa cerca del patio. Primero llegó Mario, acelerado e inquieto, con un maletín cargado de papeles y un triste traje azul destartalado del que asomaba una camisa blanca llena de arrugas. Parecía un bandoneón. Pidió un vaso de agua sin quitar los ojos de la entrada. Me dijo que estaba nervioso porque había visto un Ford Falcon verde a pocas cuadras. Al rato llegó Genarino, más calmado, elegante y perfumado. Los tres conversamos un rato de nimiedades esperando a Pablo. Justo esa tarde Roberto había visitado a Nino y ambos estaban riendo y conversando en la cocina.

—Van a conocer a un cuadro importante del partido —nos explicó Mario—. Es un tipo que tiene las cosas claras y sabe lo que dice. Necesitamos el visto bueno para que ustedes dos y yo formemos una célula.

Les pregunté si querían tomar vino. Genarino dijo que sí. Mario comentó, con cierta preocupación:

—La verdad es que cuando son cuestiones de partido no se acostumbra tomar alcohol.

Decidimos hacerle caso. No queríamos molestar a nadie. Volví a guardar el Chianti que había sacado, recubierto por una cesta de paja. Fui hasta la cocina. Allí se encontraba Roberto, con el peinado a lo Hitler, vaqueros caídos hasta la cintura y una camisa blanca por fuera que le quedaba corta. Estaba preparando lo que mejor sabía hacer: *panzerotti* napolitanos, unas croquetas de papa al uso *nostro* con las que pretendía agasajar a mis invitados. A veces Roberto los hacía por docenas y toda la familia se rendía a su sabor crocante y cremoso a la vez. El secreto estaba en que, además de echarle al puré queso *pecorino*, parmesano y *mozzarella*, le agregaba trocitos de salame y granitos de pimienta. Comerlos era pura energía placentera, hasta tal punto que mis tíos y mi padre decían que un *panzerotti napoletano* alegraba la vida tanto como una mujer. Nino y Roberto se habían tomado casi una botella de grapa y se daban afectuosos puñetazos mientras reían y bromeaban en voz baja.

—Cuando estén listos, se los llevo a la mesa porque se tienen que comer calientes para que se estire la *mozzarella* —dijo Roberto, entusiasmado.

Puse un casete de Nino, el titulado *Napule è sem bell*, y recordé que mi madre solía decirme esa misma frase: «Nápoles siempre es bella».

Volví a la mesa. Al poco rato, un hombre de mediana edad se paró en la entrada y observó el lugar con detenimiento. Mario levantó la mano y el recién llegado hizo un gesto de aprobación y se acercó.

Pablo era alto y bien parecido. Se peinaba con raya al medio, llevaba unos lentes redondos que se deslizaban sobre el puente de su nariz hacia delante y un saco de pana color marrón. Me llamó la atención su parecido con Trotski y que no lo disimulara ya que, para los militares, cualquier cosa que se pareciera a un intelectual podía ser un subversivo.

Se presentó. Ofrecí café para todos y aceptaron gustosos. Mario hizo una introducción en la que no se privó de exagerar nuestras virtudes políticas ni el compromiso que habíamos asumido Genarino y yo. Pablo se mostró satisfecho, cruzó las manos sobre la mesa y empezó a «bajar línea»:

—Para nosotros es claro que, si el monopolio de las armas lo tiene el Estado, la unión no es suficiente. Necesitamos luchar y no tenerles miedo. En este punto, hacemos nuestro el enunciado de Mao Tse-Tung: «El imperialismo y todos los reaccionarios son tigres de papel». Por otro lado, no somos revisionistas como el PC. Cuando «actualizás» la doctrina, te acercás a la burguesía. La prueba está en que la dictadura promulgó el decreto de disolución de nuestro partido, junto con el PRT, el ERP y la JP, mientras el PC sólo fue «suspendido». Hoy, nuestra consigna frente a los militares es: «Abajo la dictadura fascista», y nuestra estrategia sólo puede ser ir a la clandestinidad, retroceder sin dejar de combatir y consolidándonos. De ninguna manera escapar y bajar la guardia. —Hizo un descanso, tomó un sorbo de café y nosotros hicimos lo mismo. Luego prosiguió—: La organización funciona con el principio del centralismo democrático: la información va a la base, que son las células, es discutida y luego se envía a la cúpula del partido, que la distribuye nuevamente entre las bases para que sea aplicada. Ustedes —nos miró a Genarino y a mí— son afortunados. Porque tienen la posibilidad de combatir y resistir contra los militares que nos han golpeado. Están desapareciendo compañeros de lucha, hay quema de libros, prohibiciones fascistas de todo tipo, asesinatos de camaradas, torturas.

Sacó una hoja arrugada y agregó:

—Para que tengan una idea. Éste es un comunicado que se repartió en muchos centros educativos. Se llama: «Cómo reconocer la infiltración marxista en las escuelas». Les voy a leer una parte: «Lo primero que se puede detectar es la utilización de un determinado vocabulario, que, aunque no parezca muy trascendente, tiene mucha importancia para realizar ese "trasbordo ideológico" que nos preocupa. Aparecerán frecuentemente los vocablos: diálogo, burguesía, proletariado, América Latina, explotación, cambio de estructuras, compromiso, etc. Otro sistema sutil es hacer que los alumnos comenten en clase recortes políticos, sociales o religiosos aparecidos en diarios y revistas, que nada tienen que ver con la escuela. Asimismo, el trabajo grupal que ha sustituido a la responsabilidad personal puede ser fácilmente utilizado para despersonalizar al chico. Éstas son las tácticas utilizadas por los agentes izquierdistas para abordar la escuela y apuntalar desde la base un semillero de futuros combatientes».

—¡Qué hijos de puta! —exclamó Genarino.

—Como ven, están en todo, por eso, dadas las difíciles condiciones para el trabajo con los obreros, los estudiantes y los campesinos, se está dando peso a la militancia por los derechos humanos. Ya hay abogados trabajando en ello. Un dato más, aunque no es vital, pero es importante que lo sepan: el año pasado en el segundo congreso nacional, el partido pasó a llamarse Partido Comunista Marxista-Leninista, pero casi todos le siguen diciendo Vanguardia Comunista. Ya les iremos pasando material.

—¿Cuál sería nuestra actividad como célula? —volvió a intervenir Genarino.

En ese preciso momento se oyeron carcajadas desde la cocina y luego una jerga napolitana a alto volumen. Pablo abrió enormes los ojos y preguntó:

—Cómo, ¿no estamos solos?

—Son mis tíos —dije—. No sabía que no debía haber nadie...

Pablo miró a Mario, quien se encogió de hombros. Entonces, además, entraron José y María Grazia. Saludaron. Pablo no saludó, sino que se dirigió a mí con preocupación:

—¿Esos dos saben qué estamos haciendo aquí?

—No, no tienen idea —respondí—. Podés hablar tranquilo.

Volteó la cabeza hacia Genarino y respondió a la pregunta:

—Tenés que tener en cuenta cuatro cosas. La primera es que hay que pasar desapercibidos, camuflarse al máximo. La segunda, rotar las reuniones: que sean en lugares seguros. La tercera, hacer una agenda de incursiones sincronizadas con otros grupos. Por ejemplo, pintadas, quemas, etc. Y la cuarta, reunir nuevos cuadros.

Iba a seguir con su exposición, pero la entrada intempestiva de Roberto y Nino lo detuvo.

—*Panzerotti!* —vociferó Roberto, como un vendedor callejero.

Puso una bandeja en el centro llena de croquetas, mientras Nino se presentaba a Mario y a Pablo, quien no ocultaba el desconcierto.

—*Piacere!* —dijo Nino, estrechando de manera efusiva la mano de cada uno—. ¡Bienvenidos a la pizzería!

En ese momento perdió el equilibrio y dio un trompo con todo su cuerpo. Roberto lo atajó a tiempo y ambos se fueron muertos de risa para la cocina. Mario tragó saliva. Pablo nos dijo con diplomacia:

—Si prefieren, podemos dejarlo para otro día... Yo creo que es mejor.

—Disculpame —respondí—. Quizás deberíamos haber elegido otro sitio. Yo propuse que fuera aquí, la culpa es mía.

Pablo respondió con una sonrisa amable que bajó la tensión. Todo parecía indicar que seguiríamos dialogando, hasta que empezó a sonar la tarantela napolitana interpretada por Mario Merola, un famoso cantante italiano nacido en Nápoles que, según Giovanni, era primo nuestro. Nino levantó el volumen y emitió un grito de guerra. Roberto salió disparado desde dentro, se agarraron de la mano y comenzaron a bailar al compás de las flautas y el acordeón que aumentaba progresivamente de velocidad. Un paso para adelante, dos para atrás, ahora dos para adelante, vuelta completa, piernas hacia los costados y ¡arriba!, golpes de palmas en cada salto imitando una pandereta, en fin, tarantela *originale* y de los bajos fondos napolitanos. Yo estaba acostumbrado a estas reacciones explosivas desde niño. Algo primitivo se apoderaba de mi familia cuando escuchaban una tarantela bien interpretada. Ya con la primera estrofa entraban en trance:

Jammo bello, jammo bello
abballammo sta tarantella
cu´ na coppia e ancora n´ata
e facimmece sta ballata.

La incursión de mis tíos hizo que Pablo tomara la decisión de irse. Se levantó sin perder la compostura y dijo:

—Por favor, encargate vos, Mario, y después hablamos. No lo tomen a mal, pero es mejor que me vaya. Ha sido un gusto y espero que trabajemos juntos. Ya nos reuniremos más veces.

Y se fue. Miró a un lado y otro antes de salir y se lo tragó la tarde. Traje el vino. Mario se lo bebió todo de un solo envión. Genarino se abalanzó sobre los *panzerotti*. Mis tíos seguían saltando incansables y nos invitaban a bailar. Yo empecé a reírme a carcajadas al ver las piruetas que hacían y salí a bailar con ellos.

31

LOS MEROLA NO RINDEN PLEITESÍA

Eran cerca de las seis de la tarde cuando sonó el timbre del departamento de Pichincha. Al abrir me encontré a Nino.

—¿Qué decís, tío? Ya iba a salir para la pizzería.

Conocía ese gesto. El ceño fruncido y la mirada dispersa indicaban que algo le preocupaba.

—¿Qué pasa? —pregunté.

Entró y se acomodó en un sofá.

—Tenemos que hablar...

—Me estás asustando —le dije, mientras me sentaba junto a él.

—La cosa se puso fea con Giuseppe.

—¿Le pasó algo a mi papá?

—No, no... El problema es con vos...

—¿Conmigo?

Se rascó la cabeza y susurró: «*Mannàggia*». Su voz adoptó un tono grave, cosa que casi nunca ocurría.

—Decime la verdad... La última vez que Natalia fue a tu cita, el día que llamó Julia... No pasó nada entre ella y vos, ¿verdad?

—Discutimos. Yo traté de enviarla con mi propio terapeuta y ella se enojó y se fue puteando... Pero ¿por qué preguntas?

—Quiero decir... Si no pasó nada en el sentido *sessuale*, ¿me entendés? —preguntó, mostrándome las palmas de las manos abiertas como invitándome a explayarme o expresando su aceptación de la fatalidad.

—¿Pero cómo se te ocurre? Es una paciente... ¿Te enloqueciste?

—Y uno no sabe... La chica no está nada mal... *Noi uomini* pensamos de la cintura para abajo... Si pasó algo, yo te entiendo...

—Mirá, tío, desembuchá de una vez lo que querés decirme...

Dejó caer los hombros.

—Si vos me decís que no pasó nada, yo te creo... Pero hace un rato me llamó Giuseppe *arrabbiato, molto arrabbiato*. Gritaba por ese teléfono. Decía que vos trataste de aprovecharte de su mujer, que quisiste besarla, tocarla y esas cosas... Y por eso ella se fue llorando y asustada...

—¡No lo puedo creer!

Me vino a la cabeza la última frase que dijo: «Te vas a arrepentir». Comprendí a qué se refería. Me mandaría a su *doberman* amaestrado.

—Dijo que si sos tan macho que lo esperés mañana a las cinco de la tarde en la puerta de la pizzería para que arreglen cuentas... Este tipo es mala clase, Andrea... En Nápoles, cuando te dicen algo así, hay que preocuparse...

—Yo no le tengo miedo... Además, miente.

—¡Ja! ¡No seas pelotudo, lo importante no es lo que pasó, sino lo que él *cree* que pasó...! O lo que quiere creer. El cementerio está lleno de personas que tenían razón.

—¿Y qué querés que haga, tío? No me voy a esconder de ese imbécil.

—Dejá que yo trate de tranquilizarlo. Hablo con él, le explico... Y vos, mientras tanto, desaparecé por unos días. Podés irte a San Luis.

—Me estás pidiendo que me porte como un cobarde —protesté.

—No, como un tipo *intelligente*.

—Tío, prestá atención —le expliqué pausadamente—. Lo que dice Giuseppe es mentira. Natalia hace esto para vengarse y yo no voy a entrar en ese juego. Nadie me va a echar del barrio...

—Sos *capetuósto*, como tu madre.

—Ser terco no siempre es malo.

Nino suspiró con resignación. Miró a los costados como si pasara revista al estado del apartamento y tomó impulso para ponerse de pie.

—Prometeme que lo vas a pensar...

—No tengo nada que pensar.

—*Capetuósto* —comentó, golpeándose la cabeza con los nudillos. Me dio un beso en la frente. Acomodó la panza dentro del pantalón y se encaminó a la puerta. Antes de salir me dijo—: Tenemos un problema, ¿eh?

Yo asentí y se fue. La siguiente media hora medité sobre lo mal que había llevado el caso de Natalia. Debí haber previsto que algo así podía ocurrir. Pensé que quizás no fue la mejor manera de remitirla. Me echaba la culpa y a la vez se la echaba a ella. Entonces me di cuenta de que estaba asustado. Antes, la indignación me había impedido sentirlo. Pero cuando el miedo parecía que iba a ganar la batalla, sacaba a relucir este sentido de dignidad, según Antonio, heredado, y me decía: «No tenés otra opción, Andrea» y tiraba para adelante. Esa noche y el mediodía siguiente trabajé en la pizzería con normalidad. Nino no volvió a sacarme el tema. Yo imaginaba todo el tiempo cómo sería el encuentro con el hombre que se decía a sí mismo el *capo di tutti capi*. La ex mano derecha de Lucky Luciano.

Mientras me afeitaba para ir a la cita con Giuseppe, recordé un domingo, a mis once o doce años, en que salí a caminar por el barrio con una amiguita del edificio a la que me había propuesto conquistar. Al pasar por la esquina del Spinetto, tres muchachos más grandes que yo le levantaron la falda a mi compañera de paseo y le metieron mano entre risotadas y gestos burlones. De inmediato quise hacerles frente, pero el tamaño de mis oponentes me disuadió enseguida. No hice ni dije nada. La niña y yo nos fuimos derecho a nuestras casas. Fue la primera vez que sentí lo que significaba ser cobarde. Al llegar le conté a papá lo sucedido y él esbozó un pequeño discurso sobre el miedo y cómo enfrentarlo. Yo lo tomé como un consejo más y fui a prender el televisor cuando, tomándome del cuello, dijo:

—*Non hai capito.* Tenés dos posibilidades: o te pegan ellos o te pego yo.

Decidí bajar y hacerles frente. Papá pegaba muy duro. Él me siguió a una distancia prudencial. Llegué donde estaban los otros y de entrada le di un empujón a uno y una trompada en la cara al más bajito. Los tres se me vinieron encima. Yo cerré los ojos y moví mis brazos como las aspas de un helicóptero. Caí al suelo y me tapé la cabeza como pude mientras los bravucones seguían dándome por todas partes. El señor del kiosco de revistas vino corriendo y gritó: «¡Pendejos de mierda!». Ellos salieron disparados. El hombre me levantó y dijo con amabilidad: «Andate a tu casa, pibe». Medio tambaleante, crucé la calle y vi la figura de papá. No dijo nada. Él caminó adelante y yo detrás, temblando. Al entrar al apartamento dijo: «Sentate y esperame». Mamá pegó un grito en cuanto me vio entrar: «¿Qué pasó?», «¿Qué pasó?», repetía mientras me acariciaba. Mi padre le respondió que no se preocupara, que él se iba a encargar de todo. Volvió con un Geniol, un bife crudo y un vaso de agua. Tomé la pastilla, me puso el bife sobre el ojo derecho y comentó:

—Mantenelo apretado para que no salga el morado.

—¿Le alcancé a pegar a alguno, papi? —pregunté con ilusión.

—Sí, sí... No la sacaron gratis...

El ojo se había curado y aquellos muchachotes no se habían metido más conmigo. Mi compañera de paseo no vivió mucho más en el barrio. Pensando en todo eso llegué a la pizzería dispuesto a vérmelas con Giuseppe, pero al entrar me encontré con algo inesperado. Nino estaba del otro lado del mostrador y, frente a él, sentados en dos taburetes altos, papá y Roberto. Los tres se hallaban en plena discusión, pero callaron en cuanto me vieron.

—¿Qué hacen acá? —pregunté, sorprendido.

—Vinimos a acompañarte, *guaglióne* —dijo Roberto—. Antonio también iba a venir, pero no pudo.

—La hiciste grande esta vez —se apresuró a agregar papá.

Nino miró con el rabillo del ojo y levantó ambas manos como disculpándose.

—Yo no hice nada malo —porfié inútilmente.

—¿Cómo se te ocurre atender a Natalia? ¿No sabías que era la mujer de Giuseppe? —preguntó papá.

—Yo qué iba a imaginar... Un paciente es un paciente.

—Eso es cierto —dijo Roberto.

—No todos los locos son iguales —expuso papá.

Me sorprendió su agudeza. Se metía en mi territorio.

—Salvatore tiene razón —afirmó Nino.

Llegó José con una bolsa y se detuvo en la puerta. Nino se apresuró a ir a su encuentro y le dijo que la dejara bajo el árbol frente a la vidriera de la entrada. José me saludó y se fue para la huerta. No había nadie más en la pizzería.

—¿Qué hay en esa bolsa? —pregunté.

—Nada, madera para el horno —respondió Nino.

—No sabés mentir, tío. —Fui hasta el árbol, abrí el morral y vi un montón de piedras bien grandes. Volví al mostrador—. Esto no es Nápoles. Los guapos ya no existen —dije con disgusto.

Nunca había sentido tanta rabia hacia esas tradiciones napolitanas de la *vendetta* y el *onore* del hombre, del *maschio*, todas ellas reunidas en el imbécil de Giuseppe manipulado por Natalia.

—Ése no es un guapo, pero cree que lo es —intervino Nino, señalando al vacío—. Por eso es peligroso.

Papá y Roberto asintieron con la cabeza, dándole la razón. Era evidente que no podría convencerlos. Pero, además, lo que decía Nino era convincente.

—¿Y entonces qué vamos a hacer? —pregunté.

—Vos, nada. Te quedás adentro y nosotros salimos —respondió Roberto.

—¡Voy a quedar como un cagón! —protesté.

—¿Te importa lo que Giuseppe piense de vos? —replicó Nino.

No supe qué responder. Papá se quitó el saco y la corbata y se arremangó la camisa. Roberto volvió a dirigirse a mí:

—Si tenés la sangre en el ojo, no podés pensar. Te van a hacer mierda.

—¿Cómo no voy a tener la sangre en el ojo si todo es una farsa?

—¿Ves? —dijo Roberto enseguida—. Vos no vas a salir.

De pronto se quedó quieto y callado. Nos hizo una seña y todos miramos a la calle. Frente al centro gallego estaba estacionando el coche de Giuseppe. Venía con sus dos hijos, los perdedores del campeonato de truco. Nadie bajó del automóvil. José se acercó y se puso a mi lado, solidario.

—Miren, esto se está poniendo muy difícil —dije—. Si quieren voy, le pido perdón y listo. Que se acabe de una vez.

Ninguno se dignó a responderme. A los pocos segundos el padre y los hijos bajaron del Torino. Giuseppe llevaba un traje claro y un sombrero de tela haciendo juego. Era la primera vez que lo veía sin guantes. Papá fue el primero en salir a la calle y se ubicó muy cerca del árbol. Nino se hizo dos o tres pasos detrás. Parecía la escena de un wéstern. Intenté salir y la mano callosa de Roberto sobre mi antebrazo me detuvo. Levantó el dedo índice frente a mi cara en señal de advertencia. Ese gesto era una orden perentoria de uso común. «¿Te quedó claro?», quería decir. Roberto se situó al lado izquierdo y cerró la vidriera tras de sí. Lo intenté una vez más. Abrí la puerta y esta vez tropecé con el brazo de Nino, que me empujó hacia dentro.

—Non muoverti —dijo—. ¡No salgás!

—Vení, Andrea, es mejor —agregó José, tratando de convencerme.

Giuseppe empezó a caminar hacia la pizzería con Tonino y Hugo a sus espaldas, uno de cada lado. Se detuvieron a unos dos metros de mi padre.

—Ragioniere —saludó el hombre.

—Don Giuseppe —respondió papá.

—Vengo por tu hijo. Tenemos que arreglar cuentas.

—No hay nada que arreglar —intervino Nino.

—Vos sabés lo que pasó —reclamó Giuseppe.

—No pasó nada —respondió Nino—. ¿Acaso no conocés a tu mujer?

¿Era una provocación? Los hijos de Giuseppe se adelantaron un poco y a la vez Roberto pareció prepararse a saltar, como un gato montés al acecho. Nino y mi padre aguantaron inmóviles, sin quitarle los ojos de encima a Giuseppe.

—Natalia mintió —dijo papá—. Yo le creo a *mio figlio*.

—¡Que salga si tiene pelotas! —exclamó Tonino desde atrás de su padre.

—¡Sí, a ver qué tan machito es! —agregó su hermano.

Todos dieron un paso al frente. Tonino, al verme dentro de la pizzería, intentó apartar a Roberto del camino, pero mi tío le agarró la mano y le dobló los dedos hacia atrás obligándolo a arrodillarse. Nino empujó a Hugo, que cayó sobre el asfalto, y se plantó frente a Giuseppe. Vi a papá levantar una piedra del saco junto al árbol.

—¡Me vas a quebrar los dedos! —gritaba Tonino—. ¡Soltame! ¡Soltame!

Roberto siguió manteniéndolo donde lo tenía. Nino dio otro paso hacia Giuseppe, que amagó con ir hasta donde estaba Hugo para levantarlo, pero se quedó en el amague. Finalmente dijo a Roberto:

—Está bien, che, soltalo al pibe, que nos vamos.

Ya libre, Tonino trastabilló hacia atrás sobándose la mano. Giuseppe le dijo a papá en un tono amenazante:

—Esto no queda así. Decile a tu hijo que se cuide.

—Que los tuyos también se cuiden —le respondió papá, mostrándole una piedra.

Y señaló a cada uno para que no quedara duda. Los tres se subieron al auto y se alejaron lentamente. Yo quedé boquiabierto. Podría reproducir hoy, al cabo de tantos años, una y otra vez la escena en cada detalle. Aunque había oído anécdotas de sus aventuras callejeras, era la primera vez que veía a los Merola en acción. Y mi tío Nino no se quedaba atrás: era un digno miembro del clan. Después supe que no habían planeado nada, a pesar de que cada movimiento daba la impresión de estar perfectamente coordinado. Cada uno sabía qué debía hacer. Papá tiró la piedra al suelo y le dijo a José que se llevara la bolsa. Nino destapó una grapa que guardaba para las ocasiones especiales. Cada uno bebió un trago doble y yo también, en familia.

—Ya no va a molestar más —concluyó Roberto—. El tipo quiere mucho a sus hijos.

—Sigo pensando que debería haber salido con ustedes y aceptar el reto —insistí.

—¡Ya no hinchés las pelotas! —exclamó Nino.

Papá acomodó su corbata, se puso el saco y me dio dos palmadas afectuosas en la espalda.

—Me voy a casa, muchachos —dijo luego—. Si pasa algo, llámenme.

Al salir se cruzó con José, que me dirigió una inusual sonrisa. Esa noche no vino casi gente y cerramos temprano. Cenamos ñoquis de espinacas y en la sobremesa mis tíos y yo nos quedamos charlando. Necesitaba hablar de lo que había visto.

—Los noto demasiado tranquilos —les dije—, como si fuera algo normal lo que pasó esta tarde. Y papá... No le conocía esa faceta... No se achicó para nada, ni ustedes...

—¿Y qué esperabas? Cuando hay que pelear, hay que pelear —manifestó Roberto, jugando con un fósforo apagado en la boca.

—Sí, pero... Yo siempre lo había visto a mi viejo vivir escondido, asustarse cuando tocaban el timbre, camuflarse... Con miedo...

Los dos se miraron como pidiendo permiso el uno al otro.

—Vos no sabés quién es tu viejo —afirmó Nino, finalmente.

Hablaba muy en serio. Sus ojos lo decían.

—¿A qué te referís? —pregunté.

—De todos nosotros es el más fuerte —terció Roberto—. Giovanni quería mandar, siempre quiso mandar, pero el que dirigía la cuadrilla de hermanos, primos y amigos fue siempre tu viejo. En la guerra y después, cuando comer era un lujo, nunca fallaba en conseguir comida para todos nosotros. Hasta muchas veces dejó de comer para alimentar a sus hermanos... —Se golpeó la sien con el dedo y continuó—: Es el que tiene más cabeza y pelotas. Tu viejo en la guerra hizo cosas increíbles.

¡Mi viejo en la guerra! Él nunca hablaba de eso.

—Contame, quiero saber... —pedí.

—Que esto quede entre nosotros —dijo Nino.

—Soy una tumba —juré, levantando la mano.

—Yo era adolescente y vivíamos allá donde vos naciste: Salita Cinesi 7, en rione Sanità. La abuela Simona y tu mamá fueron a comprar pan a la esquina y Vincenzo, Salvatore y yo nos quedamos conversando en la casa. En esa época, los alemanes ya no estaban y habían llegado los norteamericanos, que vivían desesperados por conseguir mujeres. Iban por los barrios diciendo: «*Signorina, signorina... cioccolatini, sigarette, calze di seta...*». Los muy hijos de puta se aprovechaban del hambre y de la miseria, y cambiaban chocolates, cigarrillos y medias de seda por sexo. Muchas chicas lo hacían por necesidad... —Los ojos se le humedecieron y Roberto le dio una palmada en la espalda. Nino prosiguió con la historia—: Ese día, tu abuela y Ángela se estaban demorando mucho y Salvatore dijo: «Voy a buscarlas». Lo acompañamos hasta la puerta y las vimos a media cuadra, en el callejón, con dos norteamericanos que no las dejaban pasar y le ofrecían cosas a tu mamá. Antes de que pudiéramos reaccionar, tu papá corrió como una flecha hasta donde estaban. A uno le pegó una patada en las pelotas y ése enseguida cayó de rodillas diciendo no sé qué en inglés. El otro, que parecía un gigante, quiso reaccionar, pero tu viejo le dio un pisotón y cuando se agachó le dio un rodillazo. Nosotros llegamos tarde. Antes de que los gringos pudieran darse cuenta, ya estaba medio barrio afuera, con ollas y palos. Era líder, tu viejo, además. —Nino se sonrió—. Los tipos se asustaron tanto que tuvieron que salir corriendo como podían. Tu papá los miraba alejarse calle abajo sacando pecho, con una vena inflada por acá... —Y señaló una parte del cuello, desde la oreja hasta la clavícula—. ¿Sabés qué hizo la gente? —me preguntó Nino.

—¿Qué hicieron?

—Aplaudieron a Salvatore, mientras insultaban a los dos soldados: «*Figli de puttana!, Scurnacchiato!, Puozz´ pasa´nu vuaio!*». Les decían de todo...

Roberto tomó la palabra. Bebió y comenzó otro relato.

—Los nazis habían puesto un tanque en una colina y cada disparo pasaba por una calle donde estaba el refugio. El problema no era sólo el bombardeo, sino cruzar y que no te agarrara una bala perdida. Cuando pasaba una, la escuchábamos zumbar. Ellos disparaban cada vez que se les ocurría y sin tregua. No era fácil la cosa. Tu papá estaba en la resistencia en serio y cargaba una pistola, no como nosotros, que éramos medio chantas. Un amigo nuestro, Pasquale... ¿Vos lo conociste? —preguntó a Nino.

—Sí, sí... —respondió mi tío con gesto de tristeza.

Roberto se volvió de nuevo hacia mí y continuó:

—Un lindo chico, sano, simpático... La mala suerte... Cuando Pasquale cruzó al refugio, porque sonó la sirena, una bala le pegó justo y voló por los aires... Quedó sin brazos, sin piernas, y seguía vivo... Y gritaba: «¡Salvatore! ¡Salvatore! ¡Matame! *Sparami! Sparami!*». Tu papá volvió desde la puerta del refugio y en plena vía le pegó dos tiros en la cabeza. Mató a su amigo, cumplió su deseo... Se quedó mirándolo, con el arma al costado como si le pesara mucho... Yo me lo traje a la rastra y unos segundos después empezó el bombardeo... Nunca quiso hablar del asunto y por respeto a él nadie volvió a nombrar a Pasquale, hasta hoy... —Se detuvo un momento, medio ahogado por la emoción—. Este pelotudo de Giuseppe no sabe con quién se metió...

—Es increíble —murmuré.

—Hay mucho más que no te vamos a contar —agregó Roberto—. Ya fuimos muy indiscretos. Lo que tenés que saber es que tu papá, así como lo ves, es un buen tipo... Un gran tipo, más bien. A veces los nervios le ganan y pierde el control, como todos nosotros, como vos. Somos tanos... —concluyó, conciliador.

—Pero eso que me contaron no encaja con ser *magliaro* —opiné.

—Hacemos lo que podemos... —explicó Roberto, tras una larga pausa—. A veces mal, a veces bien...

Nino quiso cambiar de tema.

—Creo que ya es tarde. Cerremos y nos vamos. Dale, Andrea, te vamos a acompañar hasta tu casa.

Y en ese trayecto, bajo el esmog porteño, caminamos los tres juntos. Un recorrido que había hecho infinidad de veces, que conocía palmo a palmo y, sin embargo, esa noche, resultó distinto. Pese a la oscuridad, los colores no perdían su intensidad y la parte de atrás de los edificios que daban a la plaza se veían grandiosos como palacios. Delante de nosotros, los faroles alargaban nuestras sombras sobre el empedrado. Nino iba a mi derecha y Roberto a mi izquierda, con sus brazos cruzados con los míos, como suelen hacer los amigos en Nápoles cuando salen a pasear. Los tres éramos una piña.

32

SEXO, *PIZZA* Y RICOTA

Había sido una noche pesada en la pizzería. Nino tenía gripe y Francesca se había quedado con él para cuidarlo. Arturo y yo no paramos un minuto. Hasta José nos ayudó a llevar platos y bebidas, por lo general, a las mesas equivocadas. María Grazia corría de un lugar para el otro como una leona enjaulada, sudando y maldiciendo en napolitano. A las doce de la noche, ya sin clientes, volvió la calma y el cansancio se hizo más evidente. José terminó de lavar y se fue. Arturo se despidió con un quejido, se le notaba el agotamiento en la cara. Puse un *long play* para relajarme largo rato: *Lo mejor de Nicola di Bari* en castellano. Cerré los ojos y me desparramé en una silla con un Cinzano. Mi mente era una pantalla de cine con cientos de películas proyectadas a la vez. Es imposible serenarse cuando los pensamientos corren a tal velocidad. La voz de María Grazia, cantando a dúo con el disco, me trajo de nuevo a la pizzería:

—«*Amore*, regresa a casa, regresa, regresa a mí...».

No lo hacía mal, tenía ritmo y se acoplaba muy bien a la melodía. Me di la vuelta y la vi recostada contra un muro, con un cigarrillo en la boca y el vestido corto de siempre, manchado de salsa y otros menjunjes. El último botón por encima de las rodillas estaba desprendido.

—¿Qué hacés todavía acá?

—Estaba terminando de arreglar... Me encanta Nicola di Bari —comentó, entrecerrando los ojos.

—Vení, sentate y tomate un trago.

Ella se acercó trayendo uno de esos ceniceros triangulares de metal tan comunes entonces, con el emblema de Americano Gancia, lo puso a un costado, y se sentó a mi lado. Le llené el vaso hasta la mitad. Apagó el cigarrillo y al retirar la mano tiró el cenicero al piso. De inmediato se agachó a recogerlo y el botón de arriba del vestido se le soltó. Llevaba un sostén negro. Al incorporarse, su escote siguió abierto. Pensé que no se había dado cuenta, pero debí descartar la idea cuando dijo: «Qué calor, ¿no?».

—¿Tomás otro? —le pregunté.

—Sí, claro —dijo, mientras se abanicaba con la mano.

Éste se lo serví hasta que el vaso rebosara. Hicimos un brindis a coro: «*Alla salute*». Estiró sus piernas blancas, gruesas y torneadas, y su delantal pareció achicarse.

—¿Qué hay de tu papá? —preguntó.

—Bien, contento en San Justo... Está en otra cosa.

—Se lo merece, tu viejo es un buen tipo.

Ahora me resultaba fácil aceptar el comentario. Bebimos y le seguimos el paso a Nicola tarareando. Un hilo de vermú se le escurrió fuera de su boca y lo limpió con un pausado movimiento semicircular de lengua.

—Estoy ensayando una masa nueva —comentó.

—No me digas... ¿Nueva?

—Sí. A la harina, además de levadura y aceite, le pongo un poco de vinagre balsámico. Le da un gusto agradable y la oscurece. ¿Querés probar? Te la hago en un minuto...

—¿No estás cansada?

—Ya no, ni cinco.

Acepté la invitación. Tomé la botella, los dos vasos y me fui detrás. Su pelo estaba atado en una cola de caballo y me fijé en el sudor que brotaba de su cuello. Yo, que siempre había sido quisquilloso con el sudor, ahora me sentí atraído. Ella se detuvo de repente al pisarse un cordón suelto de las zapatillas blancas y me la llevé por delante. En esa colisión descubrí algo excepcional, que aún flota en mi memoria: su cuerpo olía a ubre, a una mezcla de leche materna y ricota que disparó en mí un deseo casi animal, desconocido hasta entonces.

—Lo siento... Paraste en seco... —me disculpé.

—No te preocupes.

Organizó los ingredientes. Con gran agilidad reunió dos cucharones generosos de harina, levadura de cerveza, sal, pimienta, aceite y vinagre. Mezcló con seguridad todo y sus puños penetraron la masa. Observé con fascinación cómo se inflaban sus bíceps pálidos con cada envión mientras la masa se transformaba en una bola compacta y se limpiaba de grumos. Sus pechos parecían dos campanas repicando una buena nueva y a cada empellón su trasero se hacía más prominente. En ese bailoteo cadencioso perdí la noción del tiempo y del espacio: llegué a pensar, o más bien sentir, que María Grazia y la deliciosa masa que preparaba eran una sola cosa.

—Dejémosla reposar diez minutos en la heladera. Ésta crece más rápido. ¿La querés de *mozzarella* y cebolla, como una *fugazza*? —preguntó con tal naturalidad que rompió el espejismo.

—Me encanta —respondí a la vez que regaba otros dos vasos.

La cocina estaba caliente. Dentro del horno en forma de iglú aún se veían algunas brasas encendidas. María Grazia bebió un trago largo, tomó un trozo de *mozzarella*, le introdujo los dedos y comenzó a extraer tiras de distintos tamaños. El queso se pegaba a sus manos y ella se las limpiaba como podía en el vestido o se chupaba los dedos. Cortó una cebolla blanca en julianas muy delgadas y me convidó:

—¿Querés? ¿O no te gusta cruda? Mirá, te doy un poco de cada cosa: *formaggio e cipolla*.

Lo puse en mi boca y noté el contraste del sabor de la cebolla con la suavidad espesa y placentera del queso que se derretía bajo mi lengua. Nicola di Bari cantaba *Agnese*.

—Bueno, mi querido Andrea —dijo mientras sacaba la masa de la nevera—. Vas a probar un experimento *eccezionale*.

Le dejé sitio para que pudiera trabajar cómoda y me hice un poco hacia atrás. Con el palo de amasar empezó a darle forma circular a la amalgama que se había formado en el refrigerador. Cada vez que empujaba hacia delante, el vestido se le encogía un poco. Me fui detrás de ella para verla mejor y noté que mi piel ardía y que mi pecho se volvía una caja de resonancia a medida que su silueta se acunaba. Dio vuelta la cabeza hacia donde yo estaba, exhaló una sonrisa y aspiré su aliento agridulce. Fue cuando aquel deseo arrebatador e inexplicable me elevó por los aires. Entonces me arranqué el delantal, me dejé caer sobre su espalda y el olor a ubre emergió de nuevo, esta vez más intenso. Deslicé mis brazos por su cintura hasta que encontré aquellas tetas sudorosas. Las apreté con fuerza, como si esperase que manara algún néctar.

—¿Qué hacés, Andrea? —dijo, aunque no se movió de su sitio.

—¡Estoy loco, estoy loco! —susurré en su oído.

Avancé hasta sus pezones, suaves y levantados. Emitió un quejido. Como un alpinista, trepé sobre ella, que seguía sin darse vuelta. Estiró los brazos, levantó el culo y nos refregamos el uno contra la otra. Con desesperación levanté su vestido hasta la cintura y jalé con fuerza su bombacha negra hacia abajo.

—¿Pero qué hacés, Andrea? —murmuró ella.

Esta vez sí se movió. Se dio la vuelta y quedamos cara a cara. Después fuimos deslizándonos lentamente hasta el suelo. Arrastramos con nosotros la masa, con algunos pedazos de *mozzarella* y de cebolla. Mi lengua lamió su cara y sus pechos. Ella mordía mi cuello y apretaba mis testículos con ambas manos. Abrió más las piernas y entré lo más hondo que fui capaz. Estaba empapada. Ambos gemíamos y rodábamos de un lado a otro de la cocina. Cada vez estaba más dentro de ella; me perdía en sus carnes.

—No cierres los ojos —me dijo—, quiero que nos miremos hasta el final, hasta que ya no queden ganas en nosotros.

Clavé mis ojos en los suyos. No sé cuánto duró: todavía llevo conmigo su mirada enajenada. Y estallé dentro de su cuerpo lechoso con la fuerza de una erupción que me pareció interminable. Clavó sus uñas en mis muslos, tembló, arqueó su espalda y finalmente nos derrumbamos, agotados. Mi barbilla quedó aplastada contra su hombro izquierdo. Yo seguía dentro, mientras ella daba pequeños giros circulares con sus caderas, exprimiendo hasta el último vestigio de humanidad que me quedaba. Le mordisqué despacio, como hacen las crías con las tetillas de sus madres, imitándolas suavemente, y dijo riendo: «Me haces cosquillas».

Me di la vuelta y los dos nos quedamos mirando al techo unos minutos, sin hablar. Aún estábamos en una especie de nube. Poco a poco regresamos a la cocina. Intenté decir alguna cosa para explicar lo sucedido y ella puso sus dedos sobre mis labios.

—No digas nada. Todo está bien... Pero, por favor, que esto quede entre nosotros.

Se levantó y caminó semidesnuda rumbo al baño. Yo me senté y repasé el desorden que me rodeaba. Extendí la mano, tomé un pedazo de masa cruda destripada y la probé. María Grazia había logrado darle un toque de perfección. La botella de vermú, tumbada sobre el mesón, dejaba caer las últimas gotas rojas en el piso humedecido.

33

IL NATALE CON ÁNGELA

Durante los meses que siguieron Genarino y yo incursionamos más de lleno en la militancia. Tuvimos algunos encuentros con Pablo y estudiamos dos libros por recomendación de Mario: *Dialéctica de la naturaleza*, de Engels, y *Materialismo y empiriocriticismo*, de Lenin. La política y el estudio creaban en mí una conciencia más crítica frente a los desmanes de la dictadura. Seguía sin pareja, pero me sentía más tranquilo: la prueba era que no me importaba pisar las rayas que me salieran al paso. La pizzería crecía en ventas, mientras que en la consulta sólo se había presentado una mujer que tenía un hijo hiperactivo y no sabía cómo educarlo; unas pocas citas de asesoría bastaron. Por esos días llegó a mis manos un disco de Claudina y Alberto Gambino con doce canciones de Brassens (*Brassens en castellano*) que me acercaron a la lectura de los poetas populares franceses. No eran fáciles de encontrar porque estaban censurados por ser izquierdistas, pero tuve la suerte de conseguir un ejemplar de *Palabras*, de Prévert, y fui descubriendo una sensibilidad hacia la poesía que desconocía en mí.

A mediados de diciembre, la imagen de mamá comenzó a reiterarse en mi mente, casi siempre triste, aunque, en ocasiones, mezclada con alegría porque sentía su presencia y su protección. Su recuerdo cobró vida en mí con una fuerza extraordinaria. Estábamos a un paso de la Navidad y no podía concebir una Nochebuena sin ella. Aunque papá no hacía comentarios al respecto y evitaba el tema, yo sabía que él pasaba por algo similar. Mamá solía armar un pequeño pesebre bajo el árbol de Navidad, repleto de adornos coloridos, muñequitos de Papá Noel, trozos de algodones y luces intermitentes que subían en espiral por el pino de plástico.

En mi familia, *il Natale* no tenía un significado religioso, a excepción del que le asignaba mi madre por su tradición católica y el amor incondicional que le profesaba a San Genaro. Para los demás, representaba una gran fiesta donde tiraban cañitas voladoras y buscapiés y comían sin descanso durante tres días: 24, 25 y 26 de diciembre. Luego se retomaba el ímpetu los días 30 y 31 de diciembre, con un poco más de calma porque el organismo apenas se estaba recuperando; y la cabalgata llegaba a su fin con la llegada de los Reyes Magos, que traían regalos a los más pequeños. La pizzería permanecía cerrada por vacaciones desde el 24 de diciembre hasta el 7 de enero. A la celebración venían Antonio, Annunziata y Rosanno desde San Luis, Nino, Francesca y los suyos, Roberto, Genarino y Carmelina y, a veces, Giovanni y Amalia. Cuando todos habían llegado, nos reuníamos en la pizzería, aunque por lo general cabíamos en el departamento de Pichincha: sacábamos la mesa a la terraza, le agregábamos un tablón con caballetes y poníamos dos sábanas como mantel.

Los Merola mantenían la tradición culinaria napolitana aunque hubieran pasado del invierno europeo al verano argentino: sopa espesa de porotos con acelgas, bacalao y *capitone* frito (anguilas que traían vivas y decapitaban delante de todos), *l'insalata di rinforzo* (una ensalada a base de coliflor, con alcaparras, aceitunas negras, anchoas y pepinillos) y *vermicelli* con calamares en su tinta, entre otros platos, y todo con mucha pimienta o ají «puta parió». El interminable menú se completaba con los *dolci e liquori*, que se servían todos a la vez y alegraban la vista: *sflogliatelle, struffoli, babà, pastiera* y, para beber, *limoncello*, Strega, *amaro* y *amaretto*, que aceptaban de mala gana porque su origen era milanés. Como en la nevera no cabían todas las bebidas, traían bloques de hielo que rompían a martillazos y colocaban en la bañera, junto con la sidra, los vinos espumantes, las cervezas y lo que cupiera. Cantaban, peleaban, se perdonaban, lloraban, bailaban, recordaban viejas anécdotas y contaban siempre los mismos chistes. Debido al calor húmedo de Buenos Aires, todos los hombres andaban en musculosa o con el torso desnudo. Mis tíos y papá, ante la cantidad de comida, exclamaban de tanto en tanto, levantando sus vasos: «*Abbondanza! Abbondanza!*» y, cuando se derramaba el vino, tiraban a cada comensal como buen augurio unas gotitas parodiando una bendición mientras murmuraban una especie de rezo que se decía entre dientes: «Suerte para todos, suerte para todos». Los demás inclinaban la cabeza.

Ese año no sería igual. Debido a la ausencia de mamá, ya no tenía gracia ni sentido la algarabía, al menos para papá y para mí, así que les dije a los demás que nosotros pasaríamos *il Natale* solos. El 24 de diciembre por la noche mi padre estaba en su cuarto, tirado en la cama mirando el techo, y yo en la terraza, escarbando el cielo y dejándome llevar por los recuerdos. Papá había hecho unas albóndigas por si teníamos hambre más tarde. La desolación que se podía respirar en el apartamento contrastaba con la bulla que llegaba de los edificios vecinos. A lo lejos, por las ventanas iluminadas podía verse gente moviéndose, conversando y bebiendo. La calle Pichincha, despoblada bajo una luz lánguida, daba la impresión de pertenecer a un pueblo fantasma.

A eso de las diez de la noche, le pregunté a papá si tenía hambre. Debió de interpretar mi pregunta como que era yo quien quería comer, porque se sentó en la cama, buscó de manera mecánica las pantuflas y se fue directo a la cocina. Puso las albóndigas a calentar e intentamos conversar, pero no teníamos tema o no queríamos hablar. Pasado un rato, dijo:

—Nunca pensé que pudiera haber tanto dolor dentro de uno... Se concentra aquí. —Y señaló el pecho—. Te exprime *l'anima*...

—A mí me pasa lo mismo.

Fui hasta el fogón, les bajé el fuego a las albóndigas y les eché un poco más de agua. No quería comer ya.

—¿Creés que nos está viendo? —me dijo, con la expresión de un niño esperanzado.

—Claro, ella está aquí con nosotros, rezándole a San Genaro...

Miró a su alrededor y luego de nuevo a mí.

—¿Cómo sabés que está acá?

—Puedo sentirla.

—Ah... Yo no, no sé hacerlo...

Pensé un momento. Me exigí una respuesta.

—Hagamos algo en su honor y vas a ver cómo la vas a sentir.

Se mostró reticente.

—*Ho paura.*

—¿Miedo? ¿Miedo a qué?

—A que tu mamá no esté bien donde está...

—Ella está mejor que nosotros, papá, estoy seguro...

—¿Cómo es eso de hacer algo en su *onore*? ¿Hacer qué? —preguntó con impaciencia, aunque con interés.

—¿Te acordás de que Giovanni nos puso *Lacreme napulitane* cuando nos invitó a cenar a su casa?

—*Madonna mia!* ¡Qué nochecita!

Papá no había querido volver a escuchar aquella canción, porque funcionaba como una estocada directa al corazón de cualquier emigrante. Giovanni nos había invitado hacía dos años, un 29 de diciembre. Mis padres estaban muy animados con la idea de ir a conocer por fin su departamento de avenida del Libertador, en un piso tan alto. Para la familia, la vivienda de Giovanni era una incógnita. El único que había estado ahí era yo y me había hecho (y cumplido) la firme promesa de no contar nada para evitar herir susceptibilidades. Cuando trataban de sacarme información, cambiaba de tema. Aquella noche se vistieron con la mejor ropa, mamá se pintó los ojos y los labios, cosa que pocas veces hacía, y nos fuimos en taxi. Al llegar nos paramos frente al edificio y ellos levantaron la cabeza tratando de identificar el piso dieciocho. En la pared de la derecha había una placa dorada con un interruptor para llamar y debajo decía: «Portería». Timbramos y una voz amable nos preguntó a quién buscábamos. «A Giovanni Merola», respondí. La voz preguntó de nuevo: «¿A quién anuncio?», y papá se apresuró a decir, empinándose: «A su *fratello*». Al cabo de unos segundos los estilizados portones de vidrio se abrieron, dando lugar a un pasillo alfombrado con enormes espejos a ambos lados y una mesa alta redonda en cuyo centro había un florero repleto de claveles. Al fondo, cerca de dos ascensores metalizados, sentado ante un sobrio escritorio, nos esperaba un portero que nos invitó a pasar: «Es el departamento A», dijo. Mamá nos codeaba a ambos cada vez que podía. Una vez en el ascensor, sacudiendo los dedos de arriba abajo, afirmó:

—*Com'è bello!* —Y luego exclamó en voz baja—: Parece de millonarios...

Había dos departamentos en cada piso. Llamamos a una puerta doble y a los pocos segundos apareció Giovanni, con un delantal y una amplia sonrisa.

—¡Adelante! ¡Adelante! ¡Qué puntualidad!

Desde la entrada se veía al fondo una panorámica llena de edificios y luces encendidas, como en las películas que muestran Nueva York de noche. Caminamos por un corredor enchapado en mármol y llegamos a un salón amplio, lleno de cuadros, adornos y esculturas. En ese momento entró Amalia. Llevaba unos pantalones azules, sandalias altas del mismo color y una camisa de seda morada de mangas cortas. Su peinado era de peluquería. Nos mostraron la casa y sobre todo el dormitorio, que tenía aire acondicionado.

—¡Cuando afuera hace cuarenta grados nosotros dormimos con frazada! —nos decía Giovanni—. ¡Y no hay mosquitos!

Y eso nos impactaba, ya que en Pichincha no había forma de salvarse de las picaduras.

Acabado el recorrido, tomamos asiento en la zona social. Giovanni trajo una botella de champán y cinco copas largas y delgadas. Brindamos. Papá prefería la sidra, pero dijo que estaba muy bueno. Entonces Giovanni nos cantó el menú. De entrada, ostras; y como plato fuerte, *filet mignon* acompañado de puré de papas. La cara de papá no concordaba con su sonrisa complaciente, ya que siempre había dicho que el puré de papas era para tiempos de escasez económica. Mamá acercó su cara a la mía y murmuró por lo bajo: «*Che cosa è un filet mignon?*». Después el anfitrión descorchó un Cabernet Sauvignon francés y lo dejó sobre la mesa, revestida con un mantel bordado, platos de porcelana blancos, cubiertos de plata y una panera con ocho trozos de pan. Había vasos para el agua y copas grandes para el vino. De fondo, una música de jazz suave. Mis padres se veían pequeños y perdidos en aquellos espaciosos sofás de cuero color blanco hueso. Amalia pasó ofreciendo almendras y fresas, que luego colocó en la mesa de centro. Por la expresión de mis padres deduje que esperaban una picada, que nunca llegó. Antes de media hora ya estábamos en la mesa. Giovanni trajo el *primo piatto*: tres ostras para cada uno. Papá se las comió de un tirón cuando Amalia apenas iba por la primera. Giovanni sirvió el vino y todos elogiamos su sabor, pero mamá lo rebajó con soda porque le pareció muy fuerte. Llegó el *filet mignon*. Una rodaja para cada uno, rodeada de panceta con su respectiva salsa de champiñones y el puré de papas. En cinco minutos terminamos de comer y trajeron el postre. Y ahí sí le brillaron los ojos a mis padres: una *zuppa inglesa* comprada en El Molino. Era la costumbre de los Merola comerla cuando había que festejar algo especial. Después pasamos a la sala nuevamente y fue cuando ocurrió lo inesperado, al menos para nosotros, los invitados.

—¿Quieren escuchar música napolitana? —preguntó Giovanni.

Todos dijimos que sí. Sacó un *long play* de Massimo Ranieri y puso *Lacreme napulitane*, una canción cuya letra relata el dolor de un emigrante napolitano que no puede volver a su tierra en Navidad porque debe trabajar para enviar dinero a su madre y a sus hijos que están en Italia. Cuenta además el sufrimiento que conlleva para los napolitanos «hacer la América». La melodía es un puro lamento que enmarca la tragedia del destierro.

Desde las primeras estrofas vi cómo el gesto de papá se endurecía y las lágrimas de mi madre corrían por sus mejillas. Los anfitriones, impávidos, observaban la escena sin el menor asomo de llanto. La interpretación pareció durar una eternidad. Giovanni le pasó un pañuelo a mamá.

—¿Y? —preguntó—. ¿Qué les pareció?

—Es muy fuerte —dijo papá con la voz entrecortada.

Giovanni soltó una carcajada estruendosa a la que se sumó la de Amalia.

—Yo la escuché hace un mes y rompí el tocadiscos de una patada —comentó Giovanni—. El que ves ahí es nuevo. Amalia y yo berreamos como nunca. Y entonces me dije: ¿por qué tengo que ser el único que llore y sufra?

Papá no se contuvo y exclamó:

—¿Vos sos pelotudo? ¿O qué te pasa?

—No te pongás así. Los hermanos también comparten lo malo, ¿o no? —Giovanni se levantó, fue hasta donde sonaba el disco y añadió—: De acuerdo, nunca más.

Partió el vinilo en dos semicírculos idénticos y los tiró a la basura. Una hora después, nos fuimos. Al llegar a casa, hicimos unos sándwiches porque teníamos hambre. Mamá no quiso comer. Seguía triste.

—No me hagas recordar esa noche —replicó papá, mientras retiraba las albóndigas del fuego—. Pobre tu mamá... ¡Hay que ser muy *higo* de puta! —Y continuó diciendo—: Pero ¿qué tiene que ver esa canción en todo esto de hacerle una *attenzione* a Ángela?

En ese momento sonaron dos intensos estruendos seguidos por varias detonaciones menos fuertes y el particular chiflido de las cañitas voladoras, lo que indicaba que en el barrio había comenzado la ceremonia de la pólvora. Fui hasta mi habitación y traje el mismo disco que Giovanni tenía aquella noche. Le pasé la carátula para que la viera.

—Lo compré la semana pasada —le comenté.

—No lo quiero oír, Andrea, no estoy de ánimo...

—Hay una parte de *Lacreme napulitane* que nos viene al pelo si queremos honrar a mamá —argumenté, tratando de convencerlo—. Dice algo así: «A mis niños háganles el pesebre y en la mesa pongan un plato en mi puesto y hagan de cuenta, la noche de vigilia, como si entre ustedes estuviera yo también». Te lo voy a poner para que le prestes atención a la letra en napolitano.

—*Mannàggia* —murmuró.

—Papá, por favor, sólo una vez... ¿No querés sentir a mamá?

Aceptó de mala gana. Puse a rodar la música y, cuando llegó la estrofa que me interesaba, aumente el volumen. Massimo cantaba:

A ´e ninne mieje facitele ´o presebbio
e a tavula mettite ´o piatto mio
facite, quann´è ´a sera d´a Vigilia
comme si ´mmiez´a vuje stesse pur´io.

De inmediato levanté el brazo del tocadiscos.

—¿Escuchaste, papá? Es una conmemoración, un acto simbólico guardarle el puesto a alguien que no está...

—¡A mí no me hablés raro! ¡Que «simbólico» ni que ocho cuartos! —protestó.

—Vení, comamos en la mesa de la terraza y cocinemos lo que más le gustaba. Pongamos tres puestos y cenemos, como si ella estuviera con nosotros.

—¡Vos estás loco! —dijo, haciendo tirabuzones con la mano.

—Hacelo por ella. Si nos está mirando, como creo, se va a poner contenta...

La frase pareció tocarlo, porque su cuerpo se abandonó sobre la silla con resignación y por un instante vislumbré cierta ilusión en su mirada.

—¿En serio me lo decís?

—Dale, viejo... ¿Te acordás de lo que más le gustaba comer?

—*Spaghetti aglio olio e peperoncino* —dijo sin dudar.

—¡Exacto! Tenemos todo en la cocina para hacerlos, no nos falta nada, sólo ponernos a trabajar.

Después de titubear unos instantes, soltó el aire por la boca y dijo, dándose ánimo:

—*Avanti bersaglieri!*

Y recuperó la agilidad eléctrica que lo caracterizaba. Pusimos un mantel que nos había traído la abuela Simona de Italia, con el Vesubio bordado en el centro. Mamá decía que el vino sabe mejor si se toma en vaso y con soda, así que nada de copas. Colocamos tres platos, un vino de mesa ya empezado, un sifón, cuchara y tenedor. Ángela ocupó la *capo távola*. El alboroto del barrio iba en ascenso. Se oían algunas voces napolitanas hablando y otras cantando. Las luces de bengala subían y se abrían sobre nosotros como un racimo de minúsculos cometas. En un rincón situé un viejo jarrón color verde y le coloqué la estrella plateada de cuatro puntas con la que acostumbrábamos a coronar la cúspide del árbol de Navidad. Y le dije remarcando la palabra:

—Es «simbólico», papá.

Le hizo gracia y me echó una sonrisa. Entonces empezó a cocinar. Hirvió el agua y, pasados unos minutos, tiró la pasta. Vació bastante aceite de oliva en una sartén grande y puso a freír tres dientes de ajo cortados en rodajas pequeñas y el *peperoncino*, y al poco tiempo echó la mitad del perejil que había picado, ése era su toque especial. Cuando el aceite empezó a bullir, lo apagó para que el ajo no se quemara. Coló la pasta, la agregó a la sartén con el otro perejil crudo y comenzó a mezclar todo. Le dio un golpe más de calor y listo. Servimos tres porciones y procedimos según las indicaciones que sugería mamá: «Un verdadero *spaghetti aglio olio* no lleva queso rallado». No quisimos poner música: la bulla y las risas lejanas nos acompañaban. Llevamos sidra y brindamos: «*Buon Natale*», nos dijimos uno al otro, y ambos chocamos nuestros vasos con el de mamá. A cada bocado traíamos a cuenta alguna anécdota de ella.

—¿Te acordás, papá, de cómo yo le tomaba el pelo por su pronunciación? Cada vez que hablaba de mí con alguien decía mi «*higo*». Yo le recordaba que no era una higuera y me contestaba que era mejor ser una higuera, *un albero di fico* italiano, que un lúgubre «sauce llorón» argentino. Nunca pudo con la «j», ni vos tampoco, así que no te las des de bien hablado.

—Para decir *figlio*, yo no digo «*higo*», digo «*higjo*» —se defendió papá.

—¿Viste?

Se quedó pensativo y comentó:

—También me acuerdo de que a las mujeres fáciles no las llamaba *puttanas*.

—Ya sé: «*Questa donna è una buona* banana». Me acuerdo de que así le decía a la solterona del quinto, que no la podía ni ver.

Volvimos a brindar. Papá de tanto en tanto miraba hacia el puesto de Ángela. Al principio con cierto recelo, luego con más soltura.

—Tu mamá siempre fue una buena mujer —afirmó enderezándose.

—La mejor, papá. La más buena y la que más te quiso.

Contuvo el llanto. Cuando terminamos de comer, fue hasta la cocina y trajo un plato vacío para tapar la ración de mamá. Lo asentó despacio, con respeto. La pólvora otra vez iluminó la noche, el humo y la emanación del azufre nos envolvía en el mismo jolgorio que los demás. Apoyamos medio cuerpo en la baranda y repasamos de un lado al otro la calle, que seguía vacía.

—¿Cómo estás, papá?

—*Bene, bene...* —respondió.

Miró hacia atrás y contempló la mesa vacía. A medianoche, Buenos Aires estalló en fuegos y estampidos, como todos los años. El 25 de diciembre nos encontró todavía abrazados a Ángela.

34

DESDE EL INFIERNO

El martes 27, a las ocho de la mañana, sonó el teléfono en la calle Pichincha. Papá estaba en San Justo y yo apenas abría los ojos. Era Genarino.

—Esta noche debutamos —dijo con entusiasmo.

—¿Debutamos?

—Una pintada.

—¿Cuándo y dónde?

—Después de las doce de la noche. A nosotros nos toca plaza Once. Mario me contó que habrá una incursión por muchos barrios. El tipo tiene gripe y fiebre y no puede ni moverse. Él no quería que fuéramos solos, porque la regla es que siempre, mientras unos pintan, alguien haga de campana y vigile, pero yo lo convencí. Le dije que no estaríamos mucho tiempo y que conocemos el barrio bien. Aceptó a regañadientes. Nos recomendó que tengamos cuidado y que si vemos algo raro, suspendamos. Paso por vos a las dos de la mañana. ¿Estamos listos?

—Dale, te espero.

Llegada la hora, me vestí con ropa cómoda y holgada y esperé a Genarino en el *hall* de abajo del edificio. Llegó en punto. Estaba eufórico. Me pasó un aerosol rojo y otro negro. El logo era una V cruzada por una C y la consigna: «Ni dictadura ni elección: revolución».

—¿Qué opinás? —preguntó.

—Me parece bien, sí, muy bien —dije, tratando de pegarme a su exaltación.

Nos sentamos en el piso y sacó un bosquejo con la plaza Once y las calles que la rodeaban.

—Nos aconsejan pintar en Ecuador y Bartolomé Mitre —explicó— y evitar las avenidas Pueyrredón y Rivadavia, porque quedaríamos más expuestos. —Entonces me agarró la cabeza, acercó su cara a la mía y dijo, vehemente, pero en voz muy baja—: «Ni dictadura ni elección: revolución».

Lo dijo tantas veces como hizo falta hasta que me sumé al eslogan. Salimos caminando con cuidado, agazapados entre las sombras de los edificios y las casas. Tomamos Alsina hasta La Rioja y llegamos a la esquina de Rivadavia. Prácticamente no pasaba nadie por la avenida. Cruzamos corriendo y enseguida comenzamos en la misma cuadra. Fuimos pintando hasta llegar a Bartolomé Mitre. El aerosol era muy bueno y eso facilitaba las cosas. Genarino seguía eufórico. Creo que si le hubieran puesto un militar enfrente, lo habría aplastado. De lejos alcanzamos a divisar las luces de un coche. Cruzamos con rapidez y nos escondimos detrás de un matorral en la plaza. Por suerte era un taxi. Volvimos y embadurnamos lo que pudimos: VC arriba y abajo la consigna. En media hora estábamos listos. Volvimos a cruzar la avenida Rivadavia para irnos y Genarino me propuso:

—¿Y si le damos a la avenida también?

—Acá quedamos muy expuestos. Mejor vámonos.

—Pero si pintamos acá lo va a ver todo el mundo... Dale, animate.

Miré de lado a lado y no pasaba ningún automóvil.

—Dale —insistió.

Acepté de mala gana. Empezamos en la mitad de la cuadra y, mientras yo iba hacia la avenida Pueyrredón, él se acercaba a la calle Ecuador. Ya estaba casi en la esquina, dibujando el último eslogan a la altura de mi cabeza, cuando la pared se iluminó hasta quedar resplandeciente. Alcancé a oír la voz de Genarino: «¡Corré, Andrea! ¡Corré!». No pude. El miedo me inmovilizó en el centro del haz de luz.

A mis oídos llegaba el ronroneo de un coche. Intenté mirar y las luces altas de frente no me permitieron ver con claridad. Pegué mi cuerpo al muro de granito y pensé: «Sabía que esto iba a pasar, lo sabía».

—¡Quedate quieto! ¡Si te movés, te matamos!

Sentí un líquido caliente que me mojaba el pantalón y vi salir el chorro sobre la zapatilla del pie izquierdo. Empecé a tiritar. No podía controlarlo. «¡Está temblando, el cagón!», escuché. Me tiraron al suelo y me arrastraron como un bulto hasta la parte de atrás del auto. Alguien me acostó en el piso, puso un zapato sobre mi cara y apretó con fuerza. Me pegó varios taconazos y pensé que me iba a partir la mandíbula.

—¡Así que VC, pedazo de hijo de puta! ¡Así te va a quedar el culo cuando terminemos con vos! —me decía mientras tanto.

Con el otro pie comenzó a patearme los testículos y la pierna. Perdí la noción del tiempo y me desmayé. Al despertar, me vi sentado en una habitación vacía sobre una banca destartalada. Era un sitio muy pequeño, apenas iluminado por el reflejo opaco de una luz que entraba desde afuera, a través de un tragaluz en forma de rejilla en la parte alta de una de las paredes. Al lado de la puerta, una mesa cuadrada. No había ventanas. El sabor a sangre era intenso y un dolor, que no cesaba, se concentraba en mi bajo vientre. Estaba allí, en lo que tantas veces me contaron que existía y yo apenas imaginaba. Razoné que con seguridad me torturarían, como a tantos. También pensé: «Pero qué voy a cantar, si no tengo nada que decir», y de inmediato concluí el trágico final: «No me van a creer y van a insistir hasta matarme». Admiré a los que morían por una causa y esa admiración cobraba fuerza a medida que la desesperación y el pánico iban en aumento. Llamé a gritos a la valentía, sin modular palabra. No llegó, ni siquiera la vislumbré. Quería pararme pero tenía miedo de hacer algo incorrecto o de molestar a cualquiera que pudiera estar observándome. Me acurruqué en la tabla, pensé en mamá y le pedí ayuda. Perdido en aquel espacio de total desesperanza, me quedé dormido en posición fetal, preguntándome dónde estaría Genarino. ¿Lo habrían atrapado?

Desperté con la música de la película *El golpe* a todo volumen. Su melodía pegadiza me chocó en esa situación de encierro y me tapé los oídos. La claridad que se expandía desde arriba, más intensa que antes, indicaba que la noche había quedado atrás. Me di cuenta de que tenía la cara hinchada y apenas podía mover la pierna izquierda. Al levantar el empeine, una especie de electricidad se desplazaba desde mi tobillo hasta la parte de atrás del muslo. Percibí que todo ocurría muy despacio, la existencia misma parecía detenerse cuando mi mente reparaba en algunos detalles: el techo abombado, la geometría desteñida de las baldosas, las sombras dispersas y deformes, el aire pesado, el olor de mi sudor. La sed era agobiante y no podía quitar los ojos de la entrada al cuarto, imaginando que en cualquier momento llegarían los verdugos. ¿Cómo serían? ¿Dónde vivirían? ¿Tendrían familia? Se les había otorgado el poder de decidir sobre la vida y la muerte, si la barbarie o el perdón. «Cuánta potestad», pensé. Mis divagaciones se detuvieron cuando la puerta se abrió con un chirrido de bisagras oxidadas. Contuve la respiración. Dos personas hablaban en el vano destartalado.

—¿Hasta qué hora estás hoy, Clemente? —preguntó alguien con una voz desafinada.

—No sé. Anoche llegaron más. Parecen cucarachas, nunca se acaban —dijo el otro con una voz grave y ronca.

Se despidieron y el cansado de las cucarachas entró dando golpecitos con un documento de identidad sobre su muñeca. Me di cuenta de que era él cuando preguntó:

—¿Así que vos sos Andrea?

Aún hoy tengo su cara dibujada en la mente. No es un recuerdo, es una visión nítida y penetrante. Lo que mejor he retenido, y querría que no fuese así, es su mirada impávida, imperturbable, demasiado tranquila para su actividad. Era un hombre alto y musculoso, de piel blanca y ojos abotagados. De su cara redonda sobresalía una nariz chata y abierta hacia fuera. El pelo peinado con gomina le daba un aire anticuado. Vestía un pantalón negro y una camisa del mismo color que llevaba arremangada y le colgaba por fuera. Sus zapatos estaban sucios y manchados. De sus sienes sobresalían dos venas gruesas.

—¡Parate cuando estés frente a mí! —ordenó.

Intenté ponerme de pie. Los músculos no me respondían.

—¿Oíste lo que te dije? —repitió en tono amenazante.

Moví la cabeza de arriba abajo varias veces. Igual él siguió vociferando.

—¡Hablame, pendejo de mierda! ¿Sí o no?

Exterioricé un «sí» achicado, amortiguado por la música que todo lo opacaba, menos su vozarrón. Me levanté con un gran esfuerzo. Caminó hasta donde yo estaba y se detuvo a escasos centímetros. Pude sentir su aliento metalizado y la respiración rasposa que salía de sus fosas nasales. Me olió la cabeza, el cuello y la boca como si fuera a devorarme. Luego amartilló un gargajo y me escupió en la frente. La saliva rodó suavemente hasta mi barbilla.

—¡Arrodillate! —dijo, señalándome el lugar donde debía hacerlo.

Le obedecí y me postré ante él.

—Y ahora vas a contestarme todo lo que te pregunte, sin chistar y sin dudar. Si mentís, te quemo las pelotas. ¿Entendiste?

—Sí, sí —me apresuré a responder.

—¡Más fuerte! ¡Más fuerte, que no te escucho!

Seguí repitiendo que sí hasta que mi garganta seca se quedó sin voz.

—¡La puta madre! —exclamó.

Llegó a la puerta en dos pasos y asomó la cabeza:

—¿Quieren parar la música, carajo? ¿Quién es el boludo que la puso?

De inmediato dejó de sonar. Y fue cuando pude detectar un murmullo indiscriminado que más tarde fue tomando forma: chillidos, insultos, llantos y alguien que cantaba a destiempo. Clemente se ubicó frente a mí. Miró la cédula que llevaba en sus manos y le dio la vuelta varias veces, estudiándola.

—¿Así que sos tano? —preguntó con curiosidad.

—Napolitano.

—Nacido en Nápoles... Mirá vos... Merola... ¿Con una «l»?

—Sí.

— Hablame de tus familiares. Cómo se llaman, qué hacen...

—Está mi papá... Tengo tíos y tías, primos... Mamá murió y no tengo hermanas...

—En qué laburan tus tíos.

—Son... comerciantes. Menos uno, que es empresario.

—¿Cómo se llaman?

Se me hacía difícil recordar sus nombres. Todo se mezclaba en mi cabeza. Hasta lo más elemental se me hacía un mundo.

—¡Rápido, rápido, que no tengo todo el día! —gruñó, mientras me daba varios coscorrones en la cabeza con sus nudillos.

—Antonio, Roberto, Giovanni y Salvatore —recité atropelladamente—. Salvatore es mi papá —aclaré.

Acomodó su camisa y se tiró para atrás un mechón de pelo que le caía sobre la frente.

—¿Qué hace Giovanni? —preguntó, caminando a mi alrededor.

—Tiene una ladrillera.

—¿Está casado?

—Sí.

—Con quién.

—Con Amalia.

—¿Cuántos hijos tiene?

—Ninguno.

Entonces movió la cabeza de lado a lado sin ocultar su disgusto.

—¡No podés tener tanta suerte, carajo! —Le pegó una patada a la mesa, que voló por el aire. Después me dijo—: Dame el teléfono de Giovanni, el de su casa...

Balbuceé unos números. Luego otros y otros, no estaba seguro.

—¡A ver, a ver! ¡La concha de tu madre, la muerta! ¡Dale! ¡Rápido, rápido! —Finalmente di con la secuencia correcta, que él memorizó—. Si me estás mintiendo, te mato —dijo abriendo los ojos.

Y salió. Tenía las rodillas entumecidas. Tuve un acto de valor: me senté. Después de un tiempo que pareció interminable, volvió a oscurecer. Al rato, un señor delgado y bajito entró y me ofreció un café. Estaba caliente, pero me lo tomé de un tirón. El hombrecito me entregó un trapo limpio con el que me sequé el sudor de la cara e intenté quitarme las manchas rojas de las manos y los brazos. Luego se retiró sin dirigirme la palabra.

Intenté mantenerme lúcido y vigilante, pero estaba agotado. Volví a dormirme hasta que una patada en la espalda me despertó. Esta vez eran tres hombres. Uno me ató las manos por delante, otro me puso de pie y el tercero no paraba de hablar; su tonada era cordobesa. Me empujaron hacia un pasillo y cruzamos un patio descubierto hasta llegar a un corredor amplio. El que iba atrás me susurró al oído: «Te vamos a matar». Pude esquivar un charco de líquido espeso y rojo, pero ellos pasaron por encima y fueron dejando sus huellas a medida que avanzábamos. Uno dijo: «Ponele la capucha». Entramos a un sitio que olía a gasolina.

—¿En cuál lo llevamos? —preguntó el mismo.

—Subilo a cualquiera —dijo otro.

Entré a un auto y me tiraron en el suelo. Otra vez el pie en la cabeza, esta vez con menos violencia: «¿Preferís morir ahogado o con un tiro en la nuca?». Uno de ellos prendió la radio y comenzó a sonar una cumbia. Hablaron de fútbol, de una mujer encerrada por subversiva que les parecía muy linda y de lo caro que estaba todo. De tanto en tanto volvían a mí: «Si creés en Dios, rezá», «Hay que ser muy cagón para orinarse». El que me había hablado al oído hizo una propuesta: «Mejor lo fusilamos como en la guerra». Yo estaba seguro de que iba a morir. Lo curioso fue que la impotencia que me producía el miedo fue reemplazada por la tristeza. Tristeza por dejar a los seres queridos y por no haber conducido mi vida de otra manera. Ese desconsuelo me hizo más fuerte, absorbió la angustia como una esponja y la convirtió en una forma de resignación benéfica, un esbozo de valentía. Al final, el coche se detuvo. Escuché decir: «¡Bajalo, bajalo, que no quiero que ensuciemos la tapicería!». Me sacaron por los pelos y me pusieron de espaldas contra una pared. Estábamos en algún lugar al aire libre, porque sentí la brisa veraniega golpear mis brazos. Uno de ellos dijo: «¿Y? ¿No vas a gritar, como hacen tus amigos, "¡Viva la revolución!", antes de morirte?», y luego ordenó: «¡Maten a este hijo de puta!». Cerré los ojos y pedí perdón a un Dios en el cual no creía. Entonces oí varias armas gatillar en falso, seguidas de risotadas. Por un momento, no supe si estaba vivo o muerto. El que había ordenado asesinarme apoyó su cara junto a la mía y murmuró:

—Clemente te manda decir que si no salís del país en setenta y dos horas, él en persona se va a encargar de vos. Tres días, che, no te podés quejar, ¿eh?

Prendieron la radio, las puertas del automóvil se cerraron y alcancé a oír cómo la cumbia se alejaba. Permanecí inmóvil y a la expectativa, porque pensé que podían volver. Después de unos minutos de calma rompí la cinta con los dientes, arranqué la capucha y pude ver que me encontraba en una calle estrecha y poco iluminada de algún barrio. Tambaleante, llegué hasta la esquina. Una placa decía: Murillo. A lo lejos divisé una calle más alumbrada. Caminé y llegué a la avenida Juan B. Justo. Estaba en Villa Crespo, no tan lejos de donde vivía Genarino. Así que con las fuerzas que me quedaban enfilé hacia su departamento, apoyándome en los muros cuando el mareo me hacía perder el equilibrio.

Cada cuadra se me hacía interminable, pero la esperanza de encontrar a mi amigo sano y salvo me daba fuerzas para seguir. La claridad empezó a circundar la ciudad. Una vez más comprobé que en la capital federal el sol sale por todos los puntos cardinales a la vez. Llegué al edificio donde vivía Genarino junto con el amanecer. Me pegué al citófono hasta que oí su voz. Sentí que había vuelto a la vida.

—¿Hola?

—¡Soy yo, Genarino! ¡Soy Andrea! —dije en un rapto de felicidad.

—¡Dios mío! ¡Entrá! ¡Entrá!

35

EL EXILIO

Nos abrazamos y lloramos como niños. Frente contra frente, como dos cachorros, nos revolcábamos el uno en el otro.

—¡Estás hecho mierda! —me dijo, secando sus lágrimas—. No puedo creer que estés de vuelta. Tu viejo está como loco.

—¿Él sabe? ¿Vos le dijiste?

—No sé cómo se enteró... ¡Llamalo ya!

Marqué con dedos temblorosos. Al segundo timbre respondió:

—*Chi è?*

—Papá, soy yo.

—*Grazie Dio.* ¿Dónde estás?

—En el departamento de Genarino.

—Giovanni me llamó hace un rato y me dijo que estuviera pendiente, que te habían metido preso pero te iban a soltar.

—¿Giovanni? Pero...

—Sí. *Tuo zio.*

—¿Cómo supo?

—Yo qué voy a saber... Te mandó un mensaje: «Decile al boludo de tu hijo que deje de jugar al guerrillero, que el Che Guevara ya pasó de moda».

—Voy a llamarlo.

—No perdás el tiempo. Salía temprano para Punta del Este... Ya voy para allá, no te muevas.

Genarino me prestó ropa y me bañé con agua fría. Mientras el chorro de la ducha caía sobre mí rostro dolorido, pensaba en cómo era posible que Giovanni supiera lo que había sucedido. Era un misterio. Él no tenía que ver con el arresto, porque la hora y el día de la pintada eran secretos bien guardados. ¿Cómo supo entonces que me habían soltado? No encontré respuesta. Los músculos de mi cuerpo seguían tensos y al mirarme al espejo vi que tenía la cara más lastimada de lo que creía. Pude ver el miedo flotando en mis ojos todavía. Por un momento sentí que no era capaz de tenerme en pie y me agarré del lavatorio. Una parte de mí seguía atrapada en aquella maloliente habitación perdida en algún lugar de Buenos Aires. Ya vestido, me reuní con Genarino en la sala.

—Quise ir a ayudarte, pero ya estabas rodeado —trató de disculparse—. No pude hacer otra cosa que salir corriendo y perderme en el barrio... Casi me agarran...

—No te preocupes, ya estoy acá. Lo que tengo que hacer ahora es ver para dónde me voy. Sólo tengo setenta y dos horas para dejar el país.

—Algo haremos —me aseguró—. Más tarde hablo con Mario, a ver qué nos dice. Vos quedate acá encerrado. No dejés entrar a nadie ni contestes el teléfono.

En ese momento llegó papá. Al entrar al apartamento, se acercó hasta donde estaba, me tomó de la barbilla, tiró mi cabeza hacia atrás con suavidad y observó mi cara con detenimiento. Me dio dos palmadas en la espalda y dijo:

—Militares, *higos de putta*.

Después de haberlo visto despotricar tanto contra Onganía, porque según él tenía pinta de mafioso, era la primera vez que lo veía protestar contra los militares. Sentí que estaba de mi lado.

—Le dijeron que tiene que irse del país en tres días —intervino Genarino.

—¿Irte? —preguntó papá—. ¿Adónde?

—A algún lado... No tengo idea...

Genarino fue a vestirse. Papá y yo permanecimos inmóviles en el sofá. Al principio no hablamos. Luego dijo:

—Es una *disgrazia* con suerte... Estás vivo.

Yo afirmé con la cabeza. Genarino volvió al salón.

—Voy a llamar a Mario desde un teléfono público —anunció—. Ya no confío en nada.

Y salió. Papá me pidió que le contara lo que había pasado. Cuando acabé el relato, concluyó con amargura:

—Es otra guerra... —Se puso de pie, me señaló con el dedo y comentó—: Esto que te pasó *nun se scorda maie.*

—¿Por qué decís que nunca se olvida?

—Yo lo sé... *Lo so...*

Antes de irse, me dijo: «Después vengo. Yo le explico a Nino». Media hora después sonó el timbre. Sorprendido, escuché la voz de María Grazia. Abrí el portón del edificio y esperé intrigado a que subiera. Al vernos nos saludamos con un beso en la mejilla. Tenía el pelo suelto y la cara lavada. Se apresuró a aclarar el motivo de su visita antes de que yo dijera cualquier cosa.

—Salvatore me contó todo. ¿Cómo estás?

—Y... Más o menos...

La invité a sentarse. Me senté con ella. Sonreímos.

—La verdad es que necesitaba hablar con vos por otra cosa —admitió al fin, sin poder ocultar cierta urgencia—. Yo sé que no es un buen momento... Pero si te vas a ir del país, es mejor que lo sepas.

—Me estás asustando... ¿Qué pasa? Ya sabés que podés contar conmigo.

Puso la cartera sobre la mesa, arrugó sus ojos y soltó lo que tenía que decirme.

—Estoy embarazada y quiero tener al niño —dijo, y enseguida, en cuanto se hubo asegurado de que yo había entendido bien, agregó—: Y hay algo más. Tengo una duda. No sé si el bebé es tuyo o de tu papá.

A esta altura ya nada me parecía imposible. Antes me habría enloquecido. Ahora me quedé mirándola a los ojos, que miraban al futuro con la certeza de que no había vuelta atrás.

—Vos y papá... —empecé torpemente—. ¿Hace mucho? —pregunté.

—Unos meses... No tenemos nada serio... Me busca cuando está triste y yo lo consuelo...

—¿Y qué vamos a hacer ahora?

—Primero le cuento yo y después vos —ordenó o pidió.

No supe qué responder. Tal como lo ponía ella, no tenía mucho qué decir. Y además tenía razón, o al menos era realista. Yo estaba de salida, no había nada que hacerle.

—¿Cuándo se lo vas a decir? —pregunté.

—Dentro de un rato tengo una cita con él.

Me llevé las manos a la cabeza y no pude disimular mi angustia. Ella intentó tranquilizarme.

—No te preocupes, todo va a salir bien. Vos por ahora pensá en salvarte.

Sus labios se posaron en mi frente antes de irse. Las cartas estaban echadas. Caminé de un lado al otro del apartamento pensando qué le diría a mi padre. El miedo a sus reacciones, a pesar de todo, seguía vivo en mí. ¿Quién dijo que el amor y el miedo son incompatibles? Puse algo de música para relajarme. Paco Ibáñez: *Andaluces de Jaén, La poesía es un arma cargada de futuro* y otras más. Con la última canción los párpados comenzaron a cerrárseme. No era raro: tenía que estar agotado. Ya había empezado a caer la tarde cuando unos golpes en la puerta me levantaron del sillón. El sobresalto fue inevitable y la paranoia también. Me acerqué despacio a la mirilla y, al asomarme, vi la calva de papá. Abrí con un vacío en el estómago, pero me saludó con amabilidad.

—Justo cuando iba a tocar el timbre salió un vecino y entré de colado. No hay mucha seguridad en este edificio. Te traje unos sándwiches de miga de morrones y huevo duro, y también queso mantecoso y dulce de batata. Cosas blandas para que puedas masticar. A propósito, ¿tenés grapa?

—Genarino la guarda en aquel estante de la cocina —respondí, sin saber todavía bien a qué atenerme.

Sacó una botella, dos vasos y se sentó en el mismo lugar donde antes lo había hecho María Grazia.

—¿Querés? —me preguntó.

—No, papá... Me duele la boca...

—Claro, claro...

Se sirvió un vaso hasta arriba y lo tomó como si fuera agua. Se sirvió otro e hizo lo mismo. Del tercero sólo tomó un sorbo. Luego prendió un cigarrillo y acercó un cenicero.

—¿Estás fumando otra vez?

—Y sí... Hoy quiero...

—Pero, papá, son casi diez años de abstinencia.

—El vicio nunca se cura.

Los dos sabíamos que estábamos dando rodeos. Dio una pitada larga, retuvo el humo y después lo soltó como si se estuviera desinflando.

—Estuve conversando con María Grazia —dijo por fin.

—Yo también —repliqué en vano.

—*Abbiamo* un problema...

—Y sí... Mirá, yo no sabía...

Sacudió las manos como espantando moscas.

—Lo hecho hecho está... —zanjó con displicencia y añadió en napolitano—: *Ti voglio fa na domanda.*

Seguía sorprendiéndome.

—Claro, papá, preguntá.

—¿María Grazia es importante para vos?

—¿En qué sentido?

—¿La querés o no la querés como mujer?

—La estimo, es buena chica...

—Entonces no la querés, fue sólo un polvo... —No dije nada. Esperó unos segundos y prosiguió—: Bueno, si sólo fue un polvo, no te importa que yo tenga algo serio con ella, ¿verdad?

No podía creerlo. Me lo había imaginado a los gritos, pateando sillas, golpeando las paredes y, en cambio, estaba pidiéndome permiso para estar con María Grazia.

—Yo no soy quién —respondí—. Si ustedes se quieren...

Hice una pausa. Tenía que hablarle del bebé que venía en camino. Tomé fuerzas y me lancé al ruedo:

—Estuve pensando, respecto del embarazo, yo...

—Es mío —interrumpió—. Vos te hacés el boludo y listo.

No dejaba lugar a dudas. El padre era él.

—¿Estás seguro?

—*Assolutamente.* —Aclaró su garganta y bajó la voz, como si me fuera a contar un secreto de confesión—. Quiero preguntarte otra cosa, pero quiero que seas sincero.

—Sí, papá, decime.

—¿Vos no pensás que cuando estuve con María Grazia le fui infiel a la *tua mamma*?

La pregunta me sorprendió.

—¿De dónde sacás eso? —pregunté inquieto.

—Es que Ángela sigue siendo mi esposa... —expresó con cierta reverencia.

—Pero, papá, vos sos viudo —dije.

—Un viudo casado... —afirmó, enfatizando la última palabra—. ¿Un viudo casado es libre? No hablo de la religión, sino del *amore.* ¿Se puede amar a dos personas al mismo tiempo? ¿No le estaría siendo infiel a las dos? Quiero que Ángela descanse en paz.

—¿Le dijiste a María Grazia que seguís queriendo a mamá?

—Sí. Hoy juramos ser sinceros siempre...

—¿Y qué dijo?

—Que cuando el amor es de verdad, uno ama después de la muerte.

—¿Y entonces?

—No sé qué dirá Ángela... De que yo esté con alguien tan joven... ¿entendés?

—Ya te lo dije una vez. Si te ve bien, ella va a estar feliz.

En ese momento sonó el timbre. Eran Nino y Francesca. Papá se apresuró a terminar la grapa y me dijo, antes de que entraran:

—Todos los gastos del niño van por mi cuenta.

Tampoco iba a poder ser de otra manera. Por el momento, al menos.

—Bueno —le respondí, dándole un golpe cariñoso en el brazo.

Mis tíos llegaron con un gesto de consternación que se hizo más grave al verme la cara. Abracé a cada uno y nos instalamos en la sala. Otra vez relaté paso a paso lo ocurrido. Interrumpían para hacer comentarios, se asombraban y también insultaban a los militares. Hasta Francesca, tan prudente, soltó algunas palabras fuertes.

—¿Para dónde te vas a ir? —preguntó Nino con preocupación.

—No sé todavía. Vamos a ver qué averigua Genarino.

A Francesca se le aguaron los ojos.

—¿Y cuándo te vamos a ver de nuevo? —dijo a media voz—. Nosotros no podemos viajar...

—No te angusties, tía —la tranquilicé, agarrándole las manos—. Algo hacemos... No soy el primero ni el último. Esto no va a ser para toda la vida...

—Lo mismo dijimos nosotros cuando llegamos a este país y mirá —admitió Nino.

—Yo siempre voy a estar en contacto —afirmé.

No quisieron contradecirme. Los cuatro seguimos conversando un rato más. Yo trataba de fijar en mi mente sus gestos, las expresiones típicas de cada uno, la vestimenta, los movimientos que hacían. Grabé en la memoria la panza de Nino, la piel tersa de Francesca y la cara de gnomo de papá. Hasta que el ruido de una llave abriendo la cerradura interrumpió la tertulia. La figura de Genarino atravesó el umbral. Lo rodeamos y lo bombardeamos con preguntas: «¿Qué averiguaste?», «¿Qué pasó?», «¿Traes buenas noticias?».

—Lo primero que quiero decir es que no te hagas problema por la guita. Yo me hago cargo de todo —me dijo, buscándome los ojos. Papá lo tomó de la cabeza y lo besó. Nino sonrió satisfecho. Francesca aplaudió. Genarino agregó—: Mario me dijo que hay dos países donde la gente del partido te puede recibir y ayudar a ubicarte. Decime cuál querés y mañana temprano compro el pasaje.

—¿Qué países? —pregunté.

—Venezuela o España, vos decidís.

SEGUNDA PARTE

36

LOS ÁNGELES HUELEN A GALLETITA

Barcelona, mayo de 1982

Teresa iba y venía por la casa. Yo no me cansaba de verla. Como tantas otras veces, seguía fascinado el movimiento de su pequeña y agraciada figura. Los cuatro meses de embarazo la hacían más bella y sensual. Siempre alegre, con esos ojos enormes y sagaces enmarcados en unas frondosas cejas negras. Su nariz parecía un botón y sus labios, como dicen en Nápoles, rojos como una cereza.

Creo que la amé desde el primer momento en que la vi, en el Quilombo, ese bar que hacía las veces de consulado latinoamericano informal. Por las noches, y sobre todo los fines de semana, el lugar se llenaba de argentinos, uruguayos, chilenos, mexicanos y demás. Aquel viernes, unos amigos me habían invitado a un homenaje en memoria de Jorge Cafrune, muerto cerca de cuatro meses atrás atropellado por una camioneta durante una travesía a caballo, en un accidente, según algunos, preparado por la Triple A. El ambiente convidaba a las guitarreadas, al vino, a otros tragos regionales y a los espontáneos que leían textos y recitaban poesías. Entre el fondo disperso del humo, las banderas de cada país pegadas en las paredes y las canciones sudamericanas, me sentía en casa. Se escuchaba a Zitarrosa cantando *La vuelta de Obligado* y un grupo de uruguayos y argentinos entonábamos la canción como un himno.

Qué los parió a los gringos
una gran siete;
navegar tantos mares,
venirse al cuete.
¡Qué digo venirse al cuete!

Algunos la cantábamos de pie y con todas nuestras fuerzas, hasta quedar afónicos. En aquel espacio de reivindicación, sentada en su mesa, Teresa asomó con un contraste prodigioso y repentino.

Por unos segundos, sólo los dos ocupamos el sitio. Sus ojos brillaban igual que los míos, igual que los de todos los que allí estábamos, pero yo ya no pude apartar la mirada de ella. En un instante de arrojo me acerqué a su mesa, donde dos amigas la acompañaban. La cantidad de vino que había tomado ayudó a mi valentía.

—¿Me puedo sentar con vos?

—¿Conmigo o a mi lado?

No había espacio entre ella y sus amigas.

—Bueno, quiero decir al lado tuyo, claro...

Las tres soltaron la carcajada y ella se movió dejándome un lugar al que me aferré como un náufrago en tierra firme.

—Tuve la impresión de que te gusta Alfredo Zitarrosa —comenté enseguida.

—Mi padre tiene muchos discos y le gusta la canción protesta. Supongo que tú habrás crecido con esa música.

Asentí. Las amigas guardaban silencio y nos observaban con cierta malicia, muy pendientes de lo que pasara entre nosotros. Yo seguí con el tema:

—Lo de tu papá no me extraña, porque muchos catalanes son de izquierda... o eso es lo que pienso...

—Mi padre es andaluz —dijo con una sonrisa.

Yo nunca había creído en el amor a primera vista, hasta esa noche. La voz arrastrada y genial de un disco de Jorge Cafrune llenó el lugar: *Coplas de un payador perseguido*. El Quilombo adquirió un carácter ceremonioso. La gente hablaba en voz baja. Se podía respirar un aire de respeto. Teresa me puso la mano en el antebrazo, sus ojos negros se achinaron, y dijo:

—¿Podrías explicarnos la letra? Hay algunos términos que no comprendemos...

—Sí —respondí con entusiasmo—. Así hablan los gauchos, la gente del campo.

Traduje y expliqué cada copla, y hasta conté historias del Martín Fierro. Tomamos más vino y después la acompañé hasta su casa. En el trayecto me enteré de que estudiaba filosofía y letras; además era profesora de historia en un colegio, pertenecía a un grupo de teatro popular que estrenaría próximamente una versión catalana de *Antígona* y le gustaba andar en moto: tenía una Vespa amarilla que quería mucho. Cada información incrementaba mi interés por ella: era hija única y hacía cinco años se había mudado con sus padres del barrio El Carmelo a un apartamento de L'Eixample, en la calle Londres. Sus padres trabajaban en la editorial Bruguera desde hacía muchos años, la mamá en el área administrativa y el papá en tipografía. Al señor lo habían ascendido a jefe del departamento de impresión; de ahí el traslado.

Al llegar al edificio, comentó que la luz del apartamento estaba apagada.

—Deben de estar dormidos —dijo Teresa—. ¿Te apetece un café?

Estaba muy bebido y aun así tuve un dejo de sensatez. «No quiero meter la pata —pensé—, me gusta mucho y deseo hacer las cosas bien». Después supe por ella que me había anotado un punto al no aceptar su invitación.

—Si no te molesta, prefiero que nos veamos en otra ocasión.

—Vale —contestó, amable y alegre—. Aquí te dejo mi teléfono, llámame cuando quieras. Ha sido un gusto conocerte.

Le di dos besos, uno en cada mejilla, y nos despedimos.

—Chau.

—*Adeu.*

Quién lo diría. Y ahora esperábamos un hijo. El teléfono sonando me sacó de mis recuerdos. Tere se apresuró a contestar.

—¡Genarino! ¡Qué sorpresa! Bien, el embarazo muy bien, gracias por preguntar... Yo también espero que nos conozcamos pronto en persona... Claro, ya te lo paso...

Solía hablar con Genarino una vez al mes. En ocasiones llamaba él y otras veces lo hacía yo. Con mi padre y mis tíos, la comunicación era más distante. Les escribí pocas cartas y no hubo más de cuatro o cinco llamadas telefónicas. Tal vez temía perder la tranquilidad que había logrado, como si un efecto de contagio pudiera arrastrarme al desorden de mis últimos tiempos en Argentina.

En Barcelona había logrado una situación estable y sosegada. Trabajaba unas horas en el hospital Clínico, dentro del área de evaluación del departamento infanto-juvenil, y con dos amigos catalanes, Jaume y Montse, había montado un centro de psicología clínica en un ático de la calle Aragón: el Centro de Psicología Clínica, C.P.C., de los primeros en su género en la ciudad. Aprendí mucho de mis socios y en muchos aspectos fui su discípulo. Ellos mismos decían, en broma aunque yo siempre pensé que era cierto, que me habían adoptado.

A Jaume lo conocí en un simposio de psicología. Después de asistir a su ponencia, empecé a conversar con él en una cafetería abarrotada. Era un hombre extrovertido, muy delgado, diez años mayor que yo, de cara y brazos largos, huesudos, y manos de pianista, aunque de movimientos lentos. Aún hoy su inteligencia me asombra.

—¿Argentino o uruguayo? —preguntó.

Yo aclaré, como siempre lo hacía.

—Nací en Nápoles.

No indagó más, pero no tardó en enterarse de que me había criado en Buenos Aires. Hablamos de todo un poco y especialmente, ya que pronto se jugaría el Mundial en España, del que había ganado Argentina cuatro años antes y de los goles de Kempes. Cambiamos de tema cuando me presentó a Montse, una mujer alta, encantadora y sagaz en sus análisis. Era muy atractiva, pero actuaba como si no lo supiera. Tenía una gracia: fruncía la nariz cuando algo le parecía divertido, lo que a su vez te hacía reír, con lo que entrabas en un círculo vicioso de regocijo. Es un don que no ha perdido. Han pasado los años y he podido confirmar lo que en cierta ocasión me dijeron:

—Puedes estar seguro de que cuando un catalán se hace amigo tuyo lo es para toda la vida.

Jaume trabajaba con adultos, Montse se dedicaba a terapia de pareja y sexología y yo a niños y adolescentes. En el piso había tres consultorios y un pequeño salón con veinticinco sillas donde dábamos conferencias y realizábamos actividades de formación. Por fin empezábamos a obtener ganancias. Yo me sentía entonces un verdadero empresario, un profesional en ascenso, como hubiera querido Giovanni. Y en ocasiones, en el mayor de los secretos, el orgullo irrumpía en mí y no podía evitar pensar qué diría Julia si me viera.

La voz de Genarino en el teléfono sonaba menos vivaz que de costumbre. Algo le preocupaba. Nada que ver con el entusiasmo de su última llamada, cuando me relataba con lujo de detalles la concentración de principios de mayo frente a la Casa Rosada a favor de la invasión de la guerra de las Malvinas. «¡Éramos miles gritando Argentina, Argentina! ¡Como en los buenos tiempos!», decía eufórico.

Yo estaba de acuerdo en que las Malvinas eran argentinas. ¡Cómo no estarlo! Lo había mamado desde chico en las calcomanías de los automóviles, los colegios, los mapas y en cada día patrio. Pero desde Europa, con distancia, era fácil ver la toma de las islas como una estrategia de los militares para ganarse a la población civil. Genarino, fiel a los principios revolucionarios, comentaba: «Ojo, Andrea, no hay que confundir el enemigo principal con el secundario. Ahora toca sacar a los ingleses».

Pero esa noche no habló de la guerra. Parecía querer eludir cualquier conflicto. Raro en él.

—¿Te pasa algo? —pregunté—. ¿Tenés algún problema?

—No, mucho trabajo... —respondió evasivo.

—¿Cómo vas con Alicia? —insistí.

—¡Bárbaro! ¡Ella es genial!

Aflojé.

—Lo mismo digo de Tere. ¿Será que maduramos o que somos afortunados?

—Las dos cosas, Andrea... Las dos cosas.

Quedamos en que yo lo llamaría en unos quince o veinte días. Teresa se acercó por detrás y me apretujó contra su cuerpo.

—Dentro de poco, cuando crezca la barriga, me va a costar abrazarte —comentó entre risitas.

Recostó su cabeza en mi espalda con ternura.

—¿Qué hablaste con Genarino?

—No sé. De nada. Lo sentí triste, ¿sabés?

Siguió abrazándome, sin decir nada. Su calor me atrajo. Me di la vuelta y metí la nariz en su cuello.

—Ya sé —me dijo—. Te huelo a galletita.

—Sí, pero con un poco de vainilla... Alguien me dijo que a eso huelen los ángeles...

Reímos. E hicimos el amor. Esa vez con una salvedad. Ella siempre había temido que pudiera afectarse el bebé que venía en camino y por eso proponía que las relaciones sexuales fueran especialmente delicadas. El obstetra decía que no existía peligro, pero Tere siempre era cuidadosa y responsable en sus cosas. Esa noche, no lo fue.

37

ULISES

Llegué a Barcelona el 3 de enero de 1978 en plena Transición, seis meses después de las elecciones. Todo estaba en efervescencia: política y sexo, destape de por medio. Para un argentino, llegar a la madre patria en esa época era casi mágico: pasábamos de un agujero negro a una supernova, un *big bang* liberador que no dejaba de expandirse. La comparación con las noticias que llegaban de la dictadura era inevitable.

Pero no fue fácil al principio. Por consejo de Mario, no salí de Buenos Aires por Ezeiza. Viajé en aliscafo hasta Colonia, de allí en ómnibus hasta Montevideo y luego en avión a Madrid con conexión a Barcelona. En aquellas primeras horas de exilio, mientras pensaba en mi familia, sentí que la travesía no era otra cosa que un ritual iniciático. Repetiría una historia interminable.

Al llegar, me dirigí al barrio de Gracia, a un apartamento en la calle del Congost esquina del Torrent d'en Vidalet. Me detuve frente a una pequeña puerta de metal despintada y llamé donde decía segundo piso. Del balcón asomó un joven de barba, sonriente. Yo llegaba tan abrumado que su aparente buen humor me chocó.

—Hola —saludé desde abajo—. Soy Andrea y vengo de...

—Claro —interrumpió—. Yo soy Rubén. Te estábamos esperando. Ya bajo a abrirte.

Algo más animado, subí tras él por una escalera estrecha y llegamos al apartamento. Era muy luminoso y olía a comida. Rubén me mostró las habitaciones, dos dormitorios y una sala pegada a la cocina, que daba al patio de otro edificio. El lugar era un nido de exiliados políticos. Rubén era de Vanguardia Comunista. Jorge, que, como los otros, no estaba en ese momento, era de Juventudes Peronistas y volvería al país como voluntario para pelear en la guerra de las Malvinas. Ulises era montonero. Carlos y Facundo, del PCR (Partido Comunista Revolucionario), hasta que se casaron con dos hermanas catalanas y se fueron a vivir a Girona. Y Luis, filósofo, anarquista declarado. Siempre con un libro de Bakunin bajo el brazo, tenía una característica muy personal: cuando discutía de política se citaba a sí mismo. Fuera de Ulises y de mí, Luis nunca hizo amigos ni amigas, era un lobo solitario. Todos estábamos de paso. Rubén se fue para Alicante a los pocos días de mi llegada y se instaló allí con unos familiares. Gente de todas partes iba y venía; obtenían allí albergue y asesoramiento. En más de una ocasión me vi obligado a dormir en el sofá porque mi lugar estaba ocupado por algún desconocido.

Durante el primer mes me acomodé en la sala, en un colchón junto a Ulises. Era muy simpático e hicimos buenas migas. Pero lo que más me acercó a él fue un fenómeno que se repetía puntualmente. Casi siempre, a eso de las tres de la mañana, su respiración se agitaba y empezaba a sudar. Se retorcía en la cama y hablaba dormido. La primera vez salí corriendo y desperté a Luis, quien me explicó que Ulises había estado preso varios meses, primero en Mendoza y después en Buenos Aires.

—Tiene pesadillas y a veces grita. Pero no te asustes, después se le pasa.

Pero yo no era capaz de verlo sufrir de esa manera. Una vez traté de despertarlo y fue imposible. Otra noche se me ocurrió abrazarlo.

—Vení, hermano —le dije—, quedate aquí conmigo.

Le puse la cabeza contra mi pecho y comencé a mecerlo y a pasarle la mano por la frente. Él repetía siempre lo mismo:

—Pobre piba, pobrecita... Pobre piba, pobrecita...

Cuando se tranquilizaba, lo devolvía a su sitio y dormía en paz. Nunca supo lo que había pasado en aquellas noches de invierno. Un día, entre tragos, estando en la escalinata de la iglesia de San Joan, en la plaza de la Virreina, a dos cuadras del apartamento, se sinceró en parte. Nos habíamos tomado media caja de cervezas, así que entre caña y caña todo fluía más cómodo. Sin que yo le preguntara, empezó a hablar:

—No te voy a contar lo que mi hicieron, pero sí algo que vi a través de un postigo. Había un tipo al que llamaban Veneno. Estaba a cargo de todo... Vos me entendés... Por una rendija pude verlo a él frente a una chica muy joven, completamente desnuda. Se parecía a mi hermana. Le hacía preguntas y ella sólo miraba al piso. Le gritaba y ella seguía igual. No hablaba. Y entonces el tipo le agarró los pezones y se los retorció de tal manera que empezaron a sangrar. Ella abrió la boca, hizo una mueca de confusión y cayó al suelo con todo su peso, yo creo que desmayada. Nunca dijo nada. Veneno ordenó: «¡Sáquenla de aquí, sáquenla!», y dos tipos que estaban con él la arrastraron no sé hacia dónde.

Ya no tomaba cerveza. Sus ojos contemplaban un punto ciego.

—Nunca más supe de ella —continuó diciendo—. ¿Y sabés lo peor? En aquel lugar no había médico... A veces me la imagino desangrándose, sola, en aquellos cuartos húmedos...

Sacudió la cabeza como si quisiera volver a la realidad y arrancarse ese pensamiento. En cambio yo la vi de inmediato, tirada a morir entre las paredes del mismo infierno al que me habían llevado desde la plaza Once. Las imágenes de esa noche volvieron a mí limpias e intensas, cortantes. Pude sentir el olor a encierro de aquel cuarto donde pasé la noche y, en un resplandor, vi la cara de Clemente y el sudor viscoso en su rostro. Era más que un recuerdo: eran los mismos hechos, el mismo momento fijado en mi interior como una marca indeleble. Sólo podíamos esperar a que el dolor pasara, como pasa todo lo que es insoportable. Nos quedamos en silencio un largo tiempo, cada quien con lo suyo, hasta que se escuchó la voz de Julio Sosa cantando *Qué me van hablar de amor*. Era un vecino que había sacado al balcón un tocadiscos con un altavoz. Saludamos al señor con un ademán y él correspondió. Nunca volvimos a hablar del tema.

De todos los argentinos que conocí, Ulises fue al que más le costó adaptarse. Carecía de ciertas habilidades interpersonales para acoplarse a las nuevas costumbres. Era un hombre de baja estatura, con la espalda muy recta y las piernas cortas. Sus ojos eran hiperactivos. Tenía una calva que le llegaba hasta la mitad de la cabeza y a partir de allí un pelo muy largo con el cual se hacía una trenza. Era muy descuidado para vestirse y totalmente irreverente en su conducta. Su manera de hablar no pasaba desapercibida. Su voz era muy aguda y no sabía controlarla, sobre todo en los cines o en cualquier lugar donde se exigiera guardar silencio y compostura. Para colmo, las nuevas palabras no entraban en su léxico. Una vez fuimos a un *mercat* a comprar verduras. Ya hacía casi un año que habíamos llegado. Elegimos un puesto y él empezó a soltar su retahíla ante la vendedora.

—¿Qué decís, piba? Dame un kilo de alcauciles, medio de chauchas y una bolsa de frutillas... Por casualidad, ¿tenés ananá?

Yo me acerqué a la pila de cajones y empecé a traducir.

—Hola. Quisiéramos llevar un kilo de alcachofas, medio de judías y una bolsa de fresas... Y ¿tiene piña?

A la mujer se le iluminó la cara y expresó con satisfacción:

—¡Ah! ¡Eso sí lo tengo y de muy buena calidad!

La inmersión lingüística para él eran sólo palabras. Una vez le sugerí que hiciera un curso de catalán de los que daban gratis en la Generalitat, como lo hicimos muchos, y casi me mata. En el fondo lo entendí: si no podía con el castellano, menos iba a poder con otro idioma. A finales de los ochenta se fue para Buenos Aires en un ataque de nostalgia. Al principio nos escribimos hasta que recibí un sobre de vuelta con una nota que decía que ya no vivía allí.

38

¡QUIERO VOLVER DONDE EL DOCTOR PATO!

Había que ganarse la vida de alguna manera, así que trabajé como encuestador y vendí bisutería, tendiendo mis frazadas con mercadería mientras me hacía pasar por artesano *hippie*. Me dejé el pelo un poco más largo, me puse una vincha y traté de vender esos anillos y collares que unos chilenos me daban en consignación y parecían hechos a mano, cuando en realidad los compraban al por mayor en la Barceloneta. Eran el equivalente del señor Esquenasi de la calle Pasteur, pero a mí no me fue bien. Primero intenté por la Rambla, después en paseo de Gracia y al final en algunos pueblos cercanos, siempre con el mismo resultado. Por alguna razón, los potenciales clientes no veían en mí a un auténtico *hippie*.

También intenté vender libros. Un argentino que se llamaba Alejo traía unas obras de la doctora Eva Giberti y el doctor Florencio Escardó sobre cómo criar hijos. Algunos inmigrantes intentábamos venderlos de casa en casa. Dejábamos una carta de presentación por debajo de la puerta y al otro día nos aparecíamos. No vendí ni uno. Me acordé de los Rolix y de mi primera incursión como *magliaro* en compañía de Genarino. La conclusión no dejaba dudas: ni *magliaro* ni vendedor.

La entrada como psicólogo al hospital Clínico fue una salvación y una suerte. Legalmente cumplía los requisitos y pasé la entrevista inicial gracias a mis casi tres años como monitor del doctor Grimoldi. El director sacó un libro de su biblioteca.

—¿Estuvo con él? —me preguntó, a la vez que ponía el dedo sobre el nombre del autor.

El texto decía: *Construcción y estandarización de escalas de actitudes*. Debajo, Héctor Grimoldi.

—Sí, doctor —respondí, mostrando mi satisfacción. Y añadí—: Yo podría iniciar contactos con la Universidad de Buenos Aires y solicitarle al doctor Grimoldi que nos facilite los test y cuestionarios que creamos importantes y estandarizarlos para la población catalana primero y española luego. Incluso podrían plantearse investigaciones conjuntas.

—¿Puedo solicitarle a él referencias suyas?

—Claro, sí. No hay problema —respondí, en tanto pensaba cómo ponerme rápidamente en contacto con él por si su memoria fallaba.

Salí de la oficina con el puesto prácticamente obtenido, agradeciendo a mi madre y a San Genaro y con la agradable sensación de no haber mentido. De todas maneras, no perdía las esperanzas de que pudiera ver algunos casos, pese a mi juventud y escasa experiencia. Poco antes de cumplir mi primer año allí, el nuevo director del departamento, un hombre muy correcto y amable, me anunció que había decidido remitirme un caso «muy complejo».

—Se trata de una niña de ocho años con fobia escolar —expuso, en tono serio—. La cuestión se complica porque además presenta un cuadro de mutismo selectivo. Aquí, en el hospital, no quiere hablar con nadie y que lo haga es vital para empezar el tratamiento. Los ansiolíticos no han producido ningún efecto. Querría que usted lo intentara antes de pedir ayuda a otros estamentos. Hemos probado con todas las personas que trabajan aquí, sin resultados. Se niega a hablar.

No era cualquier reto. Por un momento pensé que querían deshacerse de mí. Disimulé.

—¿Cuándo empiezo, doctor?

—Mañana ella viene a la cita. Aquí tiene la historia —me dijo, poniéndola en mis manos.

Salí de allí hacia una biblioteca. Busqué material sobre el tema, artículos de revistas indexadas y estudios de casos. Llegué a mi casa y me encerré. Tomé dos cafés cargados y me puse manos a la obra. A las tres de la mañana me di cuenta de que no tenía la menor idea de cómo lograr que la pequeña paciente aflojara la lengua y aceptara el tratamiento. No tenía idea de las causas posibles: quizás odiara el ambiente hospitalario y la cara sesuda de los profesionales que allí trabajábamos. Quizás estuviera castigando a sus padres o protestando contra el mundo. Según los test que le habían hecho en el colegio un año antes y los informes de los profesores, estábamos ante una niña muy inteligente. El sueño me pudo y amanecí recostado sobre la mesa. El sol apenas se asomaba. Me di un baño, puse mi mejor cara y salí rumbo a la reunión donde conocería a Lucía. Llegué a la oficina y esperé tratando de relajarme. Tocaron la puerta, abrí y la mamá me presentó con una sonrisa a la niña, que ni siquiera levantó la mirada hacia mí.

—Mira, mi amor —dijo, mientras la hija traspasaba el umbral de la puerta—, él es el doctor Merola... Lo vas a pasar muy bien, ya lo verás.

Me apresuré en despedir con un gesto a la mujer. Ningún niño la pasa bien donde un psicólogo, o para ser justos, muy pocos. Lucía caminó a paso lento y se sentó frente al escritorio. Tenía experiencia como paciente. Colocó las manos bajo sus piernas y se quedó mirando al frente. Su aspecto era agradable. Tenía unos ojos muy grandes y profundos. Su pelo rubio revuelto le caía en la cara. Era menuda para su edad. En cuanto la vi allí, quieta como una estatua, comprendí que cualquier cosa que yo dijera iba a ser ignorada o utilizada en mi contra, así que también opté por el mutismo. Me acomodé en mi puesto y fingí organizar unos papeles. Desde el sillón giratorio, por encima del escritorio, se veía aún más pequeña. Su cabeza apenas rozaba el respaldo del asiento. Actué como si ella no estuviera allí. Pasados diez minutos, Lucía seguía inmutable, a excepción de un nuevo gesto que la mostraba más desafiante: apretar los dientes. Yo traduje su expresión como: «No van a poder conmigo». Por mi parte, no iba a caer en el juego de preguntarle: «¿Cómo se llama tu colegio?» o «¿Te comieron la lengua los ratones?». Estaba seguro de que ella esperaba algo así. Tenía que descolocarla, crear sorpresa; sin embargo, a medida que los minutos transcurrían, mayor era mi incomodidad. Lucía se mantenía imperturbable. Y fue cuando se produjo en mí una reacción que surgió de manera automática. Estaba harto y se me escapó como solía hacerlo de niño. Cuando algo no me gustaba y quería protestar, producía un sonido que surgía de poner la lengua contra el paladar y soplar por el lado derecho de la boca. Con los años fui perfeccionándolo y terminó pareciéndose a la manera de hablar del Pato Donald. No podía pronunciar palabras concretas, aunque podía sacudir la cabeza e imitar su enojo. Las únicas sílabas que podía pronunciar eran «sí» y «no». Al oírlo, Lucía levantó la ceja izquierda y ladeó un poco la cabeza en dirección a mí. Muy poco, casi nada, pero suficiente para percibirlo. Había logrado moverla un milímetro de su pose inalterable. Me había abierto un poco la puerta y yo puse el pie para que no volviera a cerrarse. Entonces tomé el teléfono y fingí conversar con mi secretaria, todo en idioma «pato». Hasta golpeaba la mesa y protestaba con el mayor énfasis posible. Ni la miraba. Después de colgar, empecé a preguntarle a ella «¿Sí? ¿Sí?» muchas veces. Ya había logrado captar su atención. Tanto que hacía lo imposible para esconder una sonrisa que la delataría. Decidí jugármela: me levanté del sillón y caminé hacia la biblioteca en cámara lenta, sin dejar de hablarle, pero al ritmo de mis movimientos, distorsionando la voz como un disco pasado a dieciséis revoluciones por minuto. Me pregunté si habría alguna cámara filmando mi sesión. Volví a mi escritorio y seguí hablando como pato hasta que mi garganta ya no pudo más. A todo esto, Lucía ya había perdido la postura de granito y se agarraba la cabeza con ambas manos, como si dijera: «Este tipo está loco». Faltarían diez minutos para terminar la sesión cuando me señaló con sus dos dedos índices a la vez y vociferó: «¡Usted es como un pato!».

—No. Yo *soy* un pato —le respondí de inmediato.

—Pero tiene forma humana.

Miré por encima del hombro, como si fuera a contarle un secreto, y le dije, bajando el volumen de mi voz:

—Puedo hacer las dos cosas.

—Diga «sí» como pato —me pidió, mientras acercaba su silla. Lo hice y dejó salir una maravillosa carcajada que no pudo contener—. Ahora diga «tonto». —Y me salió algo parecido, que también le resultó muy gracioso—. Diga Lucía.

Lo dije. El sonido fue tan chistoso que nos reímos ambos. Entonces sonó el teléfono. Mi secretaria anunciaba que la cita había terminado.

—Me demoraré unos minutos más —respondí, guiñándole un ojo a Lucía.

Y seguimos jugando durante veinte minutos más. Ella esculcando mi vocabulario y yo tratando de perfeccionar el lenguaje del Pato Donald.

La llevé hasta la puerta. Se despidió de un beso. Fuera estaban la madre y el director, quizás dispuesto a darle ánimos a la señora frente a un nuevo fracaso. Al irse, Lucía le dio la mano a su mamá y dijo a los gritos: «¡Yo quiero volver donde el doctor Pato!».

Cuando se fueron, el director me preguntó a quemarropa:

—¿Cómo lo logró?

—Imitando al Pato Donald.

Me pidió que le contara toda la historia. Al terminar, se permitió una sonrisa.

—No es muy ortodoxo que digamos —comentó en tono conciliador.

Pero Lucía logró mejorar y siempre se dirigió a mí como doctor Pato. Poco a poco fueron soltándome más casos.

39

Una *BOUTIQUE* de comida

Durante mis primeros meses en España extrañaba mucho Buenos Aires. Mi aproximación a Cataluña fue quejumbrosa. Todo lo comparaba con lo argentino. El mar de la Barceloneta no me olía a mar, las olas me parecían enclenques, no me daban miedo como las del Atlántico y el Mediterráneo me parecía una piscina rodeada de chiringuitos.

La gente en Barcelona no silbaba por la calle. En esa época, los que pasaban a tu lado en Buenos Aires interpretaban desde la marcha peronista hasta *La cumparsita*. En Nápoles, como descubrí unos años después, la gente no sólo silba, sino también, y todavía hoy, cantan por la calle. Los napolitanos de Buenos Aires vivían comparando la sandía con la de su país, el color del río con el del mar, el zapallo de aquí con el de allá y cien cosas más; yo en Barcelona hacía algo parecido: todo lo nuevo me sabía a menos de lo que había perdido. Aunque hubo una costumbre catalana que atrajo mi atención desde el principio.

Una vez, cerca de Navidad, iba con Luis y Ulises caminando por las callejuelas en los alrededores de la plaza San Jaume y nos topamos con un negocio en el que había varias figuras de personajes en cuclillas, con los pantalones abajo, haciendo sus necesidades. En realidad, éstas ya estaban hechas, en montañitas de distintas formas y tamaños. Soltamos la risa. Ulises corrió a comprar uno con la cara de Perón, aunque lamentó no encontrar una Evita. El vendedor nos instruyó: acabábamos de descubrir a los *caganers*.

Más adelante, en una vitrina muy iluminada, otra sorpresa. Una gran variedad de troncos dotados de un rostro sonriente, dos patas delanteras y una especie de gorro frigio, la barretina catalana, como supimos después; algunos cubiertos por una manta roja y rodeados de vistosos paquetes envueltos para regalo.

—Esto se llama *tió de Nadal* o *caga tió* —nos explicó el encargado de la tienda, mientras agarraba uno y le tomaba el peso con las manos—. Se le alimenta desde principios de diciembre y se envuelve en una manta para que no pase frío. Y en Nochebuena lo golpean para que cague los regalos.

Pregunté por qué le decían tío.

—Tío, no. *Tió*. Significa tizón. Si no se alimenta bien, los regalos serán pocos y de escaso valor.

Nos llevamos uno mediano. Es el mismo que Tere y yo sacamos hoy cada Navidad. En un viaje a Buenos Aires llevé varios de regalo a mi familia y, cuando les expliqué para qué eran, los miraron al derecho y al revés sin entender. Sobre todo los olían. Papá hizo uso de una lógica rampante: «Los troncos no cagan —dijo—, si el regalo es muy grande no sale por ahí». Yo traté de explicar que se trataba de un «tronco mágico», de algo mitológico que provenía de una antigua tradición pagana, pero no hubo caso. Para ellos, el verdadero y único representante de las festividades navideñas era el Papá Noel italiano: el *Babbo Natale*.

En Barcelona yo prefería declararme napolitano, porque los argentinos a veces generaban recelo. Un catalán me dijo una vez: «Vosotros venís aquí con el pelo largo y la guitarra, con la pose izquierdista, y ligáis con todas las mujeres». Si así era, yo era la excepción: no había tocado una guitarra en mi vida y en ese momento todo hacía sospechar que iba rumbo a la castidad. Por fortuna, el idioma catalán no me resultaba tan ajeno: algunas palabras e inflexiones, incluso, eran similares al idioma napolitano. Jaume me explicó por qué.

—¿Así que se te hace parecido nuestro idioma al napolitano? Pues hombre, quizá sea porque fuimos los dueños de Nápoles durante doscientos años y a lo mejor alguna palabra se les pegó. O a nosotros de ellos.

¿Nápoles súbdito de los españoles? Me imaginé a mi tío Roberto entrando en crisis. Pero era cierto, era historia. Otra cosa es que alguien en casa quisiera contármela.

También el mercado de la Boquería me creó un conflicto. Era más chico, pero mucho más limpio y ordenado que el Spinetto. Olía demasiado bien para ser un mercado. Tuve la impresión de estar en una *boutique* de comida. Pero, pese a esta resistencia inicial, los productos sí llamaron mi atención. Frutas, verduras, cerdo, cordero, variedad de quesos y aceitunas, todo esto fue quizás lo primero que me entusiasmó de Cataluña. El amor a la tierra italiana me había sido transmitido a través de la comida; tal vez aquí también pudiera indicarme el camino.

Poco a poco, fui probando los platos catalanes en cuanto bar y restaurante se me atravesaba: los *calçots* con salsa romesco, los buñuelos de bacalao, la butifarra en todas sus versiones, la escalivada, las torradas, los *rovellones*, el *mel i mató*... Hasta el jamón ibérico, que al principio me parecía más grasoso que el *prosciutto*, terminó gustándome tanto o más, sobre todo el de bellota. Al abrir el paladar, se me abrió también el ojo y descubrí la Barcelona «guapa», con su arquitectura y sus callejuelas, como un placer a mi alcance con sólo circular por ella.

Llevaba tres meses en Cataluña cuando recibí una carta de Nino. Giovanni había muerto de un infarto. Mientras le hacían los primeros auxilios gritaba con desesperación *«Pòvera Amalia! Póvera Amalia!»*, en tanto ella permanecía arrodillada a su lado, tomándolo de la mano. Durante varias semanas no pude dejar de imaginar la escena y aquel sufrimiento de tener que dejar sola a la persona que se ama para enfrentar la vida. Me costó aceptar su ausencia. En realidad, mi actitud respecto a él seguía siendo infantil: me sorprendió su muerte porque en lo más hondo de mí pensaba que era inmortal.

Al poco tiempo, Amalia vendió todo y se fue a vivir a Nápoles con su hermano Doménico, que era viudo y tenía cuatro hijos, dos hombres y dos mujeres. Había encontrado un hogar. Sin embargo, algo le faltaba. La primera vez que llamó, me sorprendí; todavía más cuando volvió a llamar. Mientras escuchaba su voz, en el apartamento de la calle del Congost, y miraba aquellas paredes extrañas, me adentraba en su dolor. Conversábamos de lo que era ahora su vida, pero lo que quería no era hablarme, sino oírme porque mi voz, me dijo, se parecía a la de Giovanni. En ocasiones, me pedía que me riera para evocarlo de manera más directa. Me confesaba entre lágrimas: «*Quando ridi mi ricordi di Giovanni*». Pobre Amalia. En algún momento dio por terminado su luto o eso supuse, porque dejó de llamar. No supe más de ella hasta unos años después.

40

Palomas de otros diluvios

Un día salí del hospital y me encontré a Tere con su moto amarilla.

—¡Sorpresa! —exclamó.

Vestía de azul de pies a cabeza y llevaba una bufanda a rayas. Parecía de los años sesenta. Me acerqué y la abracé con fuerza. Estaba feliz de verla.

—¿Qué hacés aquí? —pregunté.

—Cumplimos seis meses de estar juntos. Te voy a invitar a almorzar y a que brindemos con cava... ¿Aceptas?

Sentí vergüenza de no haber caído en cuenta de la fecha. Sacó un paquete con un enorme moño rojo y lo puso en mis manos.

—¡Ábrelo! —me dijo con entusiasmo—. ¡A ver si te gusta!

Me encontré con una edición argentina, bilingüe, de Giuseppe Ungaretti: *Sentimiento del tiempo*.

—Busca en la página donde está el separador —me pidió—. Ésa es la poesía que más me gusta.

Una leve marca en lápiz señalaba un poema. En italiano:

> UNA COLOMBA
> *D' altri diluvi una colomba ascolto.*

Y en castellano:

> UNA PALOMA
> De otros diluvios escucho una paloma.

Me llegó al alma. Ella era mi paloma.

Nos fuimos por la playa a comer fideuá. ¿Habrá mayor síntesis gastronómica hispano-italiana que una paella de pastas? Ese día el mar no parecía enclenque y vi más gaviotas que de costumbre. Luego fuimos hasta el consultorio y quedamos en que por la noche hablaríamos. Llegué sobre la hora y me embarqué en mi primer caso. Me costó mucho mantener la atención. Teresa aún ocupaba mi mente. Estaba empezando la sesión con un segundo paciente y alguien golpeó la puerta. Teníamos como regla no interrumpir la consulta a no ser que fuera una cuestión de fuerza mayor. Montse asomó medio cuerpo.

—Andrea, ¿puedes venir un momento?

En la sala de espera también estaba Jaume.

—Es Teresa —explicó Montse, tratando de mantener la calma—. Ha tenido un accidente con la moto. Su madre acaba de llamar.

—Está en urgencias del Clinic —añadió Jaume.

Salí corriendo en busca de un taxi. Fui directo a la sala de emergencias y allí encontré a don Manuel y doña Carmen apeñuscados en un rincón. Me explicaron que un taxi había chocado la moto por detrás y que Tere al caer se había golpeado y quedado inconsciente. Aún no había despertado.

Aunque el lugar era más amable que el hospital Italiano, seguía siendo un hospital. Luces brillantes, pasillos helados, gestos de angustia y la antesala, la maldita antesala donde esperábamos delante de una puerta en la que un letrero rezaba «*Mantingueu sempre la porta tancada*». Al cabo de dos horas, por fin la atravesó un doctor.

—¿Cómo está? ¿Está bien?

—Es un caso delicado y tenemos que intervenir rápido —dijo en tono pausado—. El neurocirujano acaba de verla y sugirió operar con urgencia. Se le ha formado un hematoma subdural agudo...

—¿Eso es grave? ¿Se puede morir? —interrumpió doña Carmen.

—Si no actuamos pronto, sí.

La señora perdió el equilibrio y yo la sostuve.

—¿Podría explicarnos en términos más sencillos lo que ocurre? —pidió don Manuel.

El médico accedió.

—El espacio entre el cerebro y el cráneo, debido al golpe, se ha llenado de sangre. Esa sangre presiona dentro de la cabeza afectando zonas vitales, como el centro respiratorio. Por eso hay que drenarlo pronto.

Nos quedamos de nuevo los tres solos en aquel interminable pasadizo. Les ofrecí café y dijeron que no. Yo tampoco quería nada. Doña Carmen sacó un rosario con una imagen de la Virgen del Rocío y comenzó a rezar en voz baja. Don Manuel estaba lívido, con la mirada pegada al techo. ¿Cómo no pensar en mi madre? Caminé un rato y me topé con una capilla. Entré, me puse de rodillas y traté de hablar con Dios, si es que me escuchaba: «Mirá, no sé qué querés probar con esto, ni siquiera sé si existís. Pero, por las dudas, te lo pido, te lo ruego, no me quites también a Tere. Si todo va bien, te juro, de verdad, voy a intentar creer en vos y hasta te voy a hacer un altar. Si existís, no me la quites...». En mi mente se mezclaban la Virgen del Rocío en las manos de doña Carmen y el amado San Genaro de mi mamá. Volví a transitar de un lado a otro y a tener aquella sensación de ser una bacteria en un lugar aséptico. Pensé en llamar a mi papá o a Genarino y concluí que no tenía mucho sentido. ¿Qué podían hacer? Traía conmigo el libro de Ungaretti. Lo abrí y vi la dedicatoria: «A la alegría de tenerte en mi vida». Me encerré en el baño a llorar, para que no me vieran mis suegros.

No recuerdo mucho más de lo que ocurrió en aquellas horas. En cambio tengo clara la imagen de un médico metido en una bata verde. Era el neurocirujano.

—Todo ha salido bien por el momento... —nos explicó con gesto inexpresivo—. Ahora falta esperar.

—¿Esperar a qué?

—A que el cerebro se desinflame. Durante dos o tres días vamos a dejarla en cuidados intensivos. No podrá recibir visitas, pero les informaremos de todo.

Tres días después, ya estaba en una habitación sola, con una ventana amplia y un pequeño televisor pegado casi al techo. Por suerte, no necesitaba respirador artificial. Pero seguía inconsciente, quieta en su mundo, del otro lado de la vida.

—Hay que tener paciencia. Debemos esperar a que ella reaccione —nos comunicó el doctor.

—¿Cuánto tiempo? —preguntó don Manuel.

—No se sabe. Depende de la respuesta de su cuerpo y de sus ganas de vivir.

De sus ganas de vivir yo no dudaba. Pero no quería esperar de brazos cruzados.

—¿Cómo podemos ayudar? —quise saber.

—Por mi experiencia, este tipo de pacientes se benefician mucho de la compañía y de escuchar la voz de los familiares y de gente conocida. Aunque parezca que ellos no oyen, hay datos que confirman lo contrario.

De inmediato creamos una serie de actividades. Doña Carmen decidió repasar la Biblia mientras la acariciaba. Don Manuel, guitarra en mano, se inclinó por las tonadillas que le canturreaba de niña. Sus amigos, la gente de teatro, optó por leerle las dos obras que a ella más le gustaban: *Un tranvía llamado deseo* y *Esperando a Godot*. Ulises, siguiendo su tradición argentina, eligió las tiras cómicas de Mafalda e Inodoro Pereyra, que tanto la hacían reír cuando las ojeaba. Yo le recité verso a verso el libro de Ungaretti que me había regalado. Luis insistió tanto que a la postre aceptamos su participación, aunque Tere no fuera anarquista. «No está de más enseñarle —argumentó—, de pronto cuando despierte se une a la causa», y se dedicó a exponerle *Dios y el Estado*, de Bakunin, con todo detalle.

Después de dos semanas, un sábado en que llegué temprano para reemplazar a doña Carmen, la encontré arrodillada al lado de la cama, rezando. Sollozaba y levantaba la cabeza con los ojos cerrados, agradeciendo a la Virgen y al cielo.

—Está hablando —me dijo, tomando mi mano con fuerza—. No entiendo qué dice, Andrea, pero no se quiere ir. ¿Comprendes? No quiere irse...

Desde entonces, apenas me despegué de su cama. Tampoco yo entendía el balbuceo de Tere, que iba y venía. Hasta que un día, ese murmullo adquirió sentido.

—*Una colomba... Ascolto... Una colomba...*

En italiano. Tere hablaba en italiano. Era nuestra poesía, la de Ungaretti. Ella también volvería del diluvio. Se lo expliqué a los demás, exultante, mientras ellos se maravillaban del cambio de lengua. Un lunes besé su frente y le dije, como siempre, en catalán, «*Bona nit el meu amor, torna aviat*». Y en ese momento sentí el roce de sus pestañas. Levanté muy despacio mi cabeza. Encontré sus ojos abiertos, incrustados en los míos. Como dos faros. Vivos, palpitantes, despiertos. Tres meses después decidimos casarnos.

41

MI HIJA TIENE UN BUEN CULO

—Te refieres a casarse... ¿Con todas las de la ley?

—Sí, claro —dije, dispuesto a todo.

—De ser así, te tomo la palabra y me haces muy feliz. ¡Muy feliz! —repitió.

Luego me enteré de que «con todas las de la ley» significaba tres cosas: casarse por la iglesia (la salud de doña Carmen dependía de ello), pedirle la mano a don Manuel (incómodo, pero asequible) y que la boda se llevara a cabo en el pueblo de Cabrils y en la iglesia de la Santa Creu, un antojo que siempre había tenido Tere, porque Cabrils le inspiraba paz interior.

Acepté todo, pero no faltaron los problemas. Mi partida de bautismo no aparecía por ningún lado. Llamé a papá y luego de buscar me dijo:

—Aquí no está y en Italia no hay quien nos haga el favor. ¡Casate por el civil y dejate de joder! *Dio è grande,* y no te va a poner problemas por esa pelotudez.

No se trataba de Dios, sino de la Iglesia. Buscarla en Nápoles era imposible, así que el cura que nos iba a casar sugirió un nuevo bautismo y una nueva confirmación. Tere me tomaba el pelo:

—Te vas a ver precioso y muy *sexy* cuando el cura te bendiga, en pañales, dentro de la pila.

El segundo escollo me tomó por sorpresa. Pensaba que entre don Manuel y yo, a raíz de todo lo que habíamos compartido en el hospital, ya habría cierta confianza. Los dos habíamos sufrido por la misma mujer. ¿Acaso podía dudar de mi amor por su hija? Pero el hombre era tozudo. Una noche prepararon una cena especial y me presenté con un ramo de rosas rojas para doña Carmen. Tere, cosa rara, se había maquillado y puesto un vestido negro corto ajustado. En la biblioteca, que en El Carmelo nunca habían tenido y venía a representar su nuevo estatus, me esperaba sentado y bien vestido don Manuel, con un puro prendido. Me ofreció un jerez, pero todo olía a cigarro. Con mi copita me senté frente a él, en una silla antigua de respaldo ovalado, y declaré lo que él ya sabía:

—Don Manuel, quiero mucho a su hija y le vengo a pedir la mano para que sea mi mujer.

Levantó la cabeza para dar una larga chupada al tabaco. Descruzó y volvió a cruzar las piernas, pasando ahora la izquierda sobre la derecha. Pensó otro poco y de golpe me soltó a quemarropa:

—Esa muchacha tiene buena cabeza y buen culo. Además es excelente hija, trabajadora, honrada y todo el mundo la quiere. Es un buen partido. Me entiendes, ¿no? No estamos ante cualquier petición.

—Don Manuel, yo quiero mucho a su hija.

—Entiendo, pero quiero saber más de ti. ¿Podría hablar con tu padre?

Miré el reloj. Mi papá a esa hora estaba trabajando en San Justo. No era imposible.

—Bueno —acepté a regañadientes—, puedo llamarlo si quiere.

Fue hasta el escritorio, levantó el teléfono y esperó a que yo lo recibiera. Resignado, tomé el tubo y marqué el número. No quería este encuentro. No podía imaginarme una conversación entre ambos. Oí del otro lado la voz de la secretaria de papá.

—Hola, soy el hijo de don Salvatore.

Se puso contenta al oírme. Preguntó cómo estaba y si me gustaba España. Pedí de nuevo hablar con mi papá y dijo que ya me lo pasaría. Mi mente persistía en su pronóstico: la mezcla entre los dos iba a ser lo más parecido a una bomba atómica. Papá me saludó muy alegre:

—¡Andrea! ¡Qué decís! ¡Qué sorpresa! ¿Todo bien?

No tenía tiempo de pensar algo razonable que decirle, así que opté por ser totalmente franco. Cosa que muy pocas veces había hecho en mi vida.

—Mirá, viejo, me voy a casar... No había tenido tiempo de decírtelo... Ella se llama Teresa, es una gran chica y ahora estoy hablando con su papá, don Manuel, y él quería... Bueno, le parece importante hablar con alguien de mi familia para conocer más de mí...

—¿Y qué quiere saber ese señor?

Para mis adentros pensaba: «Papá, ponémela fácil».

—No sé, ya te dirá él...

Le pasé el teléfono a don Manuel como si quemara y dije que prefería esperar fuera. No se opuso. Cerré la puerta detrás de mí con cuidado. Me escapé hacia la cocina, donde estaban Teresa y su mamá.

—Denme por favor algo fuerte, muy fuerte, y doble.

Doña Carmen me sirvió orujo en un vaso como si fuera agua.

—¿Qué pasó?

—Está hablando con mi papá.

Se miraron sorprendidas, pero sin entender mi preocupación.

—Van a hacer cortocircuito —advertí—. Don Manuel es andaluz y mi papá napolitano. Son de dos mundos distintos, no pegan... En realidad, mi papá es como un marciano...

Exactamente treinta minutos después, entró don Manuel a la cocina, se sentó a mi lado, puso su mano sobre mi hombro y dijo con admiración:

—¡Qué gran persona es tu padre! —No lo podía creer. Pensé que mi papá le había vendido algo. Don Manuel prosiguió—: Entre emigrantes nos entendemos. Lo que él llama sabiamente la *lotta* nos ha tocado a los dos.

—¿Qué es la *lotta*? —preguntó Tere.

—La lucha por la supervivencia, hija. Y también mejorar. Cuando llegamos de Andalucía, tu madre y yo vivíamos en una pequeña casa en El Carmelo. La calle era de tierra y en invierno nos moríamos de frío. Yo trabajaba en lo que podía hasta que empecé en la editorial y después entró tu madre. Aprendimos un oficio, pero con esfuerzo y perseverancia. Eso es *lotta*... —Se hizo un silencio y él continuó—: ¿Sabéis qué me dijo?: «Su hija es un buen partido y el mío también... ¿Que mi hijo va a estar con una chica fenomenal? Pues su hija también va a estar con alguien fenomenal... Así que quedamos empatados... Que se casen, sean felices y dejémonos de hinchar las pelotas». —Y se carcajeó. Don Manuel dio un golpe en la mesa y sentenció todo lo ocurrido con una frase que produjo en ambas mujeres una sonrisa de satisfacción y en mí un alivio profundo—: ¡Bienvenido a la familia! ¡Y ahora, a comer!

Esa noche tuve mi primer contacto real y casero con la comida andaluza. No hacía más que cotejar similitudes y diferencias con lo italiano y descubrir matices y condimentos desconocidos. Doña Carmen había preparado varios platos: un «menú degustación», como dijo. Primero sirvió un gazpacho que había hecho el día anterior y había dejado en la nevera para que el sabor se concentrara. Al principio me pareció una especie de salsa napolitana fría. Hasta que capté su esencia.

—Nosotros, además, le echamos una pizca de jerez del bueno —aclaró don Manuel.

Probé la alboronía, una mezcla de berenjenas, *zucchini* y zapallo, entre otros ingredientes, aunque después descubrí un plato similar en Barcelona: la *samfaina*. Me explicó Teresa que la preparación también llevaba un agregado especial de su familia: un poco de canela y unas hojitas de yerbabuena. Nos lo comimos sobre un pan casero y con un buen vino tinto. Después, entre todos, cocinamos *pescaíto* frito. Similar a una *frittura di pesce*, pero con mariscos. Teresa me apretaba la mano de tanto en tanto para decirme que estaba feliz, sin hablar. Cuando pensé que habíamos terminado, sacaron dos platos más: paté de aceituna y papas *aliñás*, mezcladas con perejil y cebolleta y adobadas con un vinagre especial. ¡Y el postre! Unos bocaditos crujientes a base de almendra, llamados «amarguillos», de los que sólo pude probar uno. La comilona me trajo gratos recuerdos de la patria.

—Cuando nos reunimos en casa —comenté—, también comemos mucho y le metemos mucho amor a la cocina. Me siento en familia.

—No te sientas en familia —dijo don Manuel, agarrándome del brazo—, ésta *es* tu familia.

Y más tarde agregó algo que fue imposible que no me recordara a papá: «Esta casa es un pedazo de Andalucía». Era como mi viejo hablando de Nápoles.

42

LA SANGRE LLAMA

A excepción de la cachetada que me dio el cura para que no quedaran dudas de mi bautismo, el matrimonio transcurrió en un ambiente agradable y afectuoso. Mis contados amigos se juntaron con la numerosa familia de Tere, que llegaba de todas partes por decenas. De mi casa no vino nadie. ¿Quién habría podido? Alquilamos un apartamento pequeño pero muy acogedor en Gracia, en la calle de Sant Pere Màrtir, en un tercer piso con un balcón a la calle. Nunca había tenido un departamento mío y de la mano de Tere, que le puso amor desde el primer día, éste se convirtió para mí en el más hermoso del mundo.

En la entrada ubicamos una mesita cubierta con una mantilla que tejió doña Carmen. En la pared, encima, un crucifijo de madera con un Jesucristo de metal que mis suegros habían traído de un viaje a México. Sobre la mesa, un portarretratos mostraba una foto de cuando Tere tenía quince años en pleno ataque de risa. Alrededor distribuimos distintos elementos cuyo sentido era difícil de captar para las visitas: una imagen de la Virgen del Rocío y otra de San Genaro, algunas partituras de las canciones que cantaba don Manuel, una revista de Mafalda, otra de Inodoro Pereyra y cuatro libros: *Un tranvía llamado deseo*, *Esperando a Godot*, las poesías de Ungaretti y el compendio de Bakunin. En medio de todo esto, una pequeña vela chata y redonda con olor a sándalo que prendíamos de tanto en tanto. Entonces miraba a los ojos de San Genaro y le hablaba a Dios: «Te cumplí, ¿no?».

Fue un domingo a las diez y media de la noche cuando sonó el teléfono. Ya estábamos acostados. Fui hasta la sala y contesté. Era Genarino.

—¡Qué decís, Genarino! ¿Cómo estás?

—Mirá, te llamo para decirte algo que no fui capaz de contarte la vez pasada y si no te lo digo, me voy a reventar. No te asustés. El peligro ya pasó...

Sentí un vacío en el estómago.

—¿Qué peligro?

—Tu viejo tuvo un ataque al corazón.

Me senté en el sillón. Genarino siguió hablando, esta vez con más impulso:

—Nadie te llamó porque no querían preocuparte, pero a mí me pareció que tenías que saberlo... Sos el hijo, ¿no?

—¿Y cómo está?

—Ya se lo llevaron para su casa. Estuvo internado quince días en el hospital Italiano.

—¿En el hospital Italiano? ¿Quince días?

—Sí, pero la Unione e Benevolenza depende del hospital Italiano, ¿viste? No había nada más que hacer.

—¡Pero cómo no me avisaron!

—Ya te dije, no querían preocuparte. El médico que lo revisó ayer dijo que está estable. Le mandó reposo, unos remedios, nada de sexo ni emociones fuertes, comer poco...

—¿Y él qué dice?¿Está con María Grazia?

—Ella no lo deja ni un minuto. Y bueno, vos sabés cómo es él... Dice que va a comer de todo y que no piensa dejar de coger...

—Voy a irme para allá lo más rápido que pueda.

—No hace falta, acá todo está bajo control.

—¡Pero cómo no voy a ir! Vos lo dijiste, es mi viejo... Voy a llamarlo ahora.

—¿No te dije que tiene que evitar las emociones fuertes?

Me pareció razonable.

—Pero entonces andá preparándolo psicológicamente —me obstiné—, porque voy a viajar en cuanto pueda.

—Avisame entonces cuándo vas a venir. Acá con los milicos la cosa está más tranquila. Muchos están volviendo. La guerra unió a todo el mundo. Vení y te quedás en mi casa... —Hizo una pausa y de pronto cambió de tema—. No sé si sabías, pero tu papá vendió el apartamento de Pichincha y se compró una casa en Isidro Casanova, ahí pegado a San Justo.

—¿Cómo que vendió Pichincha? ¿Y por qué nadie me dijo?

—Y... Chantajearon a un escribano y tu tío Antonio, que es bueno para eso, falsificó la firma de tu mamá para evitarse lo de la sucesión... —Tantos secretos. No lo podía creer. ¡Era parte de mi herencia! Genarino siguió tratando de justificar lo injustificable—: Vos sabés cómo son estos tanos. No consultan nada y cuando se les mete una idea en la cabeza, no hay quien se la quite. Yo los podría haber asesorado, pero no me dijeron nada.

Me despedí indignado y triste. Fui hasta la sala y abrí la ventana para dejar entrar la noche. Sentía el pecho como oprimido y necesitaba aire. ¿Cómo no sabía lo de Pichincha? ¿Cómo era posible que la semana anterior, mientras me pavoneaba por los pasillos del hospital con mi estúpido delantal blanco, mi padre estuviera a punto de morirse? Me detuve en los portarretratos que saturaban el aparador del comedor con fotografías de los mejores momentos que habíamos vivido Tere y yo durante esos años. Allí se acomodaban nuestros recuerdos de manera ordenada. En mi casa, en esta casa, sí había fotos. Yo no descendía de los barcos. Lo más importante estaba retratado para siempre y para que mis hijos tuvieran contacto con sus raíces y con su historia. Llamé a Teresa. Debí de hacerlo con angustia, porque llegó de inmediato, agitada.

—¿Qué te ocurre? Estás pálido...

—A mi papá le dio un infarto. Me voy para Buenos Aires.

43

Olor a Buenos Aires

El viaje fue una coctelera. El avión nunca dejó de sacudirse, ni mis pensamientos, que ahondaban mi culpa: «No estuviste pendiente de ellos, los abandonaste». No recordaba con claridad caras ni gestos. En mi memoria, mi familia era un *collage* desdibujado. Ni siquiera la pinta de gnomo de papá se manifestaba con la intensidad debida. No podía dejar de pensar en aquella noche, en casa de Genarino unos días antes de partir, cuando Francesca me pidió con los ojos llorosos que nunca me olvidara de ellos.

Desde el avión, Buenos Aires se veía interminable. Ni bien bajaron el tren de aterrizaje comenzó para mí un desasosiego que no disminuyó hasta ver, de pronto, la cara de Genarino entre tantos carteles con nombres escritos. Nos abrazamos.

—Mirate, el pelo corto... Y te dejaste los bigotes. ¡Parecés un señor! —me dijo entre risas.

—¿Y vos estás embarazado? —respondí dándole golpecitos en la panza.

Nos detuvimos frente a un Ford Taunus último modelo.

—¿Qué te parece? Es del año pasado, le hice poner aire acondicionado y llantas de lujo.

—Espectacular —admití, esquivando una raya roja que había en el piso antes de subirme.

—Vamos a casa, te arreglás un poco y salimos para donde tu viejo en Isidro Casanova. Van a estar todos para festejarte el cumpleaños...

—Pero yo no cumplo hasta el miércoles...

—Antonio y Annunziata vinieron exclusivamente para verte. Van a darte la fiesta por adelantado. Tu viejo además quiere que hoy te quedés a dormir allá.

Durante el camino, Genarino no paró de contar historias. La artritis de su mamá, lo bien que le iba en el trabajo, lo linda que era Alicia y su alejamiento parcial del PRML (Partido Revolucionario Marxista-Leninista), o sea, la antigua Vanguardia Comunista. Yo no dejaba de mirar los árboles de la ciudad y sus edificios, envueltos en el gris del invierno. Abrí la ventanilla y la humedad golpeó mi cara: olor a Buenos Aires. Por todas partes colgaban carteles publicitarios y alguna que otra pancarta contra los ingleses. Las calcomanías pegadas en el vidrio de atrás de los autos insistían: «Las Malvinas son argentinas». Ya cerca del departamento, vi levantarse la persiana de un kiosco.

—Para, para un momento —pedí a Genarino.

—¿Qué pasa?

—Acompáñame.

Me miró con una sonrisa burlona.

—¿Qué pasa?

—¿«Acompáñame»? ¿«Para»? —me imitó—. ¿Qué pasa, te volviste español?

Nos acercamos al kiosco. Mi acento habría cambiado, pero mi gusto no.

—Dame cinco bocaditos Cabsha, tres bananitas Dolca, dos Tita, una Rodhesia, dos alfajores Jorgito y dos de maicena.

—Hace mucho que no venís, ¿eh? —comentó el kiosquero.

—Y sí. Casi cinco años.

—Se nota —dijo él, agregando un Fantoche triple—. Éste es atención de la casa. Espero que no te empaches.

Busqué en el bolsillo con qué pagar. Saqué sólo dólares y pesetas.

—¡Es el colmo, che! —exclamó Genarino—. ¡También tengo que patrocinarte el vicio!

Los tres nos carcajeamos. Volví a tener la maravillosa sensación perdida de no tener que explicar un chiste.

Cuando llegamos a su casa, Genarino dio rienda suelta a su entusiasmo con Malvinas.

—¿Viste cómo estamos peleando? Les hundimos fragatas, les derribamos aviones... Pensaron que iban a pasarnos por encima... ¿Y qué me decís de los aviadores argentinos?

—Son geniales los tipos —respondí.

—Vamos a ganar.

—Ojalá tengas razón, Genarino.

Me apuntó con el dedo:

—Grabátelo: primero los ingleses y después la dictadura.

Cuando terminé de acomodar mis cosas, fuimos hasta la cocina y sacó una caña Legui.

—¿Te acordás?

—Pero a esta hora...

—Dale, no seas boludo, por los viejos tiempos.

Y puso música de Los Gatos: *La balsa*, nuestra adolescencia. Al poco rato comenzó a hablarme de Alicia. Yo tenía curiosidad por conocerla. Me mostró una foto suya en bikini, al borde de una piscina. Era un poco raro, en esa casa donde todavía, para mí, rondaba el fantasma de Julia.

—Muy bonita —reconocí.

—Pero tenemos un problema. Aunque ya lo estamos solucionando.

—¿Qué problema?

—Es la secretaria de mi jefe.

—¿Y eso qué tiene?

—Es también su amante...

—¡Cómo te gusta complicarte la vida!

—Es que la quiero de verdad —insistió—. Además, tengo una especie de dependencia sexual con ella.

No me extrañaba.

—A ver si entiendo bien: ella le es infiel a su amante, que es su jefe, con otro amante, que sos vos.

—Ajá.

—Estás jodido.

—¡Exacto!

Sirvió otro trago. Me lo imaginé una vez más debajo de Julia y no sentí rabia. Era Genarino. Decidí preguntar por ella.

—Parece que se casó con el dueño de una cadena de moteles —me informó—. Por la Iglesia evangelista y todo...

Julia había logrado su meta económica. En fin, me dije, mejor pensar en Tere. La llamé para decirle que había llegado bien, le di el número de teléfono de la casa de papá y nos despedimos. Al colgar me sentí un poco fuera de lugar: después de todo, dos terceras partes de mí estaban en Barcelona y una de ellas en gestación.

44

Hermano o hijo, da lo mismo

Nos detuvimos frente a la casa de papá en la calle Bruselas. La nueva Pichincha. La fachada era blanca. Un antejardín llevaba a una puerta de madera clara con una ventana a cada lado del mismo color. Todo el frente estaba adornado con flores que asomaban de una jardinera baja que iba de lado a lado. Se veía la mano de María Grazia. La entrada estaba presidida por un porche con dos escalones de cemento rojizo. El lote era grande y estaba separado de los vecinos por setos altos y frondosos. Al bajar del automóvil, Genarino me dijo con cierta malicia:

—Vení, asomate por acá.

Lo seguí hasta el extremo izquierdo de la casa. Unos cuatro o cinco metros hacia el fondo se veía lo que parecía ser un garaje. Pero tenía un letrero pintado en la parte superior: «Pizzería Vesubio: sucursal principal».

—¿Qué es esto? —pregunté asombrado.

—Montaron una sucursal. Venden *pizzas* y *calzones* para llevar. Primero no venía nadie, pero ya tienen más clientes. La idea fue de María Grazia.

«Otro rebusque napolitano», pensé. Oí a Annunziata llamarnos desde la puerta de la calle y dimos la vuelta. Allí estaban ella y también Antonio, con su calvicie brillante y sus bondadosos ojos saltones. Me abrazaron. Annunziata agarró mi cabeza con ambas manos y fijó sus ojos en los míos.

—Quiero leerte el alma —dijo.

—Dejalo en paz, pobre muchacho —se quejó Antonio.

—¡Estás feliz! ¡Estás feliz! —gritó Annunziata y dio unos cuantos saltos a mi alrededor.

Al entrar me encontré a Roberto, Nino y Francesca. No me alcanzaban los brazos para los tres. Entonces apareció papá. Me agarró de las orejas y se quedó mirándome.

—¿Te dejaste los bigotes? Te ves bien: parecés un *magliaro*.

Todos rieron.

—¿Cómo estás, viejo? —le pregunté, señalándole el corazón.

—*Bene, mi sento bene...* El boludo del médico quiere que me muera de tristeza en vez de infarto. Ni comida ni cogida...

—Tenés que cuidarte, papá. Esta vez va en serio.

Y le acaricié la cara. Nunca lo había hecho antes. Sentí la tibieza de su piel rasposa. Entonces entró María Grazia trayendo de la mano a un niño con un enorme chupete azul.

No lo podía creer: ¡era igual a mí! Un calco exacto, bucle por bucle. Le eché una ojeada a Genarino y él se encogió de hombros. Forcé una sonrisa. María Grazia exclamó, feliz de la vida:

—Mirá, te presento a tu hermanito: ¡Mariano!

El niño no se movía de al lado de su mamá y me miraba de pies a cabeza con recelo. «Cómo puedo tener un hermano tan grande», pensaría. Me agaché y le tendí los brazos.

—Vení, Marianito, vení...

Dudó unos segundos y corrió hacia mí. Lo levanté y no necesité olerle los testículos. María Grazia se acercó y me saludó con ternura. ¿Por qué me sentía culpable? ¿Por qué sentirme así?

Mariano corría por todas partes y mi papá iba detrás jugando a perseguirlo. Cada tanto el pequeño lo llamaba «papi» y él le respondía impostando la voz: «Qué quiere mi lindo *bambino*». No recordaba nada así en mi infancia.

—No corrás mucho, Salvatore —intervenía María Grazia—, recordá lo que te dijo el médico.

Roberto terció a favor de papá con un proverbio napolitano:

—'A morte nun se mètte appaùra d' 'o mièdeco.

La muerte no teme al médico. A lo que María Grazia respondió con otro:

—'A morte va truvanno 'accasione.

La muerte va buscando la ocasión. Papá se detuvo, recuperó el aliento y declaró, levantando los brazos:

—¡Esta vez tiene razón la mia moglie!

María Grazia a su vez correspondió con un gesto de agradecimiento. Y dijo, pasando a otra cosa:

—¡Ahora a conocer la casa! ¡Vamos, Andrea!

Comenzó el tour. Los tres dormitorios, la cocina y, al fondo, un terreno alargado con una pequeña terraza inicial embaldosada. A lo lejos, conejos y gallinas; más cerca, un sembrado de tomates y pimentones; detrás, la huerta. Por la mitad, un camino con piedras y adobes sueltos. Me llevaron hasta la parte de atrás de la «sucursal» y vi un horno deforme que había levantado papá con ladrillos refractarios y barro; según él, «fabricado a la vieja usanza». Una lata abollada cerraba la boca del horno.

—Lo más difícil —explicó papá poniéndose serio— fue organizar la salida del aire por arriba. Si el tiro está mal hecho, la pizza sale mal.

Me trajo una silla para que me asomara. Lo único que pude ver fue un agujero.

—Maravilloso —dije—. Gran trabajo.

Entramos al negocio y olía a pizza. Inconfundible. Había un mostrador sencillo y a un costado tres cocinas a gas con sus respectivos hornos.

—Estamos felices. Cada día vendemos más —comentó María Grazia.

—De vez en cuando ésta me funciona —dijo papá, golpeándose la frente.

—Papá, ¿no necesitás un permiso de la municipalidad para montar el negocio?

—Caminá, caminá y dejate de hinchar las pelotas.

Se alejó a paso rápido. Seguía siendo el mismo. Lo seguí. Regresamos por el frente y allí estaban los demás, copa en mano, esperándonos. Tomamos un Lambrusco tinto y brindamos alrededor de la mesa, repleta de comida deliciosa hecha especialmente para mí.

—Te vas a recuperar de comer mal con los gallegos —dijo Roberto, mientras me mostraba los varios tipos de berenjenas, las albóndigas en salsa, los pimientos rellenos, los mejillones y el pulpo.

Decidí no llevarle la contra, tomé un pan casero y le eché una cucharada gigante de berenjenas a *fungtiell*.

Antonio tomó la palabra:

—Hoy yo cocino. Mientras pican, voy a hacer *pasta e piselli*.

Al rato apareció Antonio con una fuente repleta de *macarroni* con arvejas. Comimos y hablamos de todo un poco. Mostré fotos de Teresa, del matrimonio y de cómo eran los sitios que había visitado. Respondí infinidad de preguntas de cómo vivía, qué hacía, el embarazo de Teresa y más cosas. Pero yo también quería ponerme al día con ellos. Y me enteré de que Francesca estaba trabajando en una *boutique* que habían montado los hijos del fallecido Rabinovich. Supe que Antonio había achicado su negocio en San Luis; Roberto seguía siendo *magliaro*. Nino me invitó a almorzar a la pizzería para que habláramos de cómo iba la cosa, pero la mirada huidiza lo delató e imaginé lo que me diría. Hablamos de la muerte de Giovanni y pregunté por Amalia.

—Imaginate que cuando murió Giovanni —respondió Francesca—, apenas nos enteramos una semana después. Mandó cremar el cadáver y al poco tiempo se fue donde su hermano a Nápoles, que acababa de enviudar. No se despidió de nadie. Con la única que se escribe a veces es con Annunziata.

—Sí —confirmó Annunziata—. Me cuenta de sus cosas y yo la mantengo al tanto de todo... Pobre Amalia, no se resigna...

Noté que el tema nos entristecía a todos y me dirigí a Mariano, que no me quitaba los ojos.

—¿Querés que te haga el caballito?

Miró a su mamá y María Grazia lo animó con un gesto. Y jugué con él de la misma manera a cómo lo hacía la abuela Simona conmigo cuando yo era chico. Lo senté sobre mis piernas y empecé a moverlas con rapidez en todas las direcciones, lo cual simulaba estar sentado en un potro desbocado. Mariano soltó de inmediato una carcajada contagiosa, a la que todos nos adherimos. Así estuvimos un rato. Después se bajó y fue directo a los brazos de papá y desde allá me echó una sonrisa.

Esa noche me quedé donde papá. Estaba en la cama a punto de cerrar los ojos y sentí que la manta se movía. Pensé en algún animal y salté del susto, pero me encontré con Mariano y su gigantesco chupo azul.

—¿Qué pasa, mi amor? —le pregunté.

Me señaló la cama.

—¿Querés dormir conmigo?

Me dijo sí con la cabeza y se acostó a mi lado. Llegué al sueño con su cara pegada a la mía. «Hermano o hijo —pensé—, es mi sangre».

45

EL TESORO ESCONDIDO

Me despertó la voz de María Grazia discutiendo con papá.

—Te digo que no es normal que Mariano hable tan poco.

—Va a hablar cuando tenga que hacerlo: *il corpo* sabe qué hacer.

—¡Qué cuerpo ni qué ocho cuartos! —protestaba María Grazia—. Quiero saber qué dice Andrea, él nos puede orientar.

En ese momento entré en la cocina y vi a Mariano desayunando una *zuppa di latte*. Aún recuerdo su sabor. Consiste en un tazón de leche caliente con pan francés cortado en trozos. Papá y María Grazia, para mi sorpresa, estaban tomando mate.

—Papá, ¿qué pasó con el café? Lo único que falta es que pongas unos fideos en el asador...

—Me lo prohibió el doctor —explicó de buen humor—, pero me dijo que sí podía tomar mate... ¿Querés?

Acepté y di algunos sorbos.

—Está rico —dije.

—Cómo van a comparar el café con el pasto con agua —comentó papá con cara de resignación—. El mate no es rico, es un remedio antihigiénico. Todos nos pasamos los microbios con esa bombilla de mierda.

—No digas estupideces. Es delicioso y es una costumbre sana —intervino María Grazia.

—Opino lo mismo, papá. Así que perdiste: dos contra uno.

Hablamos un rato de sus días de hospital y del postoperatorio. Entonces reflexionó:

—Nunca le tuve miedo a la *mòrte*, hasta que nació Mariano. Con vos yo era joven —agregó, mirándome a los ojos— y a la muerte la veía lejos. Pero no se puede abandonar a un *bambino*.

—La ciencia ha avanzado mucho —intervino María Grazia—. Hoy se vive más. No sé si mejor, pero más.

—Cuál ciencia ni qué *cazzo* —protestó papá.

María Grazia nos dio la espalda, lo que quería decir que no se hablaba más del tema. Pero más tarde, sentados juntos en una banca ante el terreno, mientras mirábamos a Mariano correr entre las matas de tomate, perseguido, esta vez, por su madre, volvimos a hablar de él. Papá, sentado con un codo apoyado en cada muslo, cortaba con un cuchillito pedazos de manzana que se iba llevando a la boca. Lo hacía despacio, con mucho cuidado.

—¿Te parece que Marianito ya tiene que hablar? —me preguntó sin levantar la cabeza.

Era la primera vez que reconocía, de algún modo, mis estudios.

—Sí, papá. Hay que exigirle un poco. Que se esfuerce —dije.

—Yo le entiendo todo aunque no hable. Con sólo verlo, me doy cuenta.

—Por eso no suelta la lengua. Pero yo le voy a dejar unas recomendaciones a María Grazia para que te las pase. ¿Te parece?

Asintió. Seguimos mirando al fondo. El aire era agradable: al barrio no llegaba la contaminación porteña. En el silencio podían oírse ruidos pequeños y lejanos. Los conejos se movían inquietos en la jaula, de a ratos las gallinas cacareaban. Era como vivir en una granja. Mariano pasó otra vez corriendo.

—¡Despacio, despacio, que te vas a caer! —lo alertó papá.

Yo necesitaba hablar de Mariano. Y no sólo de su mutismo. Todavía no salía de mi asombro al ver su parecido conmigo. Quedaban cosas por decirnos entre papá y yo.

—Con respecto a Mariano, yo quiero decirte... —empecé.

—No hay nada de qué discutir —me cortó él.

—Pero es importante...

—¿Importante para quién?

Otra vez me arrinconaba, otra vez no sabía qué contestarle. Me animé:

—Para mí.

Soltó el aire por la nariz. Se enderezó. Si hubiera visto estos gestos veinte años atrás, habría pensado que me iba a pegar.

—Mirá —dijo con voz pausada—. Ya charlamos una vez de esto y no quiero volver a hacerlo. Ésta es mi nueva familia. No es que vos ya no lo seas, sino que ellos me hacen sentir vivo todavía. Él está acá con su madre y yo lo cuido. Y listo. Padre no es quien los crea, sino quien los cría.

Y se quedó con la vista fijada en mis pupilas. No pestañeó ni una vez. Yo, varias. María Grazia nos avisó de que llevaría a Mariano a jugar a las hamacas de la plaza. Papá le dijo que lo abrigara bien. Cambié de tema.

—¿Y vos? ¿Cómo vas en el trabajo? —pregunté.

—Está complicada la cosa...

—¿Por qué?

—Hice una cagada... Arreglé unos números para que me salieran las cuentas de otra manera...

—¡Ay, papá!

—Pero, si no me agarran, voy a esperar a que me echen y que me paguen la indemnización... La sucursal de Vesubio va bien y nos da para comer... La casa está pagada... Puedo agarrar la *valigia* de tanto en tanto. Tengo una plata ahorrada, no es mucho, pero ayuda... Y hay otra cosa...

—Pasó su mano por la calva, se puso de pie y acomodó el pantalón, como si fuera a iniciar una faena. Y siguió diciendo—: Vení, vení conmigo, que te voy a mostrar un secreto... Sólo lo sabe María Grazia... Los psicólogos son como los curas, ¿no? No pueden decir lo que uno les confiesa y esto es una *confessione, si capisce?*

Lo seguí hasta un espacio entre el gallinero y las jaulas de los conejos. Allí había un laurel verde y frondoso. Corrió la maceta y sacudió la tierra con el pie hasta que asomó una delgada tapa de hierro amarillenta. La puso contra la pared y quedó al descubierto un agujero de forma rectangular. Me hizo señas de que me acercara.

—Dale, dale, mirá.

Me asomé y vi una caja de color verde desteñida con la tapa abombada, de unos cincuenta centímetros de largo y veinte de ancho.

—Son ahorros —explicó con naturalidad, mientras miraba el cofre con aire satisfecho—. ¿Querés ver qué hay adentro?

¿Qué podría haber allí? La caja era pesada. Cada uno agarró una manija y la sacamos fuera a la cuenta de tres. Papá extrajo una pequeña llave del bolsillo y abrió el candado. Levantó la tapa y el contenido apareció como el tesoro de un barco perdido. Me agaché y miré a papá desde abajo. No me animaba a meter la mano.

—Dale, dale —autorizó.

Y empecé a revolver aquello: monedas de oro y monedas antiguas, una colección de estampillas, alhajas, medallas al valor, cruces de guerra y hasta dentaduras postizas con dientes de oro.

—¿Qué es esto? ¿De dónde lo sacaste?

—De los viejos del hospicio.

—¿Y por qué está acá?

—Vos sabés, me dejan sus cosas pero después se mueren y yo me las traigo. ¡No se las voy a dar a la Unione e Benevolenza!

—Pero no pueden haber muerto tantos —dije, señalando la caja.

—Muchos están vivos y yo les guardo las cosas.

—¿Hasta que se mueran?

—Y sí.

—¿Y qué pasa si no se mueren?

—Se las devuelvo cuando me las pidan... Si no se les olvida... A muchos les falla la memoria. Ellos confían en mí y yo hago de cajero, como un banco, ¿entendés?

—¡Papá, es lo menos parecido a un banco!

Se quedó pensando un rato y concluyó:

—Y bueno. Es otro *modo* de hacer las cosas pero la *intenzione* es la misma.

La experiencia me había enseñado que hacerle cambiar de opinión era una tarea imposible. Cerramos el cofre y lo enterramos. Puso la tapa de hierro, echamos tierra y corrimos el laurel. Me tomó del brazo y caminamos despacio hacia la casa. Al pasar cerca de los conejos, se detuvo frente a uno muy blanco y con ojos rojos alargados.

—Éste se llama *Duque* —explicó— y es de Mariano. —Se acercó a la jaula y lo saludó—: *Come sei carino... Bell'* —Le pasó una zanahoria y jugó con él un rato. Después dijo—: Los otros conejos son para comer. Antes de ayer hice *coniglio alla provenzale*. Sobró un poco, ¿querés probar?

Fuimos a la cocina. Puso la porción en una sartén y aclaró:

—Apenas un poco de fuego para que se aclimate. Caliente no es tan bueno.

Y probé la carne blanca del muslo, untada de ajo y perejil, con el aceite de color verde que había tomado una consistencia viscosa. Sirvió un vaso de vino tino. Él no comió nada, se limitó a observar cómo yo lo hacía. De tanto en tanto me decía:

—¿Qué tal?, ¿eh?

Yo entornaba los ojos.

46

MUCHA AGUA BAJO EL PUENTE

En la puerta podía leerse un cartel de letras blancas sobre una placa verde de acrílico: «Departamento de estadísticas y psicometría». Grimoldi mandó pasar. Había llegado puntual a la cita. Encontré los mismos cubículos de madera de antes, con vidrios opacos y pequeños laberintos de entradas y salidas. Era un laboratorio, pero de números y calculadoras. A la derecha, el puesto de la secretaria, vacío. Más adelante, hacia el lado opuesto, la oficina del doctor Grimoldi. Al verlo, le tendí la mano, pero él se levantó y me dio un abrazo. Tenía un traje marrón con chaleco, camisa blanca y corbata con bolitas blancas. Se veía muy elegante, como siempre. Parecía el rector.

—¡Merola, tanto tiempo!

—Vine por unos días y no quería dejar de saludarlo y a darle las gracias personalmente por las referencias que dio de mí al hospital de Barcelona.

—Lo hice con gusto. Fuiste uno de los pocos valientes que se animó a ser monitor de esta área en una facultad poblada de psicoanalistas. Prefieren la interpretación de los sueños a la evaluación estadística. —Rebuscó entre unos papeles y sacó una carpeta—. Mirá, aquí están las comunicaciones que he tenido con el hospital Clínico. Ya estamos por cerrar un convenio. —Lo sabía. Yo mismo había hecho el contacto. Quiso saber más de mí—. Toda una aventura esto de emigrar, ¿no?

Le hice un breve recuento. Mostró mucho interés. Por momentos sentí que hablaba con un amigo.

—¿Y cómo ves la universidad ahora que volviste? —quiso saber luego.

—La vi menos lúgubre —dije, no muy seguro—. Hay más vida o eso parece. Más ruidos en los pasillos, más gente... Pero es una sensación nada más. Sólo estuve un rato caminando por ahí.

—Se viene un nuevo tiempo. Cuando los ingleses nos hagan mierda, a lo mejor todo se reacomoda y los milicos se van. Hay unos cuantos de Franja Morada que ya se animan a poner carteles y a reunirse. Las juventudes del Partido Radical son las que más están asomando la cabeza. Parece que ya no hay tanto miedo... Aunque hace poco en una asamblea de estudiantes algunos bajaron una consigna de línea dura: «Ni guerra ni dictadura: revolución». Y los mismos estudiantes los echaron de la asamblea. Uno ya no sabe...

Me sorprendió tal parrafada de parte de alguien que solía presentarse como apolítico.

—Hay que esperar —fue lo único que se me ocurrió decir, y asintió. Después me invitó a un café.

Caminamos por los corredores. Pasamos por las mismas aulas en que yo había cursado y observé a los estudiantes. Parecían más disciplinados que los de mi tiempo. En un paredón podía leerse una cronología día a día de los acontecimientos victoriosos de la guerra, acompañados por recortes de prensa. Los últimos decían:

24 de mayo. Fueron hundidas las fragatas británicas *Antílope* y *Argonaut*.

25 de mayo. Aviones argentinos averiaron tres fragatas misilísticas y hundieron el transporte pesado *Atlantic Conveyor* y el destructor *Conventry*. La aviación inglesa ataca Puerto Argentino y pierde tres Harrier.

30 de mayo. La aviación argentina averió al portaviones *Invencible*.

Después del café, al salir, caminé por la calle Viamonte. Por cada baldosa que esquivaba me llegaba un recuerdo.

Ya no era lo mismo, ya nada sería igual. Me di la vuelta para mirar las columnas grises e imponentes de la universidad. Era la despedida definitiva. Miré el reloj: aún quedaba una hora para encontrarme con Plácido.

—Ha pasado mucha agua bajo el puente —me había dicho cuando lo llamé para pedirle cita—. Hagamos algo mejor. Ya son muchos años que no nos vemos. Sos algo así como mi expaciente, así que mejor nos vemos al mediodía, comemos algo y nos ponemos al día.

—¿Me estás dando de alta?

—Hace rato que el que se dio de alta fuiste vos.

El bar restaurante era un lugar acogedor. Había psicólogos por todas partes. Los psicólogos tenemos un «detector de colegas» que no suele fallar: te sientes evaluado y evalúas. Algunos leían y otros fumaban en pipa. Por momentos parecía una biblioteca, salvo por el delicioso olor a empanadas que llegaba de la cocina. Pedí dos de carne cortada a cuchillo y un vermú rojo para aguantar la espera. Al relajarme, recordé el saludo de Teresa por teléfono esa misma madrugada.

—¡Hola! ¡Feliz cumpleaños!

Apenas despierto, la escuché cantarme el cumpleaños feliz bilingüe, primero en castellano y después en catalán. Hablamos largo rato. Su embarazo iba bien. Yo no le conté todo lo que me había pasado. Del cofre enterrado de papá, por ejemplo, no le hablé, menos por secreto de confesión que por vergüenza. Pero al colgar me sentí triste. Cómo podía ser que después de cinco días la extrañara como si hubieran pasado cinco años...

Estaba terminando la segunda empanada cuando advertí a un hombre delgado, parado frente a mí, que me observaba detenidamente. Vestía un gabán sobre un traje oscuro del que asomaba una camisa azul eléctrico. El pelo color castaño le caía sobre las orejas. Los dientes blancos y parejos asomaban de una sonrisa que permanecía fija. Su rostro me era familiar o, mejor, la manera de mirar.

—¿No me vas a saludar?

No lo podía creer. Me levanté de un salto.

—¡Plácido! ¡Te juro que no te reconocí sin barba!

—¡Ya ves! ¡Yo despejé mi cara y vos te la tapaste!

Nos saludamos como lo hacen los argentinos: chocamos las manos y nos dimos un beso en la mejilla. Moví la cabeza de lado a lado y reí fascinado con el cambio. Nos sentamos uno frente al otro:

—¿Qué hay de vos? —preguntó—. Te ves muy bien.

—Muchos cambios, Plácido.

Y le hablé de ellos. Nos trajeron el menú y pedimos lo mismo: jamón crudo con palmitos y después ñoquis, aunque no fuera 29.

—¿Seguís cocinando? —quiso saber.

—Y sí... De vez en cuando. Estoy aprendiendo cosas españolas.

—¿Paellas?

—Y mucho más, la gastronomía española es fabulosa.

Este cambio le pareció casi el más profundo. ¡Admitir otra cocina que la italiana! Brindamos. No quería que la plática girara en torno a mí y, aunque es difícil convertir a un exterapeuta en contertulio, intenté verlo como un amigo.

—¿Qué hay de tu vida? —logré decir con esfuerzo.

Él lo tomó con naturalidad.

—Ya ves, querido Andrea: renovación total, física y mental.

—Bajaste muchos kilos.

—Doce, para ser exacto.

—Te sacaste varios años de encima.

—Lo mismo dice mi esposa. —El defensor del amor libre. Vaya sorpresa. Pero no la mayor—: ¿Te acordás de Natalia? —agregó—. ¿La paciente que me mandaste? Pues sí, nos casamos. Y yo también voy a ser papá.

¿Plácido y Natalia? ¡Si eran agua y aceite! Recordé la última sesión con ella en la pizzería, su furia, su indignación y la pelea con Giuseppe por su culpa. Natalia: ¡qué mal recuerdo!

—Ella sabe que estoy con vos y dijo que iba a pasar a saludarte.

¿Ver a Natalia? Traté de disfrutar de los ñoquis, que se derretían en la boca mezclados con la salsa intensa y fresca. Acababa de limpiar el plato con el pan cuando, al levantar la vista, la vi. Se encaminó hacia nosotros como una flecha. Vestía una bata larga de maternidad y un chaquetón de paño. Tenía el cabello recogido. Apenas maquillada y sin pintura en los labios se veía más atractiva; así, al natural.

—¡Rulitos! —exclamó, arrojándose sobre mí.

Creo que me puse rojo. Plácido se levantó y acercó una silla.

—Quería venir para agradecerte personalmente lo que hiciste por mí... —dijo satisfecha—. Conocerlo a él cambió mi vida —agregó, echándole una mirada a Plácido—. Si es niño, quiero que se llame Andrea.

—Si es niña también se puede llamar así —respondí.

47

CUESTA ABAJO

Llegué a la pizzería a las once y media de la mañana. Una señora mayor limpiaba el salón. Me asomé y no vi a Nino. La mujer se apoyó en la escoba y preguntó:

—¿A quién necesita? Todavía no hay atención al público.

—Busco a Nino.

—No está, lo siento —dijo y siguió con su faena. Entré y la mujer me detuvo—: Señor, ya le expliqué que Nino no está. Por favor, no pise donde limpié.

—Disculpe —respondí retirándome—. Lo espero aquí fuera.

De pronto, el saludo estridente de Arturo retumbó en todo el lugar:

—*Vallone!* —exclamó, asomándose desde atrás del mostrador.

Corrió hasta mí, apretó mi mano con un saludo efusivo y luego pasó a un fuerte abrazo al que correspondí. No había cambiado un ápice.

—Pasá, pasá —me dijo y añadió dirigiéndose a la mujer—: Sandra, éste es Andrea, uno de los dueños.

—¿Dónde está José? —pregunté.

—Se fue al Perú hace dos años. No supimos más de él.

—¿Y Nino?

—Fue por el pan, ya viene.

La pizzería estaba en penumbras y sin música. Tampoco olía a orégano y albahaca.

—¿Quién se encarga de la huerta, si José no está? —quise saber.

Arturo no dijo nada. Abrí las dos alas de la puerta y me encontré la mitad de las jardineras vacías. Las baldosas que antes definían el camino estaban arrancadas o tapadas por la tierra.

—Yo lo intenté, pero tengo muy mala mano, ¿viste? Ahora compramos casi todos los condimentos y el tomate en otra parte.

En silencio volví al salón, pasando la mano por los manteles a cuadros que encontraba a mi paso. Arturo trató de animar la cosa:

—¡Pongamos música! —dijo, yendo hacia el equipo de sonido.

Sonó *Marechiare*. Un señor grueso con un sombrero de chef se asomó de la cocina y llamó a Arturo.

—Es el quinto cocinero que ensayamos —me explicó éste—. No son tanos como nosotros. ¡Imaginate que quieren echarle queso mantecoso a la *pizza* en vez de *mozzarella*! Tuvimos uno que le echaba anchoas a la margarita y otro que quería hacer una *pizza* con ananá... Pero a éste le estamos enseñando y pinta bien. Se llama Agustín, pero Nino, cuando hay clientes, lo llama Pasqualino, para que suene napolitano.

Agustín insistió y Arturo se fue hacia la cocina. A los pocos segundos vi entrar a Nino. Traía unos paquetes.

—*Guaglióne!* —gritó de lejos.

Se lo veía contento. Me agarró la cabeza, me despeinó y comenzó a jugar con mi pelo como si estuviera espulgándome, según su costumbre.

—¡Arturo, traete un vermú y algo para picar!

Después de un rato de charla, durante un silencio, me quedé mirando la escalera de caracol a su espalda.

—¿Puedo subir, tío?

Intentó disuadirme. No le hice caso. Subí la escalera y entré.

Todo estaba como lo había dejado. Olía a limpio. Las cortinas impecables, el cuadro de la bahía de Nápoles y el portalápices en el mismo sitio. Sobre el escritorio, la gorra que me había comprado José el día que atendí a doña Emilia por primera vez. Me asomé por las ventanas corredizas y, al verme, Nino giró la cabeza. Bajé y regresé a su mesa. Me sirvió otro vermú.

—Fue Francesca la que quiso mantener todo igual.

Sabía que estaba mintiendo. No me sostenía la mirada.

—Bueno, fuimos los dos —reconoció—. Ése es tu lugar. —Lo abracé. ¿Qué le iba a decir? Se animó, pero cambió de tema—: Probá las aceitunas, son con ají y orégano. Es un nuevo invento.

Comí algunas y también queso roquefort con pan francés. No sabía como antes.

—¿Este pan de dónde es? ¿Ya no lo hacen aquí? —pregunté.

—Y no. Los clientes han cambiado, la gente no es igual. Es menos *esigente*, ¿entendés?

—¿Lo compras en don Alberto?

—No, don Alberto cerró hace un año.

—¿Cerró? ¿Qué pasó?

—El barrio no es el mismo. Hay cada vez menos italianos. Por ahí dicen que el Abasto lo van a trasladar al mercado central de Buenos Aires y de ahí sigue el Spinetto... El asunto es que muchos puesteros se fueron a la provincia. La cosa está difícil...

Sirvió otro vermú. Los cinco años que habían pasado le pesaban a Nino como si hubieran sido diez: había perdido peso y pelo. Y tenía los ojos apagados y hundidos.

—Estoy cansado, *stanco* —confesó.

—¿Y qué has pensado hacer?

—Si la cosa sigue así, volver a la carpintería.

—¿Y tenés posibilidades?

—Uno de los hijos de Rabinovich dice que puede ayudarme a buscar un puesto en una carpintería grande.

—¿Y qué es lo que te detiene?

—*Non lo so*... Lo mismo me pregunta Francesca...

En ese momento entró Roberto dando un grito de guerra, meneando las manos por lo alto y bailando al compás
de *Tu vuò fà l'americano*. Qué contraste. Nino recuperó la
sonrisa y el color. Volvió Arturo y con cara de preocupación le dijo a Nino que no había ajos.

—*Mannàggia* —se quejó Nino, dando un golpecito sobre la mesa—. Este Pasqualino es medio pelotudo... Acom-
páñenme, de paso estiramos las piernas.

Nos fuimos los tres al Spinetto. Pasé por el costado de
la plaza y la vi rodeada de rejas verdes. También vi una infinidad de carteles que decían: «Prohibido pisar el cés-
ped». ¿Dónde jugarían a la pelota los niños ahora? La calesita seguía dando vueltas, pero los bebederos parecían
esculturas de granito abandonadas. A mi lado pasaba gente nueva, rostros desconocidos. Llegamos al Spinetto. Desde fuera todo estaba igual, hasta la cantidad de vidrios rotos en la cúpula. Vi pocos automóviles estacionados. Se
oían voces aisladas, pero ya no aquel rumor de fondo, el
murmullo del trabajo, con el ir y venir de los changadores
y el cantar de las ofertas y promociones. Entramos. Nino
pidió unos ajos en un puesto de verduras a un señor que
evidentemente no era italiano. Éste le vendió los ajos ya
pelados.

—¡Nos van a quitar hasta el placer de pelar un ajo! —protestó Nino.

Me acompañaron al segundo piso. Algunos negocios
tenían la persiana cerrada. El local del Romano, que hacía
el vino casero, aún funcionaba. Roberto le compró dos li-
tros. Pero el Spinetto no olía a Spinetto, ni en el primero ni
en el segundo piso. Pregunté por la *pizza* de cancha. Ya no
vendían.

Más tarde, mientras esperábamos el almuerzo, me puse
al día con tío Roberto.

—¿Y cómo van tus novias? —le pregunté.

—Una en cada puerto —dijo riéndose.

—Ya no sos marinero, tío. Necesitás tener una mujer
definitiva para compartir la vida —traté de aconsejarlo.

—Vos tenés una fija y yo tengo tres que van y vienen, ¿cuál es la diferencia?

—La soledad, compartir sueños.

—¿Romanticismo *spagnolo*? ¡No me hinches las pelotas! El amor te quita fuerza.

No quería discutir con él. A medida que iba hablando, fui detallando su rostro. Cuántas luchas sumaba su cuerpo, cuánta resistencia. Recordé sus anécdotas de cuando había estado de voluntario en el frente en Rusia y cuando lo descubrieron en Río de Janeiro de polizón y lo devolvieron a Nápoles. A la semana estaba otra vez montado en un barco rumbo a Argentina, otra vez de polizón. Cuánta historia. Llegó Nino con las *pizzas*. Mientras comíamos y conversábamos, noté que solo entraron dos o tres clientes. Antes, los jueves solía ser un buen día. Me despedí. Les prometí que en la próxima vez traería a Tere y a mi hijo o a mi hija. Al salir me di cuenta de que seguían allí los dos anuncios en madera: «Primer piso: pizzería», «Segundo piso: psicología». Había agregado la «p».

48

EL LOBO RABIOSO FUERA DE CONTROL

Los diez días pasaron rápido. Varias veces caminé solo por Buenos Aires y recorrí viejos lugares, tratando de completar mis recuerdos. Pasada una semana ya no esquivaba baldosas ni buscaba Falcons verdes por encima del hombro, aunque la imagen de Clemente a veces aterrizaba en mi mente como un mal incurable. Estuve con papá en tres ocasiones más. Traté de que conservara su puesto en Unione e Benevolenza con un argumento que no entraba en sus esquemas: «Es mejor salir con la cabeza en alto». A lo cual me respondió en napolitano: «Es mucho mejor salir con la indemnización bajo el brazo». Le insistí en mis temores por la no autorizada puesta en marcha de la sucursal de Vesubio y le sugerí que Genarino podía hacer los trámites. Me escuchó con paciencia y dijo en un tono amable:

—Andrea, *guaglióne*. —Pocas veces me decía *guaglióne*—. No perdás el tiempo preocupándote al pedo. ¿Querés que a vos también te dé un infarto? Yo sobreviví hasta ahora, y a situaciones mucho peores. Así hacemos las cosas los Merola y no sabemos hacerlas de otra manera. Relajate.

Definitivamente, mi viejo había cambiado. Él, que era el nerviosismo en pasta, ahora me aconsejaba despreocuparme.

—Pero, papá, hay que tener cuidado —insistí—. Prometeme que si tenés algún problema, le vas a pedir ayuda a Genarino.

Asintió, me tomó de la nuca, puso su frente contra la mía y dijo «*Panza chièna nun penza a guàje*». Tomó distancia, juntó las palmas como si estuviera rezando, las balanceó de arriba abajo y agregó:

—¿Entendiste o querés que te lo explique?

Era uno de los dichos preferidos de Giovanni: cuando uno tiene la panza llena, no piensa en problemas ni desgracias. Me despedí con tristeza y algo de angustia, pero también con el consuelo de que estaba acompañado por María Grazia y de que Mariano alegraba su existencia.

Faltaba un día para volver a Barcelona. Genarino me invitó a cenar a Crispino, en la Paternal. Un italiano que cocinaba a la vieja usanza y que a él le encantaba, por lo que era de esperar que a mí también. Nos fuimos en su automóvil a las nueve de la noche. En el camino se disculpó por no presentarme a su querida Alicia durante mi estadía: habían estado discutiendo y el ambiente no era propicio. Cuanto más me lo explicaba, más su enredo me hacía pensar en una telenovela.

—¿Qué opinás como psicólogo de mi relación? —me preguntó.

Traté de ser claro y conciso, al estilo de papá:

—Que ella renuncie a la empresa y vos también. Se van a vivir juntos y buscan un nuevo trabajo.

—¡Qué cagada! Pensé que ibas a decir eso. Yo no soy capaz de irme de la empresa.

—¿Y Alicia qué dice?

—Que soy un cobarde y que no la quiero.

—Vas a tener que elegir entre la plata y la mujer que amás.

—No está fácil. ¿La guita o Alicia? Por ahora, empate.

Estacionamos a la vuelta del restaurante. La noche estaba fría, pero el sitio era agradable. La cocina estaba al fondo, abierta al público; podía verse a la esposa de Crispino junto a dos ayudantes. La carta era muy especial: había cordero a la portuguesa, calamares con cebolla, rabas a la romana y pastas de todo tipo. Se acercó Crispino, saludó a Genarino y éste me presentó como su hermano. Crispino era un hombre alto y grueso. No tenía acento italiano, pero había heredado el oficio de su abuelo.

—¿Son buenos hermanos o de esos que pelean todo el día? —preguntó.

—Somos los mejores —aseguró Genarino. Yo asentí.

El lugar estaba lleno de vida. Me recordó a nuestra Vesubio en sus buenos tiempos. Mientras esperábamos la comida, Genarino me preguntó:

—¿Allá no estás metido en política?

—No, para nada.

—¿Cómo fue lo del golpe del año pasado? ¿Te asustaste? Se habló de eso en todas partes. Acá la censura lo dejó pasar.

Recordé aquel día. La llamada acuciante de don Manuel a las ocho de la noche. Que fuéramos Tere y yo a su piso, para estar los cuatro juntos. No dormimos en toda la noche escuchando la radio, como si fuera un partido de fútbol. Allí seguimos hasta que al otro día se acabó la pesadilla. Como en la terraza de Pichincha, en el cincuenta y cinco, mis padres rogaban que no hubiera otra guerra, yo pedía para mis adentros: «¡Otro golpe, no!». La cara de Genarino estaba quieta, esperando una respuesta.

—Allá, por suerte, lo pararon.

—Ahora la cuestión pinta bien con este tipo Felipe, ¿no?

—¿Sabías que renunció al marxismo?

Genarino abrió los ojos y dijo con sorpresa:

—¡Renunció al marxismo! ¡Y a mí que me caía bien!

Trajeron una montaña de rabas y un plato vacío para cada uno. Pedimos otro vino. Llegó la pasta. Me había comido dos o tres sorrentinos cuando la puerta se abrió y entró un hombre con un tapado negro largo y una bufanda gris. Un señor sentado en una mesa cercana se acercó a saludarlo. Podía verle el perfil. Se quitó el abrigo. Abajo llevaba un suéter negro de cuello alto. Se acomodó el pelo hacia atrás, dijo algo y los dos se rieron. Fue entonces cuando lo reconocí.

La misma nariz ancha y las venas prominentes que sobresalían de sus sienes. El pelo embadurnado de gomina brillando a la luz amarillenta de las lámparas. Clemente estaba allí, a unos metros, respirando el mismo aire que nosotros. Bajé el tenedor y me eché hacia atrás. Sentí un escalofrío.

—¿Qué te pasa? —preguntó Genarino—. ¡Estás pálido! ¿Te sentís bien?

Traté de sobreponerme, aunque era difícil teniéndolo delante.

—Es él, Clemente, está aquí, en el restaurante —dije—. Allá, ¿ves a esos dos tipos?

Genarino miró con atención y le expliqué.

—¿Estás seguro?

—Me quiero ir ya —respondí en voz baja, pero no logré controlarme. Con un brusco movimiento involuntario, tiré un vaso que se hizo añicos en el suelo.

Ruido de cristales rotos, vidrios desparramados, vino en la ropa. Clemente miró hacia nosotros. Comencé a temblar, como bajo las luces del coche policía en la plaza Once. Crispino se acercó con una escoba. Clemente dejó de mirar. No parecía haberme reconocido.

—Si querés salí —propuso Genarino—. Pago y nos vemos fuera.

Lo esperé a la vuelta del restaurante. A los pocos minutos salió y se acercó rápidamente.

—¡Hijo de puta! ¡Y anda por la calle como si nada! —exclamó con rabia.

Yo no podía dejar de pensar, mientras andábamos: ¿qué probabilidades podía haber de que ese animal y yo llegásemos un sábado cualquiera al mismo lugar en una ciudad de millones de habitantes? Genarino compró en un kiosco una caja de chicles Adams de menta y una botella de Quilmes de litro.

—¿Para qué es la cerveza? —pregunté.

—Más tarde nos la tomamos.

—Vámonos, ya no quiero estar acá —dije, dirigiéndome hacia el coche.

—Pará, Andrea. ¿No te das cuenta? Fue la providencia la que te lo puso en el camino.

Reconocí el gesto de Genarino. No presagiaba nada bueno.

—¿Qué estás diciendo? —repliqué con temor.

—¿Cuántos pueden saber dónde vive un verdugo? Sigámoslo —ordenó resuelto—. Tenemos que hacerlo. Por los que no pudieron salir.

Yo dudaba, pero él estaba convencido. Yo quería irme, volver con Tere cuanto antes, pero en lo más feroz de Genarino no podía dejar de reconocer también un impulso justo.

—Mirá, quedémonos en la vereda y lo esperamos —me propuso—. Cuando salga, lo seguimos y ni bien sepamos dónde vive se lo decimos a los del partido. Ellos sabrán qué hacer.

Me recosté contra el árbol. Pasó mucho rato. Dos lobos peleaban dentro de mí: uno era pacífico y el otro, rabioso. La mirada de Genarino me atravesaba. Al fin Clemente apareció, caminando hacia nosotros, frente a mí, con un cigarrillo en la boca.

—Ahí viene —dije en voz baja.

—No hagas nada, seguí hablando como si tal cosa.

Los metros que lo separaban de nosotros me parecieron interminables. Cuando pasó por nuestro lado, Genarino se metió la botella bajo el brazo.

—¡Vení, vení, carajo! ¡Vamos detrás!

Acepté, alimenté al lobo rabioso. Empezamos a caminar. Clemente iba unos cinco metros delante. Caminaba despacio. Cruzo Andrés Lamas y, al llegar a la calle Suiza, dobló a la derecha. Apresuramos la marcha. En la tercera o cuarta entrada se detuvo. La calle estaba apenas iluminada. Avanzamos un poco más hasta llegar detrás de un pequeño camión estacionado frente a lo que parecía ser su casa. Desde ahí podíamos observarlo sin ser vistos. Tambaleante, posiblemente por el vino ingerido, sacó un manojo de llaves. La casa tenía una reja de seguridad hasta el techo, con una puerta detrás. Rebuscó hasta que encontró una llave, abrió la reja y comenzó a buscar otra, cuando el llavero se le cayó al piso. En ese preciso instante Genarino se soltó de mí y corrió hasta Clemente. Sin pensarlo, me fui detrás. Sentía la sangre fluyendo por mi cuerpo como un mar caliente. Vi a Genarino levantar la botella y dejarla caer en la cabeza de Clemente como un garrote. Primero sonó como si explotara una bombilla eléctrica; después, se oyó un quejido lacónico. El hombre quedó arrodillado, bañado en cerveza, con el llavero colgándole de la mano. Genarino tenía en la suya el cuello roto de la botella. Le tomé la mano y le dije que no con la cabeza.

No me contestó. Su mirada perdida me recordó la furia de papá aquel día en que le hice frente cuando quería golpear a mamá. Genarino resoplaba y su pecho se movía aceleradamente. Aun así, me hizo caso y me entregó lo que quedaba de la botella. Creo que hizo un gran esfuerzo para controlarse. Varios hilos de sangre caían por la cara de Clemente. Genarino le puso el pie en la espalda y lo empujó contra el piso, mientras miraba si venía alguien. Clemente quedó boca abajo con los brazos extendidos, como un cristo al revés.

—¿Está vivo? —pregunté.

Estaba inmóvil, pero parecía respirar.

—Creo que sí.

—¡Dale, ya está, ya está! ¡Vámonos!

—Me falta algo.

Entonces golpeó con fuerza varias veces, con el tacón de su zapato, cada una de las manos de Clemente. Algo crujió y de la boca del hombre salió otro quejido, esta vez más profundo.

—Ya no vas a poder lastimar a nadie más, hijo de puta... —le susurró Genarino en el oído. Lo tomé del brazo y, como volviendo a la realidad, dijo—: ¡Corré, corré! ¡Vámonos de acá!

Corrimos, llegamos al auto, arrancamos y nos perdimos en el tráfico. Anduvimos unos quince minutos en silencio dando vueltas por la ciudad antes de ser capaces de hablar.

—Genarino, yo no quiero parecerme a ellos...

—No somos como ellos. Debería haberle roto todos los huesos, uno por cada tortura, uno por cada desaparecido... No fue por lo que te hizo a vos sólo, Andrea.

Podría haber aceptado las palabras de Genarino, pero no.

—Lo malo es que lo disfruté, ¿entendés? Lo disfrute, me gustó que lo reventaras... Para mí fue una venganza...

Lo que percibí aquella noche de invierno aún está vivo en mi memoria. Sigue intacto, impecablemente detallado, desagradable, sombrío, secuencia por secuencia. Me recuerda que no debo alimentar al lobo rabioso.

49

LO INCONFESABLE

Al bajar del taxi, Tere me saludó desde el balcón. Subí lo
más rápido que pude. Quería acariciarla, sentir su olor, estar en casa. El encuentro fue un embrollo de besos, alegría
y caricias. Luego un bombardeo de preguntas de parte de
ella. Exigía saberlo todo, hasta cuántos alfajores había comido. Le mostré varias fotos para que pudiera ver por fin
a mi familia. El aspecto de papá le pareció gracioso, la pinta de Nino, la de un puro italiano y no sé por qué comentó
que Roberto tenía porte de conde. Uno a uno fueron obser-
vados con entusiasmo. Al encontrarse con la figura de Marianito, pegó un grito de asombro:

—¡Pero si es idéntico a ti! ¡Parece tu hijo!

Le pasé otra fotografía, amarillenta, en la que salía
mamá conmigo. Yo tendría unos cinco o seis años. Llevaba
un bonete en la cabeza porque era el cumpleaños de Rossano. Nino me había regalado la foto como algo muy va-
lioso, ya que no había más imágenes de mamá y yo juntos.

—Una mujer muy bella —dijo Tere, sin quitar los ojos
de la escena, y unos segundos después agregó—: Muéstra-
me de nuevo la foto de tu hermanito.

Se la entregué con angustia. Cuanto más se demoraba
ella en Mariano, más incómodo me sentía con la situación.
Era fácil no decirle la verdad. Pero súbitamente me negué
a utilizar el código de los *magliari*.

—Creo que Mariano es hijo mío —dije. Sacar lo incon-
fesable no siempre produce alivio. Tere me miró más seria

que nunca—. Creo que Mariano es hijo mío —repetí, sosteniendo como pude su mirada.

Su cara había pasado de la alegría más confiada a una turbación sin fondo. Dejó la foto a un costado. Inclinó la cabeza y arrugó la frente.

—¿Tienes conciencia de lo que me estás diciendo? —preguntó.

Asentí. Se levantó. Fue hasta la mesa, corrió unas sillas y volvió a ponerlas en su lugar. Luego se acercó al sillón y apretó varias veces el almohadón para darle forma. Se sentó, se puso de pie otra vez, se pasó la mano por la frente y cruzó los brazos.

—¿Por qué dices «creo»? —volvió a preguntar.

Era el momento de enfrentar la incertidumbre.

—María Grazia no sabe si Marianito es mío o de mi papá —respondí, de manera pausada para que se me entendiera bien.

—¿Fuiste el amante de la mujer de tu padre? —me reprochó, mientras sus ojos se transformaban en dos círculos perfectos.

—¡No, no! —me apresuré a aclarar—. Fue antes de que vivieran juntos. Fue una sola vez, en la pizzería... Una noche loca... En aquel momento, no había nada serio entre ellos.

Tere se dejó caer en el sillón. «No puede ser», dijo con voz quebrada, y temí que se echara a llorar. Me senté a su lado. Se apartó. Insistí y dejó que me acercara. «No todo está perdido», pensé.

—¿Por qué no me lo dijiste antes? —preguntó, con la cabeza apoyada en el respaldo, mirando al techo—. ¿Por qué?

Había muchas otras cosas de mi familia que no le había contado, pero ésta parecía resumirlas todas.

—No sé... —empecé—. Es que para mí venir a vivir aquí fue como nacer de nuevo. No pensaba en el pasado... Pero ahora que estuve con él, que lo conocí... Ya es una personita y cobró vida... Por eso quise decírtelo.

—Pobre tu papá —dijo, con verdadera lástima—. ¿Qué pasa si lo llega a saber? —agregó mirándome, súbitamente alarmada—. Su propio hijo...

—Él lo sabe —concluí.

Se incorporó en el sillón, mirándome con los ojos todavía más abiertos.

—¿Cómo que lo sabe? ¿Pero qué es esto? ¿Tú te das cuenta? No, no te das cuenta —se respondió a sí misma y de pronto cayó en la cuenta ella sola—. ¡Esto es increíble! ¡Me acabo de enterar de que mi marido es una especie de Edipo!

Me clavó los ojos, esperando una respuesta a la altura.

—No exageres —traté de contemporizar—. María Grazia es...

—¡Tu madrastra! —acusó.

De pronto mi vida era otra vez un melodrama.

—¿Y qué querés que haga? —respondí irritado—. ¿Que me arranque los ojos y me pierda en el desierto?

Dio un brinco furioso y se alejó airada. Se apoyó contra el marco de una puerta y se puso una mano en el vientre. Sus ojos se movían de un lado al otro mientras pensaba, decidiendo qué hacer o buscando, tal vez, una lógica que explicara los hechos. Quizás la encontró: unos segundos después regresó y se detuvo frente a mí. Volvió a cruzar los brazos.

—¿Hay algo más que deba saber?

Detrás de su exigencia se percibía otra cosa. Recordé las palabras que le dije a Julia aquel día, sentado en el suelo de la pizzería, cuando rompimos: «Necesito que mi dolor te duela». Lo que se opone al amor no es el odio, sino la indiferencia, pero el sufrimiento de Tere traspasaba sus facciones y llegaba hasta mí. Sentí la misma urgencia por aliviarlo que con el mío entonces.

—Fue Salvatore —dije, y no «papá»— el que quiso quedarse con Mariano. Quería tener una nueva familia. Y ahora la tiene. Tiene una nueva vida y yo también, acá, con vos. Y ni siquiera hay seguridad de que yo sea el padre.

Esculcó las fotos con brusquedad, tomó aquella donde yo aparecía con mamá y la de Mariano. Las puso una al lado de la otra.

—¡Mírate! ¡Mírate! ¿Todavía tienes dudas? —Las fotos le daban la razón. Tanto ella como yo lo sentíamos—. ¡Di algo, no te quedes callado!

Hice un intento por suavizar las cosas.

—Ahora es evidente, antes no —argumenté—. Compréndeme.

Cerró los ojos, intentando serenarse. Pero al abrirlos la furia seguía allí.

—¿Qué quieres que comprenda? —dijo casi en un susurro indignado—. Tienes un hijo y no estás con él. En cambio lo escondiste, me escondiste la verdad.

Ahora tenía su cara casi contra la mía, insaciable en su necesidad de respuestas.

—¡Yo no podía hacerme cargo, tenía que salir del país! —le recordé y recordé también a mi padre corriendo detrás de Marianito—. Además, mi papá piensa que es su hijo. Y se comporta como su padre.

No bastó.

—Lo único que realmente importa aquí es lo que *tú* pienses.

Pensé. Y de su vientre, del que ella parecía olvidada mientras no quitaba los ojos de mi cara, me vino la respuesta. Mariano no era mi hijo, sino otra cosa que nunca había tenido.

—Es que Mariano no es un hijo para mí, sino un hermano.

Aunque era obvio, así como yo acababa de descubrirlo también a Tere la tomó por sorpresa. Pero no lo entendió. Lo que fue peor, porque por una vez yo había logrado hablar con el corazón. Vi en Tere una mueca de decepción, la misma que sentimos al conocer una verdad que no nos gusta y que traslada el valor de la sinceridad a un segundo plano.

—Espero que no te pase lo mismo con nuestro hijo —me recriminó con rabia.

Por un momento dejó de ser la Tere que yo amaba.

—¿Por qué lo dices? —respondí, sintiéndome rechazado—. ¿No estás segura de que sea mío?

Alcancé a percibir sus ojos enrojecidos, antes de que me señalara con el dedo y exclamara:

—¡Hijo de puta! ¡Eres un hijo de puta!

Aún veo su dedo apuntándome, como lo hacía mi padre. Algo empezó a quemarme por dentro, a crecer como un tumor maligno. La ira estalló dentro de mí y se lanzó fuera, virulenta. Tiré una silla al suelo y di varios puñetazos a una puerta, mientras gritaba como un loco: «¡La puta madre!», «¡La puta madre!». Entonces vi a Tere mirándome asustada, con las manos en la boca, la misma expresión de mamá cuando papá perdía el control.

Traté de sosegarme. Jadeaba. Sentía en la cara un ardor que me venía del pecho, subiendo y bajando. Levanté la silla, me senté en ella y apoyé la frente en mis manos. Tere seguía de pie, sin moverse, apretada contra el ventanal del balcón como si quisiera salir volando o como si, sencillamente, se le hubiera acabado el espacio para huir. Ninguno se atrevió a decir nada: habíamos pasado el límite de lo razonable. Y de pronto, en medio de ese silencio que parecía volverse infinito, sonó el teléfono. Ninguno se movió. Dejó de sonar y nos miramos. De inmediato otra vez el timbre, persistente. Ella me hizo una señal con la cabeza. Yo interpreté que debía contestar. Eso hice.

—Hola. ¿Quién habla?

—¿Andrea? *Bello*, mi amor...

Era la voz de Amalia, inconfundible e inoportuna. Tere no me quitaba los ojos de encima. Hice un esfuerzo.

—Tía, ¡qué sorpresa! ¿Cómo estás?

Habló en italiano:

—Hacía mucho que no conversábamos, ¿no?

—Sí. Hace bastante...

—Te llamo para algo muy importante que tiene que ver con tu tío Giovanni.

Como de costumbre, Giovanni aparecía en los momentos más difíciles de mi vida. Incluso después de muerto.

—Te escucho, tía.

—Pero antes, ¿cómo te fue en Buenos Aires?

—Muy bien. Pude ver a todos. ¿Cómo supiste...?

—Annunziata me contó. Yo lo sé todo —dijo, carcajeándose.

No le seguí la corriente y traté de ir a lo concreto.

—¿Qué pasa con Giovanni? —No respondió y pensé que se había cortado la llamada—. ¿Aló?... Tía, tía, ¿estás ahí?

—Sí, sí... Es que tu voz es tan parecida a la de él... —Aclaró su garganta. Y por fin fue al grano—: Llegó el momento de decirte algo que me pidió Giovanni. Escucha, Andrea. En su testamento —prosiguió alzando la voz, puntualizando, como hacen las maestras cuando quieren fijar algo—, Giovanni dejó una cláusula: que, cuando estuvieras esperando la llegada de tu primer hijo, debería serte entregada una carta que te escribió de puño y letra —pronunció estas últimas palabras con particular énfasis y luego bajó el tono— y un dinero, que no es nada despreciable. —Hizo un alto, esperando mi reacción. Pero yo no dije nada—. Necesito cumplir esto —insistió—. Debes venir a Nápoles. La condición que puso Giovanni es que hay que entregarte la carta personalmente. Así era él: tan previsor, tan detallista... ¡Cuánto te quería!

Yo no me fiaba.

—¿Y cuándo tengo que ir? —pregunté impaciente.

Al escuchar esto, Teresa se acercó.

—Lo más rápido posible.

—Tengo que hablar en el trabajo... Acabo de pedir un permiso.

—Sólo necesitás un fin de semana. Ya es hora de que conozcas tu tierra, ¿no te parece? —preguntó y respondió, de manera lapidaria—: *Non si può dire di no. E 'stata la sua ultima volontà.*

Que yo fuera a Nápoles era la última voluntad de un difunto. Para mi tía no había nada más que decir.

—La verdad es que esto me toma por sorpresa —dije, tratando de quitármela de encima—. Si te parece, mañana hablamos.

—Bueno. Espero tu llamada, *bello. Ti amo.*

—Chau, tía. Yo también te quiero.

Aterricé otra vez en el apartamento. Junto a mí, Tere seguía expectante. Si se había acercado, era que ya no tenía miedo. La tomé de los hombros con suavidad e hice algo que mi padre nunca hizo con mi madre.

—Perdóname, linda. No sé qué me pasó.

—Yo también me excedí. Lo siento.

—Parece que tengo un lobo feroz adentro que no siempre controlo.

—Yo también tengo una loba que se enfurece a veces.

Ambos sonreímos. Los hoyuelos se le marcaron otra vez.

—¿Quieres un café? —preguntó.

—Bueno.

Más tarde, tomando el café, hablamos de Nápoles.

—Si la cosa es así —sentenció Teresa—, me parece que no tienes otra opción que viajar.

Habíamos planeado varias veces la ida a Nápoles. Por una razón o por otra, no habíamos podido concretarla. En la luna de miel no teníamos dinero. En otra oportunidad se interpuso mi trabajo y ahora estaba el embarazo, por el cual el médico desaconsejaba el viaje. Teníamos el firme propósito de ir juntos la primera vez. Ella solía decirme: «Quiero retratarte al pie del Vesubio, a ver qué cara pones».

—Voy con una condición —dije, dejando la taza en el plato.

—¿Cuál?

—Que si no es contigo, no vuelvo a viajar a Nápoles, pase lo que pase.

Ella dio un sorbo a su café.

—Prometido —contestó.

Y alzó la mano como para prestar juramento.

50

Donde todo comenzó

El tren llegó de Roma al mediodía con diez minutos de atraso. Acomodé sobre mi espalda una pequeña mochila en la que llevaba algo de ropa y bajé los dos escalones. Un poco más adelante, en el andén, un cartel azul pegado a un tubo anunciaba en letras blancas: Napoli Centrale. Me quedé clavado sobre los baldosines grises, hipnotizado como si fuera una escultura milenaria. A lo lejos, unas letras enormes en lo que parecía ser la entrada agregaban: Stazione di Napoli Centrale. Caminé despacio, embebiéndome de las palabras de los cientos de personas que como un torbellino pasaban por mi lado hablando napolitano, llano y raso. Dentro de la estación se oía una música de piano. Me acerqué a un grupo de gente reunida alrededor de un hombre que interpretaba *Torna a Surriento*. No lo hacía solo. Los espectadores cantaban con él, cada uno a su estilo pero atento al piano, y el ambiente era festivo.

Mi mente era una máquina que desglosaba todo lo que ocurría a su alrededor. Cada anuncio publicitario que veía dejaba una marca en mi cerebro, que pretendía adaptarse al nuevo ambiente: *tabbachi, bevande fresche, uscita, la pizza, il caffè*... Y en ese bombardeo de estímulos que me arrasaba como una marejada luminosa, tomé conciencia de algo que no se me había pasado antes por la cabeza: por primera vez en mi vida *no era extranjero*.

La impresión tenía un significado distinto al de «sentirse en casa». Más bien se trataba de otra cosa, de cierta seguridad básica que se convertía poco a poco en una percepción de confianza, al contrario de lo que les pasa a los turistas que llegan a Nápoles y desconfían hasta de su sombra. En Roma había llamado a Tere desde un teléfono público para que se quedara tranquila y ahora lo hacía con Amalia, quien se puso muy contenta de escucharme. Le dije que llegaría a su apartamento alrededor de las siete de la tarde porque quería ver, conocer el mar.

Cuando salí a la calle, lo primero que avisté fueron unos bolardos grises encadenados que no parecían cumplir ninguna función y varios trípodes invertidos que sostenían el enorme techo del acceso a la estación. Decenas de taxis estacionados de manera desordenada se amontonaban en la calle y los taxistas llamaban a sus potenciales clientes con gestos y gritos de todo tipo. Algunos ofrecían sus servicios en un inglés meridional: «*You neede nu taxi?*». Todo iba muy rápido. No era yo quien establecía contacto con Nápoles, sino la ciudad quien me arrastraba. El aire cálido traía consigo un aroma dulzón que no pude descifrar hasta más tarde.

Crucé la plaza Garibaldi y llegué a unos puestos que vendían ropa, casetes de música y películas porno, entre otras cosas. Pregunté en napolitano a un hombre mayor cuál era el trayecto para llegar al mar. El señor respondió en el mismo idioma con cara de extrañado:

—¿De dónde eres? Hablas un napolitano medio raro.

Le respondí en italiano para no enredarme. Le comenté que había nacido aquí y que me habían llevado de muy pequeño a la Argentina.

—Cuando me fui, no tenía ni un año de edad.

Al instante se abalanzó sobre mí, me dio un abrazo y me dijo que Nápoles era la ciudad más bella del mundo:

—*Napule 'a città cchiù bell 'rò munn.* —Y agregó—: ¡Y es tuya!

Hizo señas a dos vendedores para que se acercaran y les contó que yo era un napolitano que no conocía Nápoles. Un bicho raro. Ambos me saludaron efusivamente y uno de ellos me vendió un casete de música napolitana. En Barcelona descubrí que era una cinta virgen, de mala calidad, sin una sola *canzonetta* ni nada grabado en ella. Me pareció que así era todavía un *souvenir* más auténtico.

Me explicaron cómo llegar al castel dell'Ovo e hicieron especial hincapié en que lo más adecuado sería acercarse al duomo a saludar a San Genaro para que me acompañara. Nos despedimos entre chistes y carcajadas y con la predicción de que pronto volvería, porque estar alejado de Nápoles es imposible: «*Luntano a Napule nun se po' sta*». Me dirigí al corso Umberto I y poco a poco, mientras andaba por la avenida, a medida que oía conversar a mi alrededor, se me fue abriendo el oído. Hablaban más rápido, sobre todo los niños, y un poco más confuso que los del Spinetto, pero fui absorbiendo hasta ser capaz de entender con facilidad cada frase y cada palabra que escuchaba. Volvió a sacudirme la impresión de estar rodeado por tantos napolitanos. No había visto más de veinte o treinta al mismo tiempo en toda mi vida; aquí eran miles y yo, uno de ellos.

Unos nubarrones dejaron caer una lluvia intensa que me obligó a entrar a un local de venta de ropa. El que parecía ser el dueño me dijo que si quería quedarme allí debía comprar un paraguas, así que busqué el más barato. A los veinte minutos volvió el sol. Antes de irme el señor me devolvió la plata y yo le entregué el paraguas.

—No llovió lo suficiente —me explicó.

Durante el trayecto aprecié el rojo coral y el color crema apagado de los edificios, así como la madera envejecida de los portones de casas e iglesias. Al llegar a la piazza Nicola Amore, me detuvo un espectáculo que nunca olvidaré.

La rotonda era un hervidero de automóviles que tocaban la bocina, arrancaban o frenaban bruscamente, a la vez que los conductores sacaban la cabeza por la ventanilla e insultaban a otros o hacían muecas de todo tipo. Todos querían pasar primero. Entre esa enorme maraña de latas y motores, que por momentos eran incapaces de moverse un milímetro, Lambrettas y Vespas se cruzaban pasando a

escasos centímetros de los coches. En una de estas moto-
netas iban dos jovencitas. La de atrás cargaba sobre el
hombro un enorme aparato de radio que escuchaba a todo
volumen y la conductora llevaba un helado en una mano
mientras con la otra maniobraba esquivando cuanto vehícu-
lo o persona se cruzaba en su camino. Nadie chocaba.

Doblé a la derecha por via Duomo rumbo a la catedral de
Nápoles, a visitar a San Genaro. Me decía a mí mismo: «¿A
qué vas a ir, si no creés?», y mi respuesta era tan pragmática
como las que a veces daban los Merola: «Por las dudas».

Allí, en la basílica, la gente se inclinaba ante el santo
con mucha devoción, quizás esperando el milagro. Imaginé las veces que mi madre y mi abuela habrían rezado allí
y las vi arrodilladas, envueltas en sus mantillas blancas,
con los ojos cerrados mientras movían los labios en silencio. Tuve la sensación de que la mirada del santo me per-
seguía por todas partes. Fui moviéndome de un sitio a
otro y lo comprobé. Pero no me gustó sentirme observado
así que me fui, sin antes dejar de hacerme la señal de la
cruz (así es, por las dudas).

Avancé hasta el centro histórico y allí, entre el perfume
de las *pizzas* fritas mezclado con el de la masa azucarada de
los *dolci*, saboreé lentamente un *babà* embadurnado en ron.
Alrededor otras tentaciones eran expuestas en aparadores
de aluminio y vidrio ubicados a ambos lados de la calle,
entre pesebres, fruterías y *souvenirs*.

Acabada una *sfogliatella riccia* caliente, seguí mi camino
hacia el mar. Retomé Umberto I esquivando los papeles
sucios que se apeñuscaban sobre las veredas y llegué a la
via Medina, que a su vez me condujo a la piazza Plebiscito,
una planicie embaldosada sin postes ni árboles contra o a
la sombra de los cuales reposar. Uno podía sentarse en las
escalinatas de la entrada a la basílica de San Francisco de
Paula, aunque muchos prefieren el piso. Lo importante es
estar allí y dejar que la lluvia te moje o el sol te queme.

Crucé la plaza y por fin, del otro lado, divisé el mar. Tenía el color de los ojos de mi madre. Era como un lienzo

tendido contra el horizonte. Detrás, al final de la bahía, asomando de una neblina incipiente, el Vesubio. No se parecía en nada a los afiches que colgaban en nuestra pizzería, ni a los dibujos que lo muestran como un cono truncado por arriba echando humo. Uno puede representárselo también como un dios mitológico reinando sobre la ciudad, pero la realidad es otra. El monte son dos: el volcán y luego, pegado a él, una especie de hermano menor, llamado monte Somma. Me prometí que algún día subiría hasta arriba.

Bajé por via Santa Lucia hasta llegar al *lungomare* y desde un costado del castel dell'Ovo observé las coloridas casas que se esparcían hacia arriba, enfrentadas a la profunda masa transparente. Me recosté sobre una de las piedras blancas al borde del agua. El olor a mar era intenso, mucho más que en Barcelona o en Mar del Plata, y el castillo color ocre parecía un enorme nido de aves con cientos de gaviotas que lo envolvían y descansaban sobre sus torres. Las olas golpeaban la escollera con suavidad. Desde el primer paso en el andén de la estación de trenes mi corazón iba más rápido y no sabía cómo apaciguarlo. Tampoco estaba seguro de querer hacerlo. Saqué otra *sfogliatella* de la mochila.

No quería ir a casa de Amalia sin visitar antes aquella en la que había nacido. Paré un taxi y le dije en napolitano al conductor que me llevara a rione Sanità, a la calle Salita Cinesi 7. El taxista me dijo que los automóviles sólo entraban hasta donde la estrechez de las calles lo permitía, pero que podía dejarme cerca, en una pizzería llamada Concettina ai Tre Santi; desde ahí sólo debía caminar unas pocas cuadras. Le pregunté si la *pizza* de allí era buena y desde el retrovisor me miró severamente: «*La migliore di Napoli*», respondió con sequedad.

Se detuvo frente a la pizzería. El olor a levadura y ajo frito inundaba los alrededores. La cabeza de los pizzeros asomaba tras un muro a medio terminar donde se alzaba el horno de piedra. A la derecha de éste, en desorden, varias mesas de madera vacías a esa hora. Me senté a una doble y pedí una margarita y un vino de la casa.

Cuando trajeron la *pizza*, empecé a comerla muy despacio. Quería investigar cómo estaba hecha, cuáles eran sus ingredientes y si era verdad tanta maravilla como me habían contado. Lo que distinguí de entrada es que tenía el mismo sabor que la del Vesubio, pero más concentrado o más puro. El tomate era más dulce, la *mozzarella* más lechosa, la albahaca más aromática y la masa más esponjosa en los bordes. Todo era «más». Los napolitanos del Spinetto no mentían cuando afirmaban tajantes: «No se sabe en verdad qué es una *pizza* hasta que se la prueba en los bajos de Nápoles». Y sí. Pero al mismo tiempo me sentí orgulloso de que, al otro lado del mundo, los Merola, contra viento y marea, hubiéramos logrado aproximarnos tanto al sabor original. Pedí un expreso y me trajeron una tacita de café, corto, concentrado y amargo, con un vaso de agua gasificada. Bebí el café y luego el agua. Unos meses después, supe que un napolitano de verdad primero toma la soda para limpiar las papilas gustativas y luego saborea el café. No cumplir con este ritual pone en duda tu origen napolitano. A pesar de haberlo hecho mal, salí satisfecho y un poco exaltado, como después de una especie de iniciación.

La Sanità se abría ante mí como un laberinto inmenso. Los colores terracota y crema se mantenían, pero el cemento a la vista hacía que el gris fuera más marcado que en otros sitios. Subí por via Santa María Antesaecula, como me habían indicado en la Concettina. Caía una llovizna tenue pero persistente y el negro volcánico del empedrado adquiría un brillo singular bajo la luz opaca de la tarde. Resbalé en algunos sitios, así que decidí caminar despacio apoyándome en las paredes. A medida que subía, el paisaje se repartía en senderos y callejuelas. Pregunté a un joven que estaba engrasando una bicicleta cómo llegar y me enseñó el camino. Algunas personas que pasaban a mi lado me saludaban como si me conocieran. Yo respondía con la misma amabilidad. Dos señoras conversaban a todo pulmón y llegué a pensar que discutían por algún motivo, hasta que juntas soltaron una carcajada que rebotó por los pasajes hasta extinguirse. Pero más adelante me topé con una pelea entre el cantinero de un bar y una mujer furiosa que daba patadas a la puerta de su local. Su vozarrón me recordó el de Annunziata cuando perdía el control. El señor se escondía dentro con cara de terror.

Mamá tenía razón, no existían aceras, al menos por donde yo transitaba. Muchas casas tenían la misma configuración: una puerta rectangular y una ventana pegada a ésta. En los pisos más altos, la ropa colgaba como si fuera parte de la arquitectura y en las plantas bajas los tendederos de metal permanecían amarrados a un poste, como suele hacerse con las bicicletas para que nadie se las lleve. Otras puertas terminaban arriba en un semicírculo, lo que daba un aspecto monacal al sitio. De los muros de la mayoría de los callejones colgaban pequeños altares de santos que nunca había oído nombrar. En su interior descansaba la imagen del patrono, rodeada de flores y velones. Algunos de estos santuarios tenían debajo una gaveta de cristal en la cual se amontonaban cartas y notas por los favores recibidos. Según los parroquianos, estos nichos religiosos habían sido construidos tiempo atrás por consejo de un sacerdote católico que organizó un concurso para elegir la calle más iluminada de la Sanità; su propósito era que así disminuyeran los atracos y fechorías que se cometían al amparo de la oscuridad. Esa costumbre se mantuvo, a pesar de la guerra y las bombas. Nunca se perdió el halo de solemnidad y de respeto. Esos lugares olían a humedad, a santidad, a Sanità.

Un cartel indicaba, con letras apenas legibles, Salita Cinesi, así que busqué el número. Subí por una escalera de cemento y arriba alcancé a vislumbrar un ocho desteñido, así que bajé de nuevo y en un pequeño rellano me topé con dos casas enfrentadas: en una se leía siete y en la de enfrente seis. Me senté debajo de la ventana del lugar donde había nacido. El comienzo, el punto cero de mi existencia. Y empecé a imaginarme a mi familia caminando por allí. Pude ver la despedida de papá cuando se fue para América, el día que llegó la carta que leyeron Ángela y Simona y la fiesta que se organizó en el barrio cuando se supo que habría viaje. Vi a Nino platicar y reírse con sus amigos y a mis tíos, vestidos de marineros, caminar alegres entre la gente que los aplaudía porque iban a defender a Italia. Unos niños pasaron gritando detrás de una pelota de plástico. Volví a mirar los adoquines que ya estaban secos. Me pregunté quién viviría en la que había sido mi casa. No me animé a golpear la puerta. Me levanté y pensé que debía regresar nuevamente con Tere para que lo viera con sus propios ojos. ¿Cómo explicárselo con palabras? Descendí despacio, deteniéndome en cada detalle, como lo hizo mi madre cuando emigró a la Argentina y guardó con gran amor cada rincón del barrio en su memoria. Al llegar abajo, seguí rumbo a la casa de Amalia, en Socavo, via Epomeo. Desde la ventanilla de un taxi fui mirando la ciudad: acababa de descubrir un mundo nuevo. Nápoles iba pasando delante de mí como una postal interminable, encantadora y caótica.

51

EL SANTUARIO DE AMALIA

Me detuve frente a un portón metalizado gris oscuro, rodeado por rejas del mismo color. Un árbol frondoso adornaba el lugar. Levanté las ramas y verifiqué la dirección. Unos veinte metros hacia atrás asomaba el edificio donde vivía Amalia. Ladrillos a la vista enmarcados en estructuras de concreto y largas ventanas blancas con persianas.

No había portero. Entré a un *hall* oscuro, subí al ascensor y marqué el tercer piso. Al salir me topé con dos apartamentos, uno junto al otro y frente a ellos una baranda abierta a la intemperie que daba a la parte posterior de otra vivienda. El de Amalia era el B. Toqué el timbre y esperé a que abrieran. Una señora menuda y de ojos rasgados abrió la puerta y me observó en silencio de arriba abajo. Levantó las manos y exclamó:

—*Tale e quale a Giovanni!*

Yo sonreí y traté de sacarla del asombro.

—¿Está Amalia?

Ella reaccionó y entró al apartamento anunciando mi presencia:

—¡Amalia! ¡Amalia! ¡Llegó Andrea!

Distintas personas aparecieron. Una tras otra. Conté ocho. Me saludaron muy efusivamente, comentando entre ellos que yo era un Merola de pies a cabeza. Amalia, al verme, se colgó de mi cuello y me apretó con fuerza.

Nos abrazamos. Muchos años, muchas cosas habían pasado. Ella lloraba como una niña. Pasaba la mano por mi pelo y repetía:

—*Comme si' bello Andrea.*

Me habló en el mismo castellano italianizado de siempre. No lo había olvidado.

—¡Te dejaste el bigote como tu tío!

—Y sí. Me da más seriedad con los pacientes.

—¡Es todo un *dottore*! —les dijo a los demás, con un gesto de orgullo, y agregó—: ¡Siempre fue muy inteligente! —Pero, al darse cuenta de que yo seguía en el rellano con la mochila en el piso, los regañó—: ¿Por qué no lo hicieron pasar?

Entramos al salón. Una habitación grande y acogedora. Me ubiqué en uno de los dos sofás de cuero blanco y reconocí en ellos a los que ya tenía en avenida Libertador. En realidad, toda la sala era un calco de la de Buenos Aires. A excepción de las paredes, repletas de cuadros pintados por Giovanni. Era como si las hubieran tapizado, porque no podía verse ni de qué color eran. Acuarelas y más acuarelas. Las ocho personas, dos sobrinos y dos sobrinas de Amalia con sus respectivas parejas, se sentaron frente a mí; ella, a mi lado. Comentamos un poco el viaje y el tráfico de Nápoles.

—¿Te muestro la casa? —preguntó Amalia. Y añadió—: Acá me siento muy tranquila porque mis dos sobrinos, Leopoldo y Filipo, viven abajo, en el segundo piso.

La seguí y detrás de mí los demás en fila india. El apartamento era agradable, pero sin lujos. La cocina, el dormitorio de ella, el cuarto donde yo dormiría y una especie de biblioteca en la que al entrar todos bajaron la voz, como si fuera una iglesia. Una lámpara cónica que colgaba del techo distribuía una luz tenue.

—Aquí guardo las cenizas de Giovanni y las cosas que él más quería —explicó Amalia.

Señaló un ánfora blanca con arabescos azules que descansaba sobre un aparador antiguo, ante la cual se persignó. Yo hice lo mismo. Del otro lado, un mueble alargado con puertas de vidrio guardaba varios objetos, todos ordenados y clasificados: relojes, una pipa, una brújula, un cortapapeles, dos gafas, la radio con la que escuchaba las noticias, una colección de bolígrafos y otras cosas que no recuerdo. En una vitrina más pequeña, un violín y el arco correspondiente. Junto al frente, el caballete donde él pintaba y encima un cuadro a medio terminar. A su lado, la paleta de colores y los pinceles. Sobre las paredes, fotografías de Giovanni: solo, en compañía de amigos o con Amalia. Me detuve un rato a observarlas. Mi tía me susurró al oído:

—Reproduje los momentos más importantes de su vida, año por año. Empieza en esta punta y termina allá, en aquella foto donde él está vestido de blanco. Parecía un actor de cine...

Salimos como entramos, en el mayor de los silencios y sin perder la solemnidad. Ella cerró la puerta con cuidado. Luego nos sentamos en el comedor alrededor de una gran mesa envuelta por un mantel de lino blanco. Cubiertos de plata y vajilla elegante. Amalia y yo ocupamos la punta de la mesa, la *capo távola*, otra vez uno junto al otro. Una ventana doble dejaba entrar el aire del parque, que refrescaba el sitio con la ayuda de dos ventiladores de pie. En el centro de la mesa pusieron una botella de Campari, otra de gin, hielo, limón cortado y agua con gas.

—Lo tomas con gin, ¿verdad? —afirmó más que preguntó Leopoldo.

Yo siempre había tomado el Campari con soda o jugo de naranja. Pero dije que sí, como parecía ser la costumbre. Me sirvió el líquido rojo en un vaso grande al que agregó varios chorros de gin. Tomé con ganas y sentí el efecto relajante de inmediato. Así pasamos a conversar sobre lo que había pasado en esos años. Amalia relató el vía crucis que había sido para ella la muerte de Giovanni y luego la de su hermano, además de su traslado a Europa. Mientras narraba la historia, entre lágrimas y sonrisas, la observé más detenidamente. Vestía un pantalón ancho marrón con una camisa por fuera del mismo tono y unos mocasines negros. No llevaba una gota de pintura y había perdido peso. Las arrugas predominaban y una tristeza lejana se había adueñado de sus ojos. El pelo, en cambio, conservaba su brillo y su color. Todos estaban muy animados por el Campari, que después repetimos. Filipo, el otro sobrino, miró el reloj y dio la orden:

—*A cuccina!* ¡A preparar la comida!

Y allá fuimos.

—El menú —anunció Amalia—: primero, pasta con tomate; segundo, salchicha con *friarielli*.

Ya habían hecho los *friarielli*, con su típico olor a coliflor frita y nabo. A un costado estaban las salchichas gordas que luego freirían. Me interesaba en especial saber cómo preparaban la salsa para los espaguetis. Presté atención. En una paila grande echaron aceite y tomates crudos muy pequeños partidos por la mitad, que rociaron con hojas de albahaca y orégano fresco, arrancado de un ramo que colgaba de un gancho y aromatizaba la casa. No frieron el ajo, lo cortaron en trocitos antes de tirarlo en el tomate. Le pregunté a Sofía, la que parecía estar a cargo, qué aceite usaban y me respondió:

—Cualquiera, pero que sea nuevo.

Primero un golpe de calor; después, bajaron el fuego. «Sin taparlo», me dijo una de las mujeres. Amalia permanecía de pie supervisando todo, seria y concentrada como si se tratara de una cirugía de alto riesgo. De tanto en tanto buscaban su visto bueno.

Un rato después echaron una buena cantidad de aceite en un par de cacerolas y repartieron las salchichas en cada una. Filipo me ilustró:

—Cuando las salchichas ya casi están, se echan los *friarielli* con un poco de *peperoncino*. Unos minutos y listo. Después las sacamos y en el momento de servirlas le damos un toque de calor.

Amalia levantó un paño que escondía algo debajo y asomó una *pastiera*.

—La hice yo especialmente.

Después de mamá, era la que mejor las preparaba. Me sentí halagado. «Todo este agasajo para mí», pensé. Leopoldo abrió un vino, puso música napolitana y comenzamos a beber. Fue una fiesta. A las dos y media de la mañana se fue el resto de la familia y nos quedamos Amalia y yo solos. Yo estaba agotado, pero ella parecía haberse alimentado de la energía de todos nosotros. Se colgó de mi brazo y dijo:

—Y ahora a lo que viniste. Llevo mucho tiempo esperando este momento.

La seguí a la biblioteca. El silencio era penetrante, compacto. Se sentó de un lado del escritorio y me indicó el opuesto. Quedamos frente a frente; me recordó mi trabajo, pero aquí tuve la impresión de ser el paciente. Abrió un cajón, extrajo una carpeta y con sumo cuidado la colocó delante de mí. La abrió. Dentro había un sobre y un papel escrito a máquina. Me entregó el sobre y dijo muy ceremoniosamente:

—Aquí está la carta que Giovanni te dejó. De puño y letra.

En el exterior del sobre, efectivamente, se leía: «Para Andrea». Miré a Amalia y ella asintió, animándome a continuar. Advertí que el sobre estaba abierto. Volví a mirarla. No hizo falta que le preguntara nada.

—Yo sé lo que dice la carta —dijo—. Yo misma lo animé a escribirla. Leela por favor, leela en voz alta para mí... Es como si lo escuchara a él... —Por un momento dudé. La situación me parecía cada vez más extraña. Ella insistió—: Dale, dale. Nos está viendo... No querés quedar mal con él, ¿verdad?

La carta ocupaba una carilla y estaba escrita en castellano. En la parte de arriba se leía la fecha: 2 de junio de 1972. Abajo reconocí la firma de Giovanni. Amalia entrecerró los ojos, como para oír mejor. Yo leí:

Querido Andrea:

Hoy, el día de tu cumpleaños, decidí contarte la verdad. Soy tu padre, tu verdadero padre. Así me lo confesó Ángela a los pocos días de haber nacido tú. No te voy a contar cómo pasó todo.

Lo que importa es que fui la primera persona que te recibió, a las cinco y media de la tarde, en Nápoles. Recuerdo que me estirabas las manos y tu cuerpo se movía lleno de energía.

Así que era esto. Sentí a la vez ira y un vacío bajo mis pies, un abismo que amenazaba con tragarse toda mi vida. Alcé la vista y miré a mi tía. No era una sorpresa para ella.

—¿Desde cuándo lo sabés?

Suspiró antes de hablar.

—Un día, tendrías siete años, encontré un pequeño papel en el bolsillo del saco de... tu padre. Yo nunca le revisaba nada, pero ese día sentí el impulso de hacerlo.

Abrió otro cajón, sacó una pequeña caja rectangular, lacada, que decía «Vaticano», y extrajo un papel plegado. Lo desdobló, lo alisó con las manos y me lo pasó. Reconocí la letra de mamá. Decía en italiano: «Hoy me juraste otra vez amor y me pediste que lo nuestro siguiera. Yo te quiero, pero también amo a mi familia y por eso lo nuestro no puede seguir. Pase lo que pase, Andrea siempre será tu hijo. Ángela».

Ángela. Mamá. Recordé su canción, *Rundinella*. Pero ella había decidido quedarse a mi lado. Y de mi papá, a pesar de todo. A pesar de que no era mi papá.

—¿Y qué pasó después? —pregunté a Amalia.

Ahora sentía una profunda tristeza, mucho más profunda que cualquier rebelión.

—Enfrenté a Giovanni. Primero lo negó, hasta que se dio cuenta de que yo tenía la nota que le había enviado tu madre. Entonces lo reconoció. —Hizo una pausa, mirándome: no era sólo mi drama, sino también el suyo—. Yo lo amaba, Andrea. Había sido mi primer hombre, el único.

—¿Hablaste con mamá?

—No quise. Desde ese momento conocí el odio. A ella la odié con todo mi corazón y a vos te quise como al hijo que no había podido tener con Giovanni.

Ahora casi temblaba. Me preguntó si quería agua. Le dije que sí: hacía falta una tregua. Mientras ella iba hasta la cocina recorrí la habitación con la mirada, deteniéndome en algunos de los objetos expuestos, tan extraños para mí. Las cosas de mi verdadero padre, que yacía en aquella ánfora. Pero al pensar en papá, pensé en Salvatore. Volvió Amalia con dos vasos de agua y se sentó otra vez en su puesto. Se la veía más tranquila. Una vez que hubimos bebido, volvimos a mirarnos. Se inclinó hacia mí y apoyó sus manos sobre las mías.

—Vos sos lo único que queda de él en este mundo. Sos su descendencia, su sangre, no le falles. Sigamos leyendo, Andrea, por favor.

Me solté con suavidad y continué:

> Le prometí a Ángela que guardaría silencio, pero decidí contártelo por consejo de Amalia. Lo vas a saber cuando yo ya no esté, siempre y cuando estés casado y dispuesto a ser padre, porque así sabré que estarás bien encaminado. Una familia te hará más hombre. Traté de estar lo más cerca que pude de vos, pero cuando dejaste la carrera me di cuenta de que eras muy distinto a mí. No habías heredado mi carácter. Quería que fueras como yo y no que siguieras el ejemplo de mis hermanos.

De nuevo volví a sentir la rabia de antes. Pero el suelo ya no se abría bajo mis pies. Seguí leyendo.

> Cuando te veía actuar, inseguro, sin perseverar, sin valentía, dudaba de que fueras mío, pero de inmediato caía en la cuenta de que Ángela jamás hubiera mentido sobre una cosa así. Supongo que tus debilidades se debieron a que no te pude educar.

Dejé de leer. Amalia tomó la palabra antes de que yo pudiera preguntar:

—No vayás a pensar que no te quería...

—No sé si me quería —interrumpí—. De lo que sí estoy seguro es de que nunca llené sus expectativas... No queremos a la gente porque es valiosa, tía, la vemos valiosa porque la queremos.

—No digas eso. Él siempre le echó la culpa a la educación y a la pobreza que había en tu casa. La maldita pobreza. Cada vez que tu mamá lograba sacarle algo para vos, yo lo sentía como una derrota. Pero al mismo tiempo quería ayudarte. Giovanni decía que debías ser más decidido, más enérgico... —Pensé en los perros que tenía en José C. Paz y en cómo los entrenaba. Amalia no se rendía—: Pero creía en vos. Y por eso calculó un dinero en dólares, para que a tus hijos no les falte el estudio. Abrió una cuenta y dejó todo arreglado.

Esta vez no callé mi descontento.

—¿Por qué mejor no ayudó a mi papá? Él fue muchas veces a pedirle que le saliera de fiador para poder comprar telas y hacer el *magliaro* y siempre buscaba una excusa. ¿Si estaba preocupado por mi educación, por qué no colaboraba?

Amalia buscó las palabras adecuadas.

—Él odiaba a los *magliari* —explicó—. Desde que llegamos de Nápoles quería renunciar a la ciudadanía italiana. Fui yo la que no lo dejó, porque siempre es mejor tener dos pasaportes... Pero a él ya no le gustaba ser napolitano... Como vos, ¿no te acordás? Las veces que nos habrás dicho que preferirías tener una familia rica que viviera en San Isidro...

Sentí un gusto amargo en la boca. Recordé una de las veces. Estábamos en la Taberna Vasca, en el barrio de los pescadores de Mar del Plata. Giovanni pidió el plato más caro: besugo al horno. Mientras comíamos, yo renegué como tantas otras veces de mi barrio, la pizzería, el Spinetto. «Te entiendo», me dijo, con cara de orgullo.

—Después te metiste en política con esos locos de izquierda —siguió Amalia, sin perder la oportunidad—, pero él siempre estuvo pendiente de vos. ¿Por qué pensás que te sacaron de la cárcel?

Desde el día que me soltaron quería saberlo.

—¿Por qué, tía? ¿Qué pasó?

—Nos íbamos temprano para Punta del Este. Y justo antes de salir, sonó el teléfono. Me extrañó una llamada tan temprano. Era un hombre que se mostró muy amable.

«Doña Amalia, es un gusto volver a saludarla». Le pregunté quién era porque no reconocí su voz. Y me dijo: «Soy Clemente. ¿Se acuerda de mí? El guardaespaldas de don Giovanni». Y me acordé. Dos años atrás habíamos recibido amenazas por unos despidos que hizo Giovanni en la ladrillera y contratamos una empresa de seguridad. Nos mandaron a Clemente. Hicimos buenas relaciones con él y le ayudamos con unas deudas que tenía. Siempre es bueno conocer a este tipo de gente. —De paso me daba consejos. Convencida de su razón, continuó—: Giovanni le pidió que te soltara, pero que antes te dieran una lección. Estabas en malas compañías, ¿entendés?

No respondí. Que me dieran una lección... Sentí que mi lado más feroz empezaba a surgir, así que traté de controlarme. ¡Clemente y Giovanni! Me puse de pie, tomé la carta con brusquedad y terminé de leerla. Amalia no apartaba la mirada de mí:

Espero que seas algo en la vida, que tengas sensibilidad hacia el arte como yo y que nunca te ilusiones con la plata fácil. No me gustaría que un hijo mío fracase y por eso te dejo esta herencia.
Tuo *padre,*

Giovanni

Doblé la carta de manera desprolija y la guardé en el bolsillo de la camisa. Amalia se puso de pie, extrajo la hoja escrita a máquina de la carpeta y un cheque.

—Firmá la autorización y listo. Como verás, es mucha plata.

—Después miramos lo del dinero —respondí, poniendo el papel y el cheque a un costado—. Antes quiero saber algo.

No le gustó la demora, pero insistí.

—¿Quién más de la familia sabe esto?

—Nadie —dijo, sosteniendo mi mirada—. Excepto Salvatore.

No me lo esperaba. ¿Por qué él? Y sin embargo, ¿quién más?

—No es posible.

—Yo le escribí una carta hace tres meses.

—¿Por qué lo hiciste? —estallé, dando un golpe sobre el escritorio.

Amalia ya no estaba habituada a estas explosiones. Tras el sobresalto, se apresuró a responder.

—Sé que no debería haberlo hecho, pero no causé ningún daño.

—¿Cómo podés saber eso?

—Por Salvatore. Me escribió. Tres renglones: «No me estás diciendo nada nuevo. Hace tiempo que lo sabía. Dejá en paz la memoria de Ángela».

—Quiero ver la carta, ya. Quiero verla.

—¿No me creés?

—Tía, *necesito* ver esa carta —dije aún con mayor apremio.

Amalia cedió. Buscó otra vez dentro del cajón y sacó una esquela. Tres líneas y una firma, que yo sabía imitar bien. No necesité leerla. Pero recordé otra frase suya. La que me dijo en Isidro Casanova: «Padre no es quien los crea, sino quien los cría».

Quizás Amalia me vio abatido. Intentó animarme.

—¡Vení, vamos al salón, que quiero mostrarte algo más de tu verdadero padre!

La seguí, me senté en el sofá y fingí oír cómo me contaba la historia de cada cuadro.

—Esta acuarela la hizo desde el balcón de avenida Libertador... Mirá las luces... Son puntitos de pintura... Esta otra, *El parque japonés*... Varias tardes estuvimos allá... Mi amor... Cómo pintaba de bien... Aquella góndola es la que más me gusta... Fue en Venecia... Allí compramos los vasos de cristal que tanto le gustaban... Y ésta soy yo, el único retrato que hizo...

Se perdía entre las acuarelas y sus evocaciones eran cada vez más inconexas. Se detuvo ante una pintura y allí se quedó con la mirada fija. Quizás había caído en la cuenta de que yo no la escuchaba.

—¿Qué pasa, tía? —pregunté.

En la acuarela se representaba la bahía napolitana, con el Vesubio lanzando una fumarada.

—Estos colores... —dijo, apoyando los dedos sobre la tela.

—¿Qué pasa con los colores, tía? —pregunté, acercándome a ella.

—Están vivos, respiran... ¿Los escuchás?

Al volverse hacia mí, perdió el equilibrio y la sujeté para que no se cayera. Me apretó el brazo con fuerza y se quedó mirándome. Pasó la mano por mi pelo y dijo, con una sonrisa cansada:

—*Comme si' bello Giovanni.* —Navegó por mis ojos unos segundos y en ellos pareció encontrar, por unos momentos, al hombre ausente que amaba. Hasta que sacudió la cabeza, dio un paso atrás y volviendo a tierra, dijo—: Voy a recostarme un rato.

No me pareció del todo dueña de sí. Temí que se cayera por el camino.

—Te acompaño.

—No, no... Yo puedo...

Se alejó tambaleante hacia su cuarto y me dejó en una soledad que fue haciéndose más pesada cuanto más miraba a mi alrededor. Nada de lo que había allí, por más napolitano que fuese, me pertenecía. La claridad nocturna entraba por la ventana e iluminaba algunos cuadros y adornos de la mesa: un gran cenicero, dos patos de cerámica enfrentados, un jarrón de cristal sin flores y la escultura de un hombre tocando el violín sobre un tapete pálido. Llevé mi mano al bolsillo de la camisa y sentí la carta.

Allí estaba la prueba. Pensé en la posibilidad de que todo fuera mentira, una especie de venganza orquestada por el mismo Giovanni, pero acababa de leer, en la propia letra del engañado, que él «hace tiempo lo sabía». Otras incógnitas se apretujaban en mi mente: si ya sabía, ¿cómo y cuándo se había enterado? ¿Le habría contado mi madre? También lo descarté: ella jamás le habría dado ese disgusto. No se habría atrevido. ¿Cómo, entonces, él lo sabía? ¿Cómo era posible que temiera serle infiel después de muerta si conocía la verdad? ¿Tanto la amaba? ¿Era por amor?

No tenía respuestas. Tan sólo oía, en el silencio, el tictac insistente del reloj de la cocina. Pasé de las preguntas a las conjeturas. Si todo era verdad, papá era dos veces padre adoptivo. Y aún más: ¡yo era el Giovanni de Mariano! Aunque tampoco podía decirse que yo hubiera sido el amante de María Grazia. Mamá y Giovanni, en cambio, en algún tiempo y lugar de la Sanità, se habían amado: a espaldas del mundo y contra él. ¿Salvatore la había perdonado? ¿Había perdonado a su hermano? Esto último es más dudoso. Casi seguro que Giovanni se había muerto con la certeza de que su hermano no se enteraba de nada.

Nino me había explicado alguna vez la regla del *onore maschio*, según la cual «los cuernos no se perdonan». Y le hice caso con Julia, pero quizás porque ya no la amaba. Creo que si Francesca le hubiera sido infiel, Nino la habría perdonado. Como Salvatore a Ángela.

Hacía calor y un sudor espeso me corría por las mejillas. Prendí un pequeño ventilador y me puse frente a él. Ahora la luna apuntaba a una acuarela en la que se veía el color verde de Palermo, un lago plateado y árboles desparramados a su alrededor. La recorrí despacio y en eso me asaltó una nueva pregunta, un pensamiento que me pareció terrible y sin embargo inevitable: ¿sabía Salvatore que yo no era su hijo cuando de niño me pegaba como lo hacía?

No sé cuántas horas pasaron. Estaba agotado de intentar atar cabos sueltos, de trenzar esa madeja interminable. Esa noche quedaron abiertas muchas tramas que nunca se cerraron.

Alguien arrancó un automóvil. El motor encendido me anunciaba el inminente amanecer.

Fui hasta la pieza de Amalia y la encontré acostada en posición fetal, con la ropa todavía puesta. Ni siquiera se había quitado los zapatos. Llamó mi atención que su cabellera estuviera corrida hacia un lado. Me acerqué con prudencia, pues no quería despertarla, y pude ver que llevaba una peluca. Sobre la sien izquierda asomaba una calvicie incipiente. «Pobre Amalia —pensé—. Cuánta soledad, cuánta angustia». Aun dormida mantenía un gesto adusto de postración.

Sobre las mesas de noche vi más fotos de Giovanni. Me senté en una pequeña silla a mirar a Amalia dormir. Cuánto odio debió de haber sentido por Ángela. La recordé sentada en la funeraria, frente al cajón donde reposaba mamá, sin apartar la vista. Así estuve un rato, con la mirada igual de fija, observando su cuerpo inmóvil, doliente. Después agarré la mochila y entré a la biblioteca. Prendí la luz mortecina de la lámpara. Busqué un papel y escribí: «Lo siento, tía. No puedo recibir la plata. Quizás algún día podamos hablar de esto. Andrea».

Coloqué la nota junto al cheque y di una última mirada al santuario construido por Amalia. Me dirigí a la puerta de la calle, bajé a pie por las escaleras y salí a via Epomeo. Tomé una bocanada de aire y después caminé hasta la ronda de San Domenico. Lo único que sabía era que el mar quedaba a la derecha, así que tomé la via Giustiniano y seguí en la misma dirección. Anduve un trecho largo. Hasta que pasó un autobús, le hice señas y se detuvo unos metros adelante. Subí y pregunté si iba al *lungomare*. Podía dejarme cerca, me dijo el conductor. Tomé asiento en la parte de atrás. Había poca gente. Volví a leer la carta de Giovanni. La guardé. El día estaba nublado y caían algunos chaparrones aislados.

Al cabo de un rato, el chófer me indicó que debía bajarme y me señaló por dónde ir. Ya no llovía. Anduve unas cuadras hasta la Riviera de Chiaia y por allí enfilé rumbo a via Partenope: a mi izquierda, edificios parejos y coloridos; enfrente de ellos, los enrejados de la Stazione Zoologica. Aceleré el paso, quería llegar rápido. Por fin la avenida desembocó en la piazza Vittoria y vi el mar, alegre como un gigante inquieto y juguetón. Llené mis pulmones de aire salado y bajé por las piedras blancas hasta llegar a un pequeño arenal. El cielo estaba cubierto y el viento movía las nubes. Unos botes se mecían en la orilla. A lo lejos, algunos pescadores. Tomé asiento en una roca y saqué la carta de Giovanni. La doblé en dos y formé un triángulo en la parte superior, como había hecho tantas veces de niño en la fuente de la plaza del Congreso. Reproduje cada uno de los pasos con cuidado y construí un pequeño barco de papel. Las letras se veían por fuera. Metí la carta en el agua y empujé mi barquito. El viento se hizo más fuerte y las nubes moradas se corrieron como un inmenso telón descubriendo en ese movimiento un celeste intenso. Seguí el recorrido de los nubarrones hasta que el Vesubio surgió con sus dos jorobas. Unos metros más allá, el barquito se balanceaba junto a los botes. El sol cayó sobre la bahía como una bomba silenciosa. Levanté la vista y comprendí que mamá tenía razón: el cielo de Nápoles es más grande.

EPÍLOGO

Barcelona, 17 de octubre de 1986

Como ya era costumbre, ese viernes atendí pacientes sólo hasta las seis de la tarde. Ahora que vivía en la calle Villarroel y que el trayecto hasta mi casa era más corto, solía irme a pie. A veces salía del consultorio con Jaume y Montse a tomar unas cañas, pero ese viernes tenían consulta hasta tarde. Me despedí de ellos y fui a comprar las dos *baguettes* que Tere me había pedido para la cena en una panadería en Enrique Granados. Tenía un plan adicional: sentarme en algún bar a beber una copa de vino y leer la carta de Nino que había llegado ese mediodía. Me senté en una mesa pegada a una ventana. Noté que el bullicio en la calle era más intenso que de costumbre. Hasta el camarero se veía eufórico. Pregunté qué pasaba.

—¡Conseguimos las Olimpiadas!

Así era. Nos felicitamos mutuamente. Le había ganado otra apuesta a mi suegro. Él sostenía que Barcelona no estaba preparada para un reto semejante y que jamás le darían la sede. Yo era más optimista. Abrí el sobre. Olía a papel nuevo.

> *Querido sobrino:*
> *Espero que cuando esta carta llegue a tus manos estés bien junto a la* tua *familia, es decir, Teresa y las mellizas.*
> *Salvatore se ve cada día más* giovane *(hasta le está saliendo pelo en la cabeza). Ser papá otra vez lo puso más eléctrico que*

*nunca, pero dejate de joder, tu ahijada Marcelita es todavía más
hincha pelotas que Marianito. Él va más o menos bien en el colegio, tiene las mejores notas en las materias, pero es el peor en conducta. Se parece a vos cuando eras chico, porque cuando llora hace
el mismo ruido que una ambulancia. Se la pasa diciendo a los amiguitos que tiene un hermano gigante en España y que su trabajo
es meterse en la cabeza de los demás. Le encanta recibir tus cartas.*

La sucursale *de la pizzería Vesubio en Isidro Casanova ya
es la* principale, *desde que cerramos la otra.*

*El barrio no es el mismo. Dicen que el Spinetto lo va a com-
prar una cooperativa y que quieren hacer un* Choppin, *pero
uno no sabe, la gente dice tantas pelotudeces. Francesca está
bien, en el mismo laburo, y los niños también.*

*Supongo que vas a traer a Teresa y las chicas para el casa-
miento de Genarino. Ya era hora de que sentara la cabeza y Alicia es una buena* ragazza.

*Desde que murió Roberto, es como si me faltara un hermano.
Menos mal que pasó los últimos días en casa de Salvatore y María Grazia lo cuidó. Ninguna de sus amantes apareció ni a saludarlo. Pobrecito, al final andaba con la mano agarrándose el
lado derecho, cada vez más amarillo. En los últimos momentos
repetía: ¿por qué me pasó esto a mí,* ma perché? *Uno no puede
decir nada hasta que esté cara a cara con la* morte.

Espero que no te falte trabajo y que en Barchelona *haya
muchos locos. Yo no me puedo quejar, Maderas Argentinas es
una empresa grande y me tratan bien. Además, éstos no saben
de carpintería como nosotros los tanos.*

*Cuando vengas, nos desquitamos comiendo pasta hasta re-
ventar.*

Bueno, te extrañamos.

Un beso,

Tuo zio *Nino*

Salí del local y en vez de seguir por París, como acos-
tumbraba, tomé por Córcega. Pensé en Bianca y Silvana
corriendo hacia mí cuando me oyeran entrar —«¡Papi,
papi!»—, cada una trepando por mi cuerpo como si yo
fuera una estatua hasta colgarse de la barba. Aún podía
cargar a las dos al mismo tiempo.

Quién lo diría, dos niñas. Una tarde, Tere rompió fuente y empezó a tener contracciones. Estábamos seguros de que sería un varón y hasta teníamos preparado el nombre: Marco. Cuando papá se enteró de que era abuelo por partida doble, me dijo: «Te ahorraste un parto». La distancia con mi familia a veces me hundía en la nostalgia heredada. Estábamos destinados a vivir lejos los unos de los otros: mi abuelo había sido emigrante, luego Salvatore y mis tíos, después yo y quizás lo fueran también Marianito y mis hijas.

En la esquina de Casanovas, a tres cuadras de casa, un olor a empanadas y *pizza* me detuvo. Comencé a olfatear el aire como un perro, moviendo la cabeza y apuntando con mi nariz para todos lados, como hacía papá. Hasta que descubrí, en la vereda de enfrente, un cartel de color azul que anunciaba: «Pizzería Cuartito Azul». Igual que el tango. Crucé, pegué la frente a la vitrina y vi dos bandejas de empanadas: «carne» y «espinaca y ricota». Al fondo del local, detrás del mostrador, aparecían un horno rectangular metalizado y tres mesas redondas con bancos a su alrededor. Entré y guiado por el olfato fui directo a las bandejas. Al lado, bajo una campana de vidrio, distinguí varias porciones de diferentes *pizzas*: las mismas que ofrecía un menú con fotos pegado en la pared de enfrente. Encima, un cartel: «Para llevar». Miré alrededor. Los únicos clientes eran una pareja de jóvenes que cuchicheaban y se reían. Apareció el pizzero, un tipo de unos cuarenta años enfundado en un delantal azul.

—Hola.

—Hola. ¿Me puedes hacer una *fugazza* para llevar?

Sonrió. Le devolví la sonrisa.

—¿Sos argentino?

—Soy una mezcla de muchas cosas —respondí—. Soy un ítalo argentino, ahora españolizado. ¿Vos de dónde sos?

—De Avellaneda... —dijo, mientras tomaba una pequeña bola de masa.

Me concentré en cómo amasaba. Empezó a darle forma a la masa moviendo los dedos con agilidad. Sabía lo que hacía.

—Uso *mozzarella* con cebolla dulce —me comentó mientras tiraba los ingredientes y luego agregó, bajando la voz—: Le voy a echar cebolla y *mozzarella* extra...

Esparció orégano sobre la *pizza* y la metió en el horno. Fue llegando más gente. Salió una señora de la parte de atrás del local. Debía de ser su esposa. Ella tomaba los pedidos y él hacía las *pizzas*.

—Ya va a estar —me dijo—, siempre la dejo doradita por encima.

Así debe ser: una *fugazza* con la cebolla un poco chamuscada sabe mejor. Segundos después, sacó la *pizza* del horno y la llevó al extremo del mostrador. Me acerqué. Tomó un cuchillo y en el momento en que iba a dar el tajo lo detuve:

—Esperá, esperá... ¿Me dejás cortarla?

Se sorprendió, pero advirtió que no era un capricho.

—Claro, sí —aceptó, dándome el cuchillo.

Primero la dividí por la mitad, de arriba abajo. Con el tenedor eché a rodar el molde media vuelta. Y otra vez partí de un extremo al otro. Hice un corte en diagonal y otro más atravesándolo. Listo: ocho porciones.

—Ya está —dije satisfecho.

—Tenés cancha, ¿eh?

Asentí, complacido.

—¿Fuiste pizzero alguna vez?

Recordé el Spinetto, mi infancia, mi primer consultorio y aquellos pocos meses tan lejanos en los que estuve al frente de la Vesubio. Y dije la verdad.

—Y sí. Mi papá tiene una pizzería.

FIN

ÍNDICE